月光戀奏曲

Moonlight

青逸

目錄

第一章

這一天，初禮迎來了進入元月社以來的第二次加班，《洛河神書》網路預售正式開始的前一天，當晚要做網路宣傳。

確定轉發抽獎內容：公布網路預售獨家特典〈將軍大人的日記〉小冊；順便看在初禮被莫名其妙炮轟得那麼慘的情況下，晝川大發慈悲地點頭答應簽名三百本，並在前半個小時下單的讀者裡隨機選擇三百名掉落簽名書。

除此之外，為了最大的推動網路預售銷量，實現首印三十五萬本的夢想，初禮承諾給予兩家最大的合作電商不同彩蛋。

將藺娘娘原本畫的兩張封面分為A、B兩版，原本是隨書隨機附贈，這個決策出來的時候，讀者還有些小小的不滿。

「我喜歡A版本，萬一買到B版豈不是難受。」

「我買兩本甚至三本都不一定湊得齊兩套海報。」

「逼死強迫症。」

「寧願多花錢，請給我兩張海報，不要隨機。」

「要嘛下單時候能夠備註選擇海報款式也好啊……唉，算了，我也知道這樣肯定不好發貨。」

這些讀者找完初禮麻煩，自然是第一時間找晝川抱怨，晝川被他們纏得不行，在早上初禮出門前，將讀者的微博留言截圖扔給初禮：「這個在開預售前給老子解決！」

於是這會兒，就有了初禮在網路預售中公布，但凡在A家買《洛河神書》的，全部為A款海報；但凡在B家買《洛河神書》的，全部是B款海報。

決策一出，各家受益。

兩個電商不用擔心互相搶生意，讀者也滿意了。同時送兩張不可能了，至少現在編輯盡可能滿足他們「想知道自己買的是啥」的願望了啊！

於是抱怨的聲音小了，眾人期盼著晚上八點開宣。

開宣前，初禮緊張得像頭草泥馬。

晚餐外賣吃兩口就放下了，忍不住又拿起滑鼠，最後確認長微博的資訊無誤、有沒有錯別字、有沒有一眼看過去還不清楚明瞭的地方……

沒有，沒有以及沒有。

初禮長呼出一口氣，七點五十分登錄《月光》雜誌官方微博準備編輯微博，此時評論逐漸增多，微博下全部都是興奮坐等《洛河神書》開宣的讀者。

「早就該推廣網路預售了。」

「講真的，超開心能第一時間買到《洛河神書》支持我家大大！網路買還有各種額外福利啊啊啊！真的超開心！謝謝編輯大大的用心照顧！」

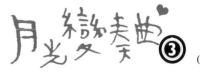

「這麼好的編輯還要被罵，超委屈好嗎？」

「高三狗喜極而泣，不用羨慕嫉妒恨地看著其他人去書店買首發了——為表示支持，我要雙收A、B兩版海報了！反正也不貴！」

「啊啊啊啊啊啊啊啊啊啊才幾十塊超便宜！我要買五套鋪滿床頭！」

初禮看著讀者評論，咧開了嘴。

最開心的事，莫過於突如其來的某一秒，心意再一次地和讀者相通。

八點到。

初禮深呼吸一口氣，「喀嚓」一下點擊滑鼠，按下了《洛河神書》網路預售開宣微博發送鍵——

撲通。

撲通。

她屏住呼吸，幾乎能聽見自己心臟開始強力跳動，周圍人在說什麼，她都聽不見了。她一雙眼死死盯著微博畫面右上角，看著象徵著微博轉發人數的「有@您的新消息」提示後，數字一直在跳——

第一秒是十五。

第五秒後變成了一百零五。

三十秒，微博卡死了。

初禮一口氣沒提上來，用顫抖的手關上瀏覽器，正準備再打開，比查看高考成績更緊張、更虔誠的心重新刷新頁面。

這個時候，坐在主編位置跟著一起加班的于姚看了看手錶：「微博發出一分鐘，轉發量兩千七百多，比楊冪在微博宣布即將嫁給劉愷威結婚時轉發速度還快……這很可以。」

于姚站起來，放下手，微笑著看著初禮：「恭喜晝川老師，也恭喜妳。」

初禮收拾東西回家的時候，大概是宣傳微博發出的半個小時後，轉發已經達到了二萬多快三萬。

這麼驚人的轉發量了，初禮都有些驚訝。原本她以為最多也就一、兩萬頂天了，沒想到這才多久，眼看著怕是要奔著五萬、十萬去了！

雖然這裡面確實有各方因素在——

首先是原創圈的讀者對於網路預售這件事覺得很新鮮，大家的積極度都很高。

然後是今晚在微博上，爆發了文學界內規模盛大的跨界支援。

初禮摁著阿鬼的腦袋，鬧著讓她幫忙轉發，並畫下大餅：「以後妳賣書我也讓晝川幫妳轉！心動不心動！」

這大餅畫得阿鬼拿她沒辦法，只能答應了，順便買一贈N，帶著一大堆耽美圈的大大一塊。讀者紛紛感慨：臥槽，晝川還認識我家大大，厲害了厲害了。

除了耽美圈，連帶的還有元月社旗下所有雜誌、雜誌合作作者的轉發擴散，若是每人算一個轉發數，都能數出百十來個。特別是《星軌》雜誌的，做為傳統暢銷雜誌，這本雜誌的受眾群體多到不敢想像。

早些時候老苗說過，辦雜誌，雜誌基本是不盈利的，只能靠廣告位和連帶宣傳效應；但是《星軌》很厲害，多虧了它的讀者多、根基穩，它屬於自己本身就在賺錢的……這類雜誌的帶動性很高，很多讀者願意買帳。

最後一波轉發團體是最厲害的。

初禮剛開始看到的時候都驚呆了。

一些老一輩的傳統文學作家，微博認證是某省作協大佬，微博頭像是自己的證件照，平均年紀看上去五十歲起跳那種——一看不是晝川他老爸的朋友就是夏老手不知道從哪找來的門路——這些老前輩也轉發了《洛河神書》預售，並配字。

「新時代、新形勢的小說文學配合新傳媒販售方式，傳統文學必須學習並好好跟上時代。畢竟一本書的最終面向群體為讀者，孤芳自賞不可取，大家都接受的文學才是主流的、正確的文化傳播方式，支援小川《洛河神書》，祝又一本暢銷書誕生！」

這些大佬撐起了大概一半的轉發率，眾人轉發的留言紛紛是——

「臥槽！我小學時候讀過寫過的文章還做了摘抄！現在他在祝福我家晝川！臥槽臥槽我莫不是在作夢！」

「我還以為是誰在惡作劇，直到我點進最右邊微博看了眼發現真的是本尊……老師我最愛您寫的那篇散文〈蛙塘夜〉，初中時候還背過！」

「小川 2333333333333」

「晝川這次真的厲害了……」

「次元壁的破碎！」

「我便是作夢也想不到……該說是元月社厲害還是晝川厲害啊？」

「敬佩右邊幾位大佬，所以不要總說傳統文學跟不上現代的步伐吧啦吧啦，從今天次元壁破碎的事情可以看出，人家的接納程度其實也還不錯……哪怕是嫌早還不行，但是看得出大家都在努力吧？挺欣慰的。」

為了讓《洛河神書》大賣，除了拿出自己的副主編位置做為賭注賭《洛河神書》預售撲街的老苗外，整個元月社上上下下全體出動，每個人幾乎都掏出自己的家底，老臉都不要了地在賣命替這本書做宣傳！

「沒辦法啊，元月社也是希望在新文學類型道路上殺出一條路子的，晝川的《洛河神書》第一天訂購量直接超過了原定合同首印量，讓大家看見了希望。」一群人浩浩蕩蕩下樓時，于姚耐心地解釋，「所以連夏老師那邊都驚動了，也是很拚。」

「我趕上了好時候。」初禮指著自己，傻笑。

老苗一臉「妳知道就好」的表情掃了她一眼。

「那不能這麼說，雖然運氣成分也是有，但是要不是妳想到網路預售這一點，有很多作者宣傳資源都是動用不上的……」于姚說，「比起想讓那些老師們幫忙正經八百地發個廣告，微博轉發似乎顯得自然得多，能帶動的讀者也更多，妳看他們今晚在那鬧：次元壁破碎了。」

眾人一起鬨笑。

「太好了，初禮，要是《洛河神書》大賣，下個月年終獎金可有得看了。」小鳥軟軟地笑著，配合氣氛適時地說，「妳入職之後找房子簽了多久啊，有錢明年妳可以換個大點兒的房子租。」

錢？

租房？

換房子？

初禮心裡像是被揣進了一隻小兔子，有點不知所措，還沉甸甸的。

她微微瞇起眼，沒有立刻搭腔小鳥的話，只是敷衍地點點頭，說了句「人為財死，我也很期待」……眾人迎著黑夜走出元月社總部所在園區。

此時晚上九點，正是萬家燈火之時，普通人家大約已經吃完晚餐，在河邊溜達散步，或者全家聚在電視機前聊聊天什麼的……而她卻剛剛踏上回家的路。

高跟鞋踩在地面上，發出有些匆忙的噠噠聲。

她提前打過招呼，今晚預售宣傳開啟要加班，不知道晝川吃飽了沒有？叫什麼外賣啊？

二狗應該也吃飽了吧，這會兒應該叼著牽引繩追著牠那最近越發懶惰的主人滿屋子跑，鬧著要去散步了；院子裡的花花草草澆水了嗎？

不想叫外賣了，也不知道家裡冰箱裡還剩什麼食材可以湊合做來吃一下。

晝川肯定是還沒睡的，估計這會兒正躺在沙發上蹺著二郎腿，一邊抖腿刷微博等自己的預售宣傳轉發破十萬，一邊鹹魚翻身似的滾過來滾過去等她回家——

噠噠的高跟鞋走路聲停了下來。

……等她回家。

那隻方才被她揣進心裡的小兔子原來是個有過動症的，現在開始蹦躂著踹了起來，踹哪哪疼。

初禮臉上的肌肉固定在一個奇怪的表情上，走在她身邊的阿象回過頭，有些奇怪地挑挑眉：「怎麼了，金牌大編輯，突然露出這種要痴漢不痴漢、有點震驚又有點雷的表情？」

初禮臉上的表情調整了下，捏緊手中的帆布包：「……阿象，妳有沒有哪一天突然發現，獨自下班回家後，打開房門面對黑漆漆的房間是一件很難受的事？」

阿象一臉懵逼，誠實回答：「沒有。」

初禮說，「想想每天下班回家，有一條寵物狗蹦躂著來迎接妳，沙發上躺著一個人，懶洋洋地問妳：怎麼才回來，老子都要餓死了——」

「妳說結婚？我現在沒想結婚啊！」

「……誰說結婚了！我在說租房的事！」

「妳不是在說老公和狗這件事嗎？」阿象還是一臉懵逼。

「……不是。」

「這是事業有成突然感覺到感情空虛啊妳？」阿象無語地指著初禮的鼻尖，「人家好歹還有個過度挖掘空虛情緒的過程，妳這也來得太迅如疾風！」

初禮張了張嘴，愣愣道：「我只是覺得我沒辦法自己住了。」

阿象：「妳現在和人合租啊？」

初禮：「……算是吧。」

阿象：「妳喜歡上妳合租夥伴了？」

初禮瞬間瞪圓了眼：「沒有吧！」

阿象：「沒的話妳還『吧』什麼『吧』，天啊！一個躺在沙發上就知道催妳去做飯的傢伙妳也會喜歡，妳真的很不挑啊！」

「我欣賞他的才華。」

「啊？」

「……我不喜歡他！」

阿象點點頭，認真地看了初禮一眼，然後說，「喔……妳喜歡他不如喜歡晝川，脾氣是古怪了點兒，但是長得帥啊，而且昨天妳被懟他還幫妳，那微博發得我蒙塵的少女心都快被喚醒了。至今為止，我不認為我有被當作是任何人的私人物品那樣小心翼翼珍藏對待過。如果有，我很期待。」

阿象捧臉：「啊啊啊啊啊啊啊啊！」

阿象：「就像是一個病嬌美男子在說：求妳軟禁我、凌虐我，把我欺負到哭，讓我成為妳的私人物品！」

初禮抽了抽嘴角，打了個冷顫，「妳這解讀得有點過了吧？」

阿象放下手，哼了聲：「要不是昨天晝川的粉絲忙著懟藺娘娘沒空理妳，結合上下文，稍微發散思維，這一句『如果有，我很期待』就夠女友粉懟得妳螺旋爆炸……」

聞言，初禮掏出手機，看了眼晝川的微博，居然覺得阿象說得有點道理。做為一名合格的編輯，昨天她的注意力都在晝川上熱搜這事上了。

現在頗有逃過一劫的錯覺。

搭最後一班地鐵回到家，已經是晚上十點。

被深秋的風吹得有些瑟瑟發抖，初禮回到家打開門，撲面而來的溫暖氣息讓她緊繃的面頰都放鬆了，張開雙臂迎接撲上來的二狗。二狗身上的毛皮柔軟厚重，迅速將她有些冰涼的指尖傳遞上溫度。

初禮放下包，換上拖鞋，抬起頭便看見沙發上的男人——

如她最開始想像的那樣，他蹺著二郎腿，抖著腿，背對著初禮在刷微博。

初禮進屋的時候，他懶洋洋地翻了個身，抓著手機的手掛在沙發上，以一個艱難的角度擰過腦袋越過沙發扶手看著初禮：「這麼晚，我好餓。」

「……我說了今晚加班，你自己沒叫外賣啊？」

初禮穿著拖鞋，目不轉睛地踢踢踏踏走進廚房，打開冰箱——期間男人一直盯著她的背影。

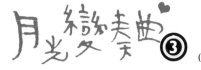

「下午睡了個午覺，醒來都八點多了，打開微博發現自己的書預售，一堆小時候挨個兒叫『叔叔好』的鄰居大叔在幫忙轉發……江與誠他老爸都轉了！被嚇得魂飛魄散，哪裡還有心情點外賣？」

「喔。」廚房裡的人笑，「你老爸轉發了嗎？」

「轉發了一條：警惕！多轉發一次就是救一條命，以下食物混吃可能引起嚴重食物中毒！」

「……當我沒問過。」

眼睜睜看著初禮關上冰箱，只是拿出來一盒牛奶，晝川掛在沙發邊緣的手像是屍體一樣軟綿綿地晃了晃。

「身心疲憊，我餓了，做飯給我。」

初禮放下牛奶，又打開冰箱看了幾眼，還有馬鈴薯、番茄、雞蛋、牛肉、黃瓜……全部拿出來，一股腦扔進水槽裡，準備做醋溜馬鈴薯絲，番茄炒蛋，牛肉炒黃瓜。

「老師，別像是屍體一樣在沙發上掛著，辛苦上班一天的人是我，過來淘米。」

「我不會。」

「你再說？明明教過你的。」

沙發上掛著的屍體沉默了一下。

初禮頭也不抬地洗馬鈴薯、削馬鈴薯皮：「你就磨蹭吧，晚一秒淘米晚一秒吃上飯，等我切好菜再淘米煮飯，吃上時天都亮了……」

話語未落，屍體終於詐屍了。躺在沙發上的晝川爬起來，那懶洋洋的高大身影像是烏龜似地往初禮這邊慢慢挪動。

他終於走到她身邊，伸手「啪」地按開電鍋，取出內鍋、開水沖洗、擦水、舀米、扔進水槽裡接水……

一串動作無比嫻熟。

「這不是做得很好嗎？」初禮讚揚。

「老子本來是天上住著的仙君，」晝川瞥了她一眼，無精打采，「十指不沾陽春水的那種，妳為什麼非逼著我下凡煮飯？毀我修為？」

「因為你餓了我也餓了……小仙女，水放多了，關水關水，告訴過你的，水位線維持在米平面往上一個指節——」看著晝川關上水，把自己的大拇指塞進米裡去比劃水位線，初禮乾咳了聲，「馬的智障！不是這根手指！」

晝川面無表情地縮回手：「不幹了！妳自己來！」

初禮伸出中指衝他比劃了下，然後在男人挑起眉時，直接把手放米裡，義正辭嚴：「看見沒，中指量。」

晝川：「……」

「你這樣以後我走了你豈不是要餓死，又不會做飯，又忘記自己點外賣……」初禮將米放進電鍋裡，蓋上蓋，開始切馬鈴薯，頭也不抬地碎碎唸，「真害怕哪天到你家摁門鈴發現蒼蠅都在你屍體上繁殖到曾曾孫子輩了……」

她聲音越來越小。

這時候晝川正站在她身邊，拿著根黃瓜在旁邊比劃六脈神劍——聞言動作一頓，瞬間抓住重點：「走？妳走去哪？」

初禮切馬鈴薯絲動作一頓，但是沒多久，她便恢復了切菜速度，伸手挽了下頭髮：「《洛河神書》大賣三十五萬首印，搞不好老苗的副主編位置真的要給我了——我看夏老師也挺喜歡我的，或許還真沒人反對……馬上又要發年終獎金了，估計挺多，到時候我就有錢了……就，就搬出去了唄。」
晝川放下黃瓜，轉過頭看了眼站在自己身邊切菜的小姑娘——
她垂著眼，看不清楚她眼中的情緒，只是伴隨著她切菜的動作，耳邊的髮絲一晃一晃的。她的鼻尖有些泛紅，眼角有一顆很淺很小的痣，聽說這是愛哭貓的標誌。
……雖然他還沒來得及見識到她多愛哭。
就有幸圍觀了那麼一、兩次而已，還是以L君的身分。
這些是他所看到的，大概連她本人都不知道的細節。
廚房裡陷入短暫沉默，只有切馬鈴薯時「喀嚓」、「喀嚓」的清脆聲響。
良久，晝川終於開口打破沉默：「難為妳入行那麼久，妳是不是還不知道首印量三十五萬是什麼概念？迄今為止，國內真正第一批首印量印出來超過這個數字的作品，估計一隻手就能數完。」
初禮切菜動作一頓，抬起頭茫然地看了他一眼：「怎麼可能，不要說江與誠老師以前做到過……還有真正的金字塔尖的作家——」
「就是這些人的代表作可以是這個印量，別的想都別想。」
「……那新盾社上次出寇維的書，說首印七十多萬瞬間完售……」
「去掉個零才是真實資料，估計實際上撐死了也就十幾萬吧……」晝川淡淡道，「寇維不是和江與誠差不多的嗎？若是江與誠去，他們敢吹到首印百萬——」
「這麼吹牛作者能答應？」
「抬高身價，又沒什麼損失，有什麼好不答應的啊。」晝川的語氣又恢復了雲淡風輕，「只有國內頂級的作品，才有可能達到六、七十萬的數字，屈指可數。妳讓我上三十五萬，可是實實在在的三十五萬，很難的。哪怕是現在這個微博的宣傳轉發數字，每個轉發的人買書都湊不到……傻姑娘，老苗坑妳呢。」

初禮拎著菜刀，直接傻眼了。這麼重要的行業知識，怎麼沒人跟她說？

「這還要人跟妳說？」晝川一臉嫌棄，彷彿猜到她在想什麼，「豐厚的年終獎金估計是難了……」

晝川把手裡的黃瓜塞進她的爪子裡：「好好給我做飯，討好我，賞妳個窩睡才是重點——快做飯，餓死了！」

說著，脣角象徵性地彎了彎，露出一個沒有多少笑意的笑容，他雙手塞在睡褲口袋裡，轉身走出廚房。

幾秒後，耳邊傳來菜刀「匡匡」砸砧板的聲音。

走出廚房的晝川腳下一頓，微微瞇起眼，露出了一個微妙的表情。像是雕像一樣在客廳裡定格某姿勢定格了超久，他這才抬起手，十分茫然地摸了摸後腦杓，嘟囔道：「……奇怪。」

奇怪啊。

本仙君幹麼烏鴉嘴自己賣不動？

……怕是這聰明的小腦袋餓出毛病了？

一會兒後，初禮扔了菜刀，在圍裙上擦擦手跟在他屁股後面走出來。

「老師，你怎麼能對自己沒信心呢？根據這幾天的訂購量，連帶舊華書店展示位，實體書商那邊都已經拿到了接近十三萬，這個數字還在增加，我們的網路預售只要拿到個八、九萬，那三十五萬還是有可能的嘛。」

晝川回過頭看著還要追上來跟他強調「書一定大賣」的人，頭一回有點兒懵，心裡唯一的想法是：臥槽，這小姑娘怎麼這麼KY啊？

沒看出老子一臉茫然也不知道要這書到底怎麼樣才好？

沒看出老子一臉茫然好像也沒覺得書大賣是什麼好事？

沒看出老子一臉茫然也沒弄明白為什麼書大賣也能不是好事？

還要追上來問！

問什麼問！

晝川看著初禮，初禮站在廚房門口看著晝川。

他沉默了下，突然開口道：「……香蕉人，住在這妳這麼不開心？」

「啊？」

「一心想搬出去，連替我賣書也是為了得到豐厚的獎金然後搬出去；提到搬出去，整個人的雙眼裡有光！」晝川伸出兩根手指，比劃了下自己的眼睛，那動作特別幼稚，初禮沒忍住翹了翹脣角，「妳就這麼想搬出去？我虐待妳了還是不讓妳吃飯了還是讓妳天天帶著二狗繞著G市一日遊了？」

初禮翹起的脣角抽搐了下，在男人突如其來的怒火沖天之中，放平，變成了一臉嚴肅。

「為了讓妳搬來，樓上又是打掃又是找裝潢師父重新粉刷！床鋪、床墊、枕頭、被子、地毯、梳妝臺、衣櫃！哪樣不是新買的！」晝川越說越來氣，「花了多少錢妳知道不！夠妳在外面租個狗窩住兩年！妳不知好歹，住了半年就想走！」

晝川停頓了下，緩口氣，然後咆哮：「耍我玩啊！」

初禮眼睜睜看著男人先是一臉遲疑、茫然地開口，然後越說越來氣，越說臉上的表情越堅定，最後那雙茶色瞳眸變成了深褐色，彷彿目標終於明確：老子現在要怒不可遏！

而這一切的起因不過是初禮在以「你的書大賣」的前提下提到自己可能擁有一筆豐厚的年終獎金。

初禮：「啊？」

氣毛呢？

這回換成初禮一臉莫名。

反而是晝川，臭著臉的晝川大大終於明白了一件事。

原來，他這麼氣，就是在心疼他買的那些新家具啊！

也是，如果這香蕉人搬走了，樓上沒人住就得積灰塵，那些家具當初都是照著小姑娘喜好買的白色，積了灰，打掃起來都能累死人啊……

這人說走就走。

怎麼這麼不負責的？

對！

就是這樣！

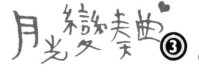

就是因為這個才生氣的！
想到這裡，越發憤怒與理直氣壯，晝川挺直了腰桿看著站在廚房門口的初禮：
「如果妳抱著這樣邪惡且不純潔的目的賣書，那書就不會聽見妳的回應，並不會大賣的。」
說完，他擰過頭，踩著拖鞋「吧唧吧唧」的衝回自己的書房，「砰」的一聲關上門，留下滿臉懵逼、一臉「你在說啥」的初禮。
書房門關上後就沒了動靜。
初禮想了想，有點不懂大老爺的心思，只好掏出手機，問問另外一名大老爺，這種情況到底算什麼情況。
猴子請來的水軍：出來了，出來了！屍體涼了嘿！
消失的L君：？
猴子請來的水軍：怎麼連你也這麼冷漠，今天是什麼日子？「男性必須冷淡日」？
消失的L君：……
消失的L君：什麼事？
猴子請來的水軍：問你個問題啊，今天不是《洛河神書》宣傳日嘛，那個轉發量你也看見了，堪比楊冪啊。那麼厲害的轉發量難道不允許人們憧憬一下未來嗎？加上實體書商的進貨量，我就覺得首印量肯定有個三十多萬，沒錯吧？
猴子請來的水軍：這肯定沒錯啊，然後在這樣的基礎上，我就稍微提了一句，書賣得好我下個月能拿一筆豐厚的年終獎金，這話也沒問題吧——然而悲劇的是，我剛說出口，晝川大大就炸了啊！

猴子請來的水軍：非說我不純潔，幫他賣書就是為了錢。

猴子請來的水軍：我不為了錢為啥啊，賣書不也是為了錢嗎！不然為什麼不搞搞慈善，送書拉倒了！

消失的Ｌ君：……

猴子請來的水軍：你別光點點點，給個意見，是不是他無理取鬧？

消失的Ｌ君：晝川看著不像是「一人我獨賺錢，看妳餓死我爽飛飛」的那種人。

消失的Ｌ君：除了豐厚獎金妳還說什麼了，妳好好仔細回想下。

猴子請來的水軍：……………………你踏馬的怎麼料事如神得和在案發現場一樣？

消失的Ｌ君：還說什麼了？

猴子請來的水軍：就說發了獎金我就可以換房子了，現在住的這個也不是不好，但是總覺得哪裡怪怪的……房東人也很好啊，除了讓我做飯、遛狗也不收租金，買新家具給我。

消失的Ｌ君：妳上輩子拯救了銀河系吧，還有這種好事——光讓妳做飯、遛狗，就給妳地方住，買新家具給妳，男朋友都不帶這麼大方的，夫妻結婚都還有AA制的呢！

消失的Ｌ君：就這樣妳還一心惦記著要搬走。

消失的L君：莫不是沒有良心？
猴子請來的水軍：……………………………………
消失的L君：白眼狼。
猴子請來的水軍：……………我是請你來教育我的嗎？
消失的L君：這波我站畫川。
消失的L君：妳這種行為就是很不好。
消失的L君：無論如何，現在他覺得很生氣，只有一個可能，出於某種原因，他不想妳搬離現在的房子。
消失的L君：或許是不希望一個白眼狼來做自己的書也說不定。
初禮放下手機，回頭看了眼房門緊閉的書房。
「他不想妳搬離現在的房子。」
「他不想妳搬離現在的房子。」
「他不想妳搬離現在的房子。」
明明是十二月深秋初冬，她卻再次感覺周圍溫度有上升的趨勢。
將手機塞進圍裙口袋裡，她抬起手，用手背蹭了蹭臉。
做飯、做飯。
「只有一個可能，出於某種原因，他不想妳搬離現在的房子。」
她將油倒進鍋裡，預熱。拍扁蒜瓣，剁碎乾辣椒，一起扔進滾燙的油裡，耳邊「滋」的一聲響，香氣立刻冒了出來。

「初禮，要是《洛河神書》大賣，下個月年終獎金可有得看了。妳入職之後找房子簽了多久啊，有錢明年妳可以換個大點兒的房子租。」

馬鈴薯絲扔進去，翻炒，鍋鏟刮在鍋子邊緣發出「唰唰」的聲音，辣椒的氣味變得有些嗆鼻。

「阿象，妳有沒有哪一天突然發現，獨自下班回家後，打開房門面對黑漆漆的房間是一件很難受的事？」

原本嫩黃色的馬鈴薯絲變成了金黃色，加一點點醋，再加一點點鹽，趁蒜瓣被煎得有些金黃的時候趕緊翻面……

「妳喜歡上妳的合租夥伴了？」

初禮握著鍋鏟的手一抖，翻炒的動作一頓。

「天啊！一個躺在沙發上就知道催妳去做飯的傢伙妳也會喜歡，妳真的很不挑啊！」

她踮起腳，打開碗櫃拿出碟子，將馬鈴薯絲鏟起，油鍋的熱度從冰涼的碟子傳遞到手心……

「我欣賞他的才華。」

「我不喜歡他！」

一滴熱油從油鍋裡飛濺到手背，初禮猛地哆嗦了下，「啊」了聲終於回過神來，反射性的將手裡的鍋鏟扔回鍋裡發出「哐」的一聲巨響，手裡的碟子也扔回流理臺上。

「怎麼了？」

伴隨著低沉的疑問聲響起，初禮沒有回應，於是從廚房外面傳來男人的腳步聲，緊接著初禮便感覺到自己被一股挺大的力量往後拉了一把。

晝川伸手關了火，蹙眉：「起鍋之前怎麼不知道先關火，這烏煙瘴氣的知道的是燒飯，不知道的還以為妳燒房子呢……」

初禮握著泛紅的手背，愣怔地看著晝川。

「你什麼時候從書房出來的？」

「……我只是進去拿東西。」

「我還以為你生氣了。」

「氣誰？妳嗎？這都生氣，怕是早被妳氣死。」

晝川牽過她，將她的手放在水龍頭底下開大水沖洗。期間他的手就扣在她的手腕，水珠從兩人緊緊交纏的手腕之間嘩嘩流淌而下。

初禮看得出了神。

直到大概一分鐘後，她瞳孔微微縮聚，猛地回過神來才發現自己的指尖都被水沖得沒有一絲溫度。她這才掙扎了下，將手縮回來，連帶著整個人也退離原本被男人氣息包圍的範圍內：「不礙事，不礙事……只是熱油飛濺到了而已，又不是真的燙傷了，哪個做菜的沒有這樣的經歷。」

「妳是編輯又不是廚師。」

初禮：「……」

「我看妳就是——算了！」晝川扯了廚房紙巾，也不嫌硌手似的直接用來擦手，狠狠瞪了初禮一眼，「在想什麼，這副失魂落魄的模樣！」

……在想你啊。

初禮低下頭沒吭聲。

晝川看她突然低下頭安靜得像是個啞巴，一時間也不知道說什麼，只能放她回去繼續把剩下的菜炒完了，端上桌。他也動作嫻熟地端著兩碗飯放桌子上，一碗大的、一碗小的，大的放自己面前，小的放初禮的位置上。他拉開椅子，坐下吃飯。

此時為晚上十點。

這不是晚飯，這是宵夜。

初禮用左手撐著左臉，看著晝川夾馬鈴薯絲，內心突然一片平靜——

是的，那麼她確實就是從「欣賞他的才華」變成「有點喜歡他了」……嗯，這應該就是喜歡了吧。哪怕看過一個人所有糟糕的一面，還是坦然接受地想要以不毒死他為目的做飯給他吃，這應該就是「喜歡」。

初禮改用右手撐著右臉，看著晝川夾牛肉，內心持續一片平靜，只是悄悄地從深海底冒上幾個泡泡然後「啪」地在水平面破裂引發漣漪擴散——

喜歡一個人是一種怎麼樣的體驗？

五字以概之：為他，心歡喜。

上一秒還想打死他，下一秒就覺得「天啊這人怎麼這麼可愛，連低頭扒飯一點兒沒有要留一塊肉給我的意思的護食模樣都很可愛」。

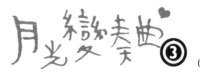

初禮放下右手，捧起碗，嘆了口氣。
要嘛總說小學生最容易喜歡上的就是自己的同學呢，朝夕相處，總要出事。
「妳唉聲嘆氣幹什麼？」對面伸過一雙筷子敲敲她的碗邊緣，「影響人吃飯的情緒。」
初禮：「……」
算了，誰讓老子喜歡你。
忍了、忍了。
初禮一臉慈愛地看著晝川，整個人內心一片光明亮堂。
她喜歡晝川啊，居然。
二十二年來，情竇初開，就獻給了這麼一個莫名其妙、甚至並不能確定是不是地球人的不明生物。
……生活啊。
妙哉。

第二天是週末，也是《洛河神書》預售開啟當日，初禮起了個大早，做了份有三明治、煎雞蛋、培根、白粥、牛奶、果汁與切好的哈密瓜、葡萄乾、核桃、燕麥混合澆上優酪乳的豐盛早餐。
所有的食物擺上桌，她例行去敲晝川房間的門。

敲三聲發現裡面毫無動靜，站在門外的初禮卻翹起唇角，將門把手往下一壓——「喀嚓」一聲，門應聲而開。

房間正中央的大床上，深藍色的被子下隆起一座像是小山的凸起，被子邊緣外隱約露出幾根髮絲……

初禮躡手躡腳地走過去，爬上床，揪住其中一綹頭髮拽了拽——

沒反應。

她再拽一拽——

還是沒反應。

她不死心地拽第三拽——

「嘩啦」一聲，伴隨著初禮「啊」的一聲低低尖叫，原本捂在被子下面的男人突然像是蝙蝠俠一樣展翅而起！把趴在床上的人猝不及防地反手捂進被窩裡，手腳俐落地團成一團，在她拚命和被子做鬥爭的時候，一腳連人帶被地踹床底下。

「砰」的一聲，品質與重量結合註定了這一下落地很響。

好在被子很厚，地毯也很軟，初禮屁股著地沒摔疼，落地一瞬間有點懵逼，隨後這才反應過來自己是被踹下床的。

她猛地拽開蓋在腦袋上的被子，憤怒地抬頭，於是便看見男人扠著腰站在床上，居高臨下地看著她：「小小編輯，膽敢大清早的擅闖本大人寢宮，擾人安眠，居心叵測，來二狗，給本大人拖下去凌遲處死！」

初禮：「……」

……馬的老子眼瞎了啊！怎麼能喜歡上這麼個玩意！

初禮站起來，揉揉被男人踹著的腰，被子團一團扔床上：「吃早餐！」

站在床上的男人反射性張開雙臂接過被子，彎腰放下：「……大週末早上不睡懶覺妳折騰什麼？」

「哪裡睡得著，今天可是你書預售的大日子。」

「……晚上才預售，妳現在鬧什麼？」

抱著被子的大手伸過來，十分順手地在床邊的小腦袋上輕輕推了一把。

初禮稍稍後退了小半步。方才晝川背著光，初禮沒看清楚，這會兒才發現他眼睛底下那層淡青色黑眼圈如同鬼上身一般。初禮將被子從他懷裡拽出來抖開疊好，在他嘟囔著「疊什麼疊，晚上還要蓋的」抱怨聲中，她只當自己耳聾懶得吐槽，頭也不抬地問：「你昨晚作賊去了？黑眼圈那麼深……」

晝川動了動唇。

「別跟我說你通宵打字了，你這種沒存稿的作者但凡是通宵打字，打完就會立刻更新，巴不得看見你那些讀者、小粉絲誇獎你打字勤快啊，半路刷到更新掉落超驚喜之類的……」初禮疊好被子，抬起頭看著他，「昨晚一夜沒睡幹麼去了。」

晝川蹲在床上，聞言，挪了挪屁股，臉上表情略神祕地壓低聲音道：「……昨晚，微博轉發數突破八萬，我漲了五萬多粉絲！」

初禮定定看著他，「你就刷微博轉發量刷了一晚上？」

「……抽空看看北美吐槽君提神。」

初禮將原本要整齊擺好在被子上的枕頭往晝川懷裡一塞：「吃早飯！吃完再睡回籠覺！」

晝川接過枕頭，順手往床上一扔，接著初禮轉身要離開房間時他也跳下床跟在她屁股後面：「妳懂什麼，這微博轉發要是不夠高，我是要被人嘲笑的，說什麼還不如賣個非法印刷物的繭娘娘什麼的——要不是有這個數的轉發量，此時妳已經是一具屍體，還好我晝川人氣實力過硬……沒想到妳還是有點用的，有著能打通同人圈和原創圈的販售技巧。

「昨天江與誠可酸了，問我一夜之間漲了五萬微博粉絲是一種怎麼樣的體驗，我只好勉為其難地告訴他很爽；他又說還好他跟我是同一個編輯，不然他非得嫉妒死我不可。那架勢估計今天早上睡醒第一件事眼屎都來不及擦就要來找妳簽《消失的遊樂園》，哎呀我說啊……」

後面碎碎唸什麼聽不見了，因為晝川轉身進了浴室，剩下一切的老太太式嘮叨傳到初禮耳朵裡，就變成了「嗡嗡嗡江與誠嗡嗡我說嗡嗡嗡他嗡嗡嗡」……

刷牙洗臉完，晝川坐在餐桌上時，初禮正拿著小湯匙挖優酪乳。她掀起眼皮子掃了眼坐在餐桌對面、頭髮亂如雞窩的男人：「頭髮能不能梳梳。」

「梳什麼？」晝川拿起三明治啃了口，「一會還要繼續睡……怎麼沒肉？」

「大清早吃什麼肉！雞蛋不是肉嗎！」

「老子是雞蛋灌餅還要加里肌肉的貴族。」

初禮：「……」

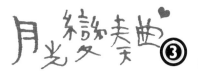

看來這傢伙在盯著微博轉發量漲漲漲盯了一宿之後，今天早上心情不錯，看這騷話連篇的……否則今天早上打開門迎接她的應該是《Lost river》才對——

想到這，初禮將耳邊垂落的柔軟髮絲往後撥弄，脣角忍不住上揚，低著頭衝著自己面前的優酪乳沙拉碗傻笑。

晝川抬起頭看見的便是這一幅景象：清晨的陽光從他背後的窗戶傾灑而入，照在她的臉上，於是她臉上的每一個細節都被無限放大於光影之下……她褐色的瞳眸之中有溫柔的笑意，插在黑色髮絲裡白皙的指尖，還有揚起的脣角，和淺淺的酒窩。

她的笑容應該和她正往沙拉裡倒的琥珀色蜂蜜是一個味的。

晝川停頓了下，微微瞇起眼。

如果他是畫家……

那麼一會兒他可能會放棄睡覺，選擇回到工作室裡，趁著這樣深刻的畫面還在腦海中形象立體時，將它記錄下來，然後得到又一幅不錯的作品。

……可惜他不是。

於是晝川選擇放下手中沒有肉的三明治，扒拉了下盤子裡的培根，語出驚人：「妳呢！昨天晚上在《洛河神書》轉發節節升高的時候，妳又發生什麼好事了？」

「我能有什麼好事啊？」

……還說沒好事，明明說話的尾音都是上揚的。晝川瞥了初禮一眼：「妳衝著自己的沙拉笑得它好像是妳的男朋友。」

看見餐桌對面的人抬起頭，看了自己一眼，眼中那笑意還未消散——他倒映在她的眼中，與那笑意融成一片……

那笑容就有些耀眼刺目了。

晝川低下頭，手中的叉子刺破了半熟煎蛋，看著金色的蛋黃流淌而出：「雖然我沒見過豬跑步，但是我吃過豬肉，這是戀愛中的小姑娘才應該有的表情——怎麼，妳戀愛了？」

初禮沒有及時回答。

晝川這邊卻想到了其他的事。

剛才他好像提到了江與誠要立刻簽《消失的遊樂園》……

尼瑪的她就為這一句高興得像是個白痴？

操，老子就不該多嘴提那一句……

初禮拿起餐巾紙遮住脣以及半張臉，好像這樣就能擋住她臉上的情緒洩漏。雪白的餐巾紙上方，她僅露出一雙眼，看著坐在餐桌對面的男人：「能一步步看著想要賣的書即將大賣，和戀愛沒有區別。」

……能一步步看著「喜歡的人」想要賣的書即將大賣，和戀愛沒有區別。

在她注視中，晝川「喔」了聲，略微冷漠地低下頭，於是他錯過了一些細節。

比如——

此時此刻。

此情此景。

她微含笑意的眼中，完完全全，只有他一個人而已。

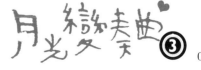

「老師，你微博上現在連載的這個中篇想過出版嗎？」

「寫好玩的，《洛河神書》之後的空檔接龍短篇免得自己過氣——這拿去出版，篇幅不夠吧。」

「要是《洛河神書》大賣，接下來你的書哪怕只有五萬字，那夏老師怕是也要把刀架在我們的脖子上勒令我們簽回來的……」初禮收走一大疊盤子，果汁杯再穩穩地落在上面。她停頓了下，稍稍彎下腰湊到晝川面前，「簽給我吧，嗯？」

晝川掀起眼皮，兩人以幾乎是鼻尖碰鼻尖的距離對視幾秒……晝川抬起大手，將面前這張不光是眼睛、簡直是滿臉星光璀璨的臉推開：「房客守則三十條裡怎麼說的，禁止……」

「八，禁止以同一屋簷下為便利對房東做出超越『房東與房客』關係的不良行為。如，催稿，索要任何具有簽名性質物品——包含但不限於簽名照——贈送親友。不分晝夜洗腦式軟磨硬泡要求房東使用不喜歡的繪者、封面設計，或逼迫房東再次簽下首印低到像是打發要飯的出版合同。我知道、我知道。」

初禮笑得露出八顆牙齒，「你都用實力證明自己能賣了，這次誰還敢用打發要飯一樣的合同拿來給你……」

危險的視線掃過來。

初禮清了清嗓子：「當然也不是說上次就像打發要飯的了，那就是商業性質的試水溫。」

危險的視線消失了。

晝川撇開臉，不願意看面前這個端著盤子、笑咪咪看著自己、好像很有說服力的傢伙，冷冰冰道：「無論吹得怎麼天花亂墜，妳這種行為就是枉顧房客守則三十條，嚴重逾越了房客、房東之間純潔、美好、健康的關係，行為不良——」

「你知道什麼才叫真正的逾越房客、房東之間關係的不良行為嗎？」初禮突然收斂起笑容，淡淡道。

晝川話語一頓，將腦袋擰回來：「什麼？」

對視。

沉默。

初禮放在盤子邊緣的手悄悄收緊，那力道彷彿要生生將手裡的盤子捏碎，她深呼吸一口氣，目光從男人淡色的脣上一掃而過，隨後目光變得深沉，心跳加速。

幾秒後。

她抬起手，一隻手端著碗碟，一隻手的柔軟指尖在男人脣角一掃而過，在男人陷入片刻愣怔之中，她穩穩地恢復了雙手端盤子的姿勢，語氣平淡：「脣角有麵包屑。」

晝川依然一臉茫然地看著她。

而此時，初禮轉身，頭也不回地端著碗碟進廚房洗碗去了。

晝川愣在原地許久，隨後彷彿下意識一般抬起手摸了摸自己的脣邊。方才那如同羽毛一般輕柔的觸感還在，她手腕上帶著的沐浴乳香好像還殘留在鼻尖，柑橘味的。

剛才，某一瞬間，他差點以為要發生什麼會導致質變的重大事故。

「……媽的。」

廚房傳來的洗碗聲中，晝川狠狠蹙眉——青春期，真是個煩人的東西。

下午六點。

距離《洛河神書》正式開賣還剩兩個小時。

初禮叫外賣，晝川起床。

她眼睜睜看著晝川像是花蝴蝶似的穿梭於自己的房間與放著各種護膚品的大浴室之間，浴室的門開啟又闔上，從裡面飄出來的晝川，第一次刮了鬍子，第二次塗了洗面乳正用洗臉機在那邊嗡嗡嗡滋滋滋，第三次敷了一片SKII面膜——

別問初禮為啥知道是SKII，晝川用兩根手指翹著蘭花指，把那面膜袋子當著她的面扔進了垃圾桶裡。

拿著本雜誌蹲在沙發上的初禮抬起頭：「賣本書而已，又不是奧斯卡頒獎——我們好像也沒替老師您準備一個大賣後的慶功宴……」

晝川不理她，直接轉身去開了香薰機。

這下子沐浴、焚香都齊了，算上早上那頓沒有肉的早餐，就是沐浴、焚香、齋戒。

初禮不知道這一齣對書有什麼影響，能不能讓書多賣出去幾本，但是事到如今，完全被晝川緊張的情緒所感染，她希望答案是肯定的。她甚至，自己也想去洗個澡。

晚上七點。

距離《洛河神書》正式開賣還剩一個小時。

外賣送來，除了整天只知道吃和睡的二狗很樂觀地搖著尾巴吃飯，坐在沙發上的作者和他的責編只象徵性地吃了兩口就放下筷子，都不用說「我吃飽了」，就能在對方的眼中看見相同的情緒。

「現在一想，這種時時刻刻可以看到銷售量的預售似乎有點刺激過頭了。」晝川勉強維持冷靜道，「對於我這種老年人來說，我的速效救心丸可能需要準備一下。」

初禮沒說話，只是抬起自己拎著筷子的手舉到晝川眼前。他可以輕易看見，她的手，在抖。

晝川：「……」

初禮放下筷子，準備刷下微博分散注意力，刷啊刷的，不小心就點進了晝川的微博裡，哪怕其實每天他更新微博她都有看見，還是忍不住津津有味地看過一遍。在看到前兩天和藺娘娘大戰之中他發的微博，她忍不住多看了兩遍。

然後用腳尖踢了踢對著一飯盒的孜然牛肉茄子興味闌珊地挑挑撿撿的男人：「那天你懟藺娘娘時說的話是什麼意思？『至今為止，我不認為我有被當作是任何人的私人物品那樣小心翼翼珍藏對待過』。」初禮說著，停頓了下，清清嗓音，「『如果有，我很期待』。」

晝川被她踹得搖晃了下，放下筷子：「字面意思。」

「什麼字面意思？」

「為我歡喜為我笑。」

初禮踩在晝川大腳上的踩來踩去的動作一頓，隨後又聽見他淡淡道：「然而現實就是，沒有這樣一個人。坐擁江山、君臨天下何其寂寞，別說是大賣百萬本，哪怕是版權賣到好萊塢，這樣的喜悅怕也是沒有誰來分享……奇了怪了，我這麼優秀的一個男人，身邊只有妳們這些充滿銅臭氣的編輯——啊！妳怎麼踩人！」

「恐怕今晚你也只能面對一下充滿銅臭味的編輯，共同見證你的預售了！」

「是啊，心塞得飯都吃不下。」晝川放下筷子，瞥了初禮一眼，「還不把妳的豬蹄從我腳上拿開。」

初禮：「……」

晚上七點半。

距離《洛河神書》正式開賣還剩半個小時。

沙發這頭的初禮放下手機，腿一伸，踢了腳占據沙發另外一頭低頭打遊戲的晝川：「別打遊戲混時間了，你趕緊上微博拉一拉預售那條微博……轉發下，調動調動讀者情緒。」

晝川頭也不抬：「拉什麼拉，該買的總會買。」

初禮：「快去！」

晝川：「我不。」

三分鐘後，初禮手指滑動再刷新微博，發現一條來自晝川的新動態。

【晝川：還有不到半個小時，大家好了嗎！我也很緊張，祝福每一個想要簽名的讀者都能拿到簽名喔，雖然我的簽名也不怎麼值錢。「笑」、「笑」】

下面瞬間幾百回覆，全部都是「摩拳擦掌等待」、「不值錢你倒是多簽一些我們要啊大哭」、「超級緊張，剛才還去測試是WiFi比較快還是4G比較快」……

接下來的二十分鐘，不知道對晝川來說如何，反正對初禮來說那真是度日如年，只能瞪著眼，看著時間一分一秒地過去，什麼事也靜不下心來去做，別人和她說話也是恍恍惚惚。

終於到了七點五十八分。

初禮和沙發另一邊的男人雙雙坐起來。

兩人相互對視一眼，拿起手機。

初禮的手指都在顫抖，輸入解鎖螢幕密碼都輸錯幾次：「我我我我刷A店銷量。」

「……我刷B店。」晝川手指一滑，喀嚓解鎖，「三十秒後報數，不超過五百就沉默以待。」

初禮鄭重其事地點點頭。

她手掌心冒出汗。

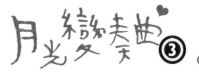

第二章

當時間來到七點五十九分，初禮瞪大眼，彷彿能夠聽見自己的心跳都快停止了。耳鳴、頭暈，各種因為緊張帶來的反應一應俱全。

當時間跳到八點，她眼前一花，「咕嘟」一聲吞嚥下唾液，戳進A店連結裡，看了一眼銷量——第一秒，月銷售一千七百九十八筆。

心，呼啦一下子提到了喉嚨！

初禮的手開始劇烈顫抖，退出連結，再次點擊進去刷新，前後頁面打開大概只有三秒，月銷售四千五百六十六筆。

初禮放下手機，深呼吸一口氣，看了眼對面安靜地刷著B店頁面的男人，手機的光倒映在他臉上。她眨眨眼，揉揉自己的臉，從第一天站在男人的面前摁響他家門鈴那一刻起，所有的記憶碎片一同湧入腦海中。

第三十秒，手指無意識地第三次點進連結，眼睜睜地看著銷售數字變成：月銷售一萬一千兩百零一筆。

與此同時，手機「叮叮」地一條條跳著新消息。

「恭喜！」

「臥槽A家頁面直接擠爆當掉了2333333333333」

「恭喜初禮！網路預售大成功！」

「行銷部快瘋了，預售開始三十秒直接把A店頁面擠崩，搶修中……初禮，從此以後妳是擠垮過馬雲的女人了！」

初禮抬起手，一口咬住自己的手背。

她放下手機，抬起頭。與此同時，坐在沙發對面的男人也抬起頭來：「半分鐘銷量，一萬三千五百四十七。」

「半分鐘銷量，」初禮嗓音沙啞，「一萬一千二百零一。」

話語剛落，她終於忍不住哽咽一聲，眼眶迅速染紅，豆大的透明液體從眼角滾落而出，炙熱的、喜悅的。

她抓過沙發上的靠墊，將自己的臉深深埋入——

下一秒，靠墊被人抽走，她淚眼汪汪茫然地抬起頭，隨後便落入一個結實有力的懷抱。晝川輕易地便將她整個人從沙發上抱起來，她站在沙發上，他站在地上。

她愣了愣，隨即埋在晝川溫暖的脖頸之間大哭出聲。

問世間。

能有什麼喜悅比得上歷經萬苦，受質疑、受刁難、受困難重重阻礙之後，終得回報？

沒有。

這一刻的喜悅與滾燙的淚水，千金不換。

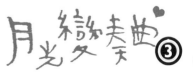

她抬起手，顫抖的指尖小心翼翼地觸碰晝川的耳廓，猶豫再三，開口用沙啞到幾乎聽不清楚的聲音道：「晝川，我……」

晝川，我喜歡你。

雖然這很荒唐也很突然，但是我還是想告訴你，我喜歡你——

從最開始覺得你是一個傲慢無禮的人，然後發現原來你的傲慢無禮，只是為曾經遭受過的不公平待遇而替自己裝上的鎧甲。

曾經以為你是個一切向著名利看齊的人，然後發現原來你只是先一步走過了我沒走過的路，看過了我沒看過的風景。或許曾經你也以為自己可以淡泊名利、專心寫作……直到有一天，你發現恰恰是這兩個字，成為了你寫作路上的絆腳石；

有一天我突然發現，原來你才是那個最想要證明自己價值的人。

有一天我突然發現，為了證明自己，你就像是一頭倔強的驢，以不撞南牆不回頭的堅定，一步步走出一條屬於自己的路。

有一天我突然發現，不知不覺之間，原來我已經跟在你的身後——

當有一天，你終於達到終點，證明自己……

我希望我，能夠成為一路的蒼天大樹。烈陽高照時，我成為你頭頂的樹蔭。

我希望我，能夠成為你身後的影。翻山越嶺時，我在你的身後。

我希望我，能夠成為你腳下的路，記錄你一路向前的每一步腳印……

所以。

在你今後前進的道路上，可不可以帶上一個我？

「晝川，我……」

初禮收緊了放在晝川脖頸上的手臂，力道大得像是乾脆想活生生將他勒死在自己的懷抱裡。胸口緊緊地貼在晝川的胸膛之上，初禮都有些害怕自己那跳得過快的心臟帶來的強力震動會被他所察覺——

初禮張開唇，這才發現自己的唇瓣乾澀得可怕，喉嚨也沙啞得在這關鍵時刻發不出任何聲音。

我喜歡你。

我喜歡你啊。

多麼簡單的幾個字，無論如何都說不出口。

只能像個弱智一樣趴在男人的肩膀上嗚嗚地哭，從一開始的喜悅到最後都不知道是摻雜了什麼樣的感情，哭到泣不成聲——

「我我我……」

「……妳什麼？」

連帶著晝川也有些懵。剛開始他也是有點兒激動，想也沒想就把人拎過來，來了個法式熱烈擁抱。原本是非常熱血、非常好的一件事，現在，怎麼趴在他懷裡的人一言不發、哭得好像兩家店加起來只賣了二百而不是二萬呢……

「妳這到底是喜極而泣還是在傷心？」

將掛在自己身上的人放回沙發上，他完全忘記看預售開始三十秒後的書本販賣又達到什麼樣的全新數字，也來不及看她掉在沙發上的手機，一直瘋狂往外跳的新訊息裡，人們是有多麼的歡快……

晝川彎下腰看著坐在沙發上哭到泣不成聲、超級可憐的責編，心裡想法是：臥槽這是怎麼了？

而初禮只是一個勁兒地打著哭嗝，最多說一個「我」字，接下來的話泣不成聲。

「……妳要是一次只能說一個字，就接著往下說。」晝川看著她掛在睫毛上的眼淚珠子，頭疼道，「不用每次都從『我』字從頭開始。」

初禮抬起頭，又打了個嗝，眼淚汪汪加一臉嫌棄地推開他的臉，「我只是想說，你之前在微博說，你很期待某天有一個人，能夠將你當作私人物品物品那樣小心翼翼珍藏對待……」

他是這麼說過。

所以呢？

晝川沒明白話題怎麼又轉回來了。

初禮深呼吸一口氣，兔子似通紅的眼瞥了他一眼，低下頭，壓低了聲音：「我能不能成為那個人啊？」

「——叮咚！吧啦吧啦吧啦叭叭叭！」

她蚊子哼哼似的、鼓起全部勇氣才發出的聲音完全被覆蓋在適時響起的門鈴音樂聲裡。

初禮哆嗦了下猛地抬起頭，這才發現原本靠在她身邊的晝川已經直起腰，一臉困惑加驚訝地盯著門鈴。

她的話，他似乎完全沒有聽見。

「這個時候，能是誰啊？」晝川一邊走向對講機螢幕，一邊回過頭問初禮，「妳剛才說妳怎麼了，門鈴聲太大我一下子沒聽見……還有妳再拿手機刷新看一眼，銷量多少了。」

初禮愣在沙發上。

她倒是不哭了，只是臉上還掛著沒乾的淚珠，一種劫後餘生的慶幸和「臥槽這啥」的失望雙重襲來。胸腔之中，是突然解脫的放鬆，以及隨之而來的強烈不滿……

臥槽！怎麼能這樣！

這破門鈴除了她偶爾按一下，一萬年沒有人按一次，今天就這麼會趕時間摁響了？

大半夜的誰啊？總不能是送快遞的吧！

快遞兄弟不回家吃晚飯的啊？不吃晚飯別人還要表白呢！

這要是哪個導演寫的劇本他都活不過電視劇播出的第二天信不信！

下一次等她天時地利人和鼓起勇氣不知道是哪個世紀了啊！萬一以後晝川和別人結婚了新娘不是她，這會兒站在門外面的人要背鍋的！

難不成還指望晝川也喜歡上她然後來表白嗎？那還不如指望侏羅紀公園真的建成面對全世界免費開放！

心裡一通咆哮之後，初禮摸了把臉，還是一步一指令、可憐巴巴地撿起之前掉落在一旁的手機，低著腦袋替去開門的晝川刷他念念不忘的銷量——在最開始的幾分鐘過後，銷量增長稍稍慢了下來，現在十分鐘過去，A、B兩家加起來的銷量大概是四萬快五萬。

「銷量快五萬了。網路預售雖然持續三天，但是最後一天應該還會長得快一些，感覺到十萬並不難。情況好，說不定有十二、三萬呢。」初禮開口說話時，發現自己的聲音啞得快聽不見了，這時候她才用這種聲音一點兒也不活潑地說，「恭喜你啊晝川老師，這次真的大賣了……」

老苗要滾蛋了。

副主編寶座要是她的了。

她要變成富婆了，可以自己搬出去租個寬敞的大房子——

不幸的是，在這皆大歡喜的節骨眼裡，她喜歡上自己的房東，捨不得搬走了，好不容易鼓起勇氣表白他也沒聽見……世界上還能有比這更慘的破事嗎？

初禮像是被吹脹得滿滿的氣球「啪」地一下子被戳破，不要說迅速委靡下去，簡直可以說是直接被炸了個四分五裂……

一回生、二回熟，鼓起勇氣再告白一次？

不存在的。

初禮抓著手機縮在沙發角落裡，一邊吭哧吭哧地刷著某家店鋪銷量，一邊恭喜晝川「大賣」，說到最後，都說不明白自己的聲音到底聽上去是有多怨念，反正至少這種怨念是完美地傳遞給晝川。

「妳少用這種可憐巴巴的聲音恭喜我，總覺得哪裡怪怪的。」晝川頭也不回地來到對講機螢幕前，一邊和初禮搭話一邊摁下接通鍵，「哪位啊，這大半夜的——」

在看到大鐵門外站著的人時，他猛地閉上了嘴。

而在初禮看來，晝川臉上的表情變化更加直觀：上一秒他還在懶洋洋地調侃她的聲音聽上去超悽慘、彷彿《洛河神書》撲街；這一秒，他面色巨變、如臨大敵，「啪」地一下子猛地掛上對講機的電話。

也沒幫人家開門。

「……怎麼了？」坐在沙發上抓著手機的初禮一臉莫名，「誰啊？」

然後她眼睜睜看著晝川靠在門邊沉默。

隨即他意味深長地抬起頭看了初禮一眼，用「鬼來了」的語氣言簡意賅地道：「江與誠。」

這一回被嚇得直接跳起來的是初禮。

初禮的第一反應是躲進廁所裡，剛跳下沙發邁開腿，就被晝川拎著後領拽回來：「有自己的房間躲什麼廁所！滾上去！關好門！聽見任何動靜都別出來！」

初禮反射性地問：「能有什麼動靜？你和江與誠要殺人放火還是幹點兒什麼見不得人的事？」

「妳廢話怎麼這麼多！還躲不躲了！」

「躲什麼躲？就說今晚你書預售我來看著你，隨時準備應對突發情況……」初禮反手拽著晝川的袖子，滿臉「天啊我怎麼這麼聰明」的表情。

晝川看了眼她哭過後這會兒還面頰泛紅、睫毛上的水珠子都沒抖乾淨、一臉小得意的模樣，眸色沉了沉，目光從她的臉上挪開，落在她光潔白皙的肩膀上：「外面過幾天都能下雪的溫度，妳穿著這樣的睡衣在我家陪我等《洛河神書》預售？妳還不如告訴江與誠我們倆早就結婚了現育一兒一女一狗……」

「兒子在哪？」

「寄宿學校。」

「女兒在哪？」

「和她哥哥在一起。」

初禮無語地看著張口就胡扯的男人，動了動脣正想嘲諷兩句，這時候只聽見院子大門傳來「吱嘎」一聲響，伴隨著二狗一聲歡快的狗叫與江與誠一聲「老子進來了」，屋子裡的兩個人交換了一個驚恐的眼神。

現在才意識到，他們湊在一起時，沒用的廢話總是顯得有點太多。

晝川為自己養了一條除了會吃之外、唯一特長就是會幫莫名其妙的人開門的傻狗悔恨不已；而此時初禮再跑上樓，閣樓那會嘎吱亂響的樓梯也會暴露一切。慌忙之中，晝川只得一把拉住她的手腕，將她連拖帶抱地逃竄到一樓自己的房間裡，拉開衣櫃大門，直接將懷裡的人往裡面一塞。

他正要拉上衣櫃大門。

突然坐在層層疊疊衣服上的人伸出手，一把拉住他的手腕，晝川正要拉衣櫃門的動作一頓，抬起頭對視上一雙漆黑的眼。

初禮盯著自己扣住晝川手腕的指尖，猶豫了下稍稍鬆開，「晝川。」

男人卻並沒有順勢抽開自己的手，他一隻手撐住衣櫃門，另一隻手被初禮握在手掌心，半彎著腰，像一座小山似的橫在衣櫃前，面無表情地盯著櫃子裡仰頭看著自己的人一會兒，忽然微笑：「怎麼不叫我老師了，剛才就發現了，一口一個晝川……幫我大賣一本就這樣，妳很囂張啊？」

他說話的語氣依然吊兒郎當的。

初禮抿脣：「你剛才是不是真的沒聽見我說什麼啊？」

晝川沉默了下，這一下的沉默讓初禮覺得很難熬。

這時候，門外傳來二狗爪子「噠噠噠」的聲音，門被人打開，江與誠站在玄關嚷嚷。

「晝川，你家拖鞋放哪了，我上次來還放在鞋櫃二層裡……拖鞋都沒有，你家是不是從來沒有人來拜訪過，你沒有朋友啊？」

「客人用的拖鞋我上次收拾屋子放在第三層了。」初禮縮回了扣在晝川手腕上的手，嗓音沙啞，「我的鞋子放鞋櫃第一層，你別讓江與誠打開看見……跳進黃河也洗不清。」

晝川沉默地點點頭，直起身拉起衣櫃門，轉身走開。他拉開房門對外面的人吼：「準備拖鞋給你這種朋友穿？穿完以後殘留人渣細菌我還得消毒多不划算……翻老子鞋櫃幹什麼？撒手，拖鞋在第三層！」

晝川的聲音彷彿從很遠的地方傳來，最後一束光消失在眼前時，初禮抱起膝蓋，沉默地透過衣櫃的縫隙看著晝川房間裡昏暗的地燈燈光。

指尖還殘留著他手腕餘留的溫度。

隱約能聽見外面傳來的對話聲，初禮抱著膝蓋的手臂微微收緊，身體蜷縮在小小的衣櫃裡，將腦袋放在膝蓋上方，發呆。

也不知道江與誠老師什麼時候走。

這個時候來大概也是圍觀晝川的預售，說真的，他不會想在這裡過夜吧？那她豈不是要在衣櫃裡待一夜？半夜尿急怎麼辦啊？

衣櫃裡全部都是晝川身上的味道，聞著有點頭暈。

初禮的腦袋歪了歪，「咚」的一聲輕輕撞擊衣櫃牆壁。

江與誠老師，你也來得太是時候了。

我明明正要……

她正堂而皇之地走神，就在這個時候，衣櫃門突然被人一把拉開，初禮嚇了一跳，整個人往後縮去。她抬起頭一看，發現面無表情站在衣櫃外面的人居然是原本走開又折返回來的晝川！

「老、老師？」

初禮錯愕地眨眨眼。

「他去上廁所了。」晝川雙手撐在櫃子邊上，彎腰半個身子探進衣櫃裡，嗓音低沉，「妳剛才問我門鈴響起的時候有沒有聽見妳說什麼，我真的沒聽見，如果——」

「晝川！阿川！你家廁所的衛生紙呢！拖鞋可以沒有，衛生紙也沒有，你平常拿手擦屁股的啊！操哦！」

廁所裡傳出的咆哮聲讓晝川無語地抹了把臉，轉頭衝外面喊：「你就用手好了啊！」

他又擰過頭。

初禮唇角抽搐，內心那些傷春悲秋情緒都沒有了，抬著頭愣怔地看著晝川，聽見他用淡淡的嗓音道：「如果是很重要的內容，那等一下妳再好好地說一遍給我聽好了。」

初禮：「其實……也不是什麼重要的事。」

她盯著晝川的眼睛，放在膝蓋上的手動了動：「老師，預售多少了？」

「五萬多吧。」提到自己的書，晝川臉上的表情稍稍放柔和了一些，「這次真的要謝謝妳，做得不錯。那天在電影院裡說的話，看來妳確實不只是打算磨磨嘴皮子而已……微博上連載的那本中篇，想要就拿去好了。」

「真的嗎？」

最後那一句妥協簡直能讓人覺得欣喜若狂了。

初禮的臉上露出一個肉眼可見的清晰笑容，黑暗的衣櫃之中，她的眼中卻因為晝川的誇獎彷彿撒進被揉碎的星光。

晝川也跟著笑了起來，伸出手揉亂她的髮：「真的沒別的話要跟我說了嗎？」

初禮縮了縮脖子，在門外江與誠咆哮著「草泥馬！阿川給老子拿紙，腿都要蹲麻了」的歇斯底里中，笑吟吟道：「以後再告訴你吧。」

「什麼？」

「更合適的時候，會再告訴你的。」初禮伸出手，主動把衣櫃門拉上，「現在還不行，是我太心急了……」

「妳這樣說我就很好奇了。」

「好奇個鬼啊……」初禮「咚」地一下子拉上衣櫃門，「再見。」

晝川回到客廳，一眼看見初禮的拖鞋就在沙發旁邊，面不改色地一腳踢進沙發底下。拖鞋的存在提醒了他某些事情，在江與誠蹲在廁所苦苦鬧著「阿川給我紙」的時候，他迅速將戰場打掃一遍。

初禮的包包塞進櫃子裡。

初禮的外套塞到沙發坐墊下面。

初禮喝過水的杯子將上面的水漬擦得乾乾淨淨。

初禮落在沙發上的手機也從墊子後面翻找出來，他回到房間拉開衣櫃門，將手機扔給縮在衣櫃裡面的人。

雙手接到手機的那一刻，初禮的內心是崩潰的。

就好像飛機延遲，登機時候最怕的就是登機口響起廣播通知乘客領餐，通常這樣的行為象徵著「接下來還有得等，但是我給你吃的了，請你閉上嘴別吵」……

初禮一把捉住晝川的衣袖：「給我手機是什麼意思……無聊的時候玩玩手機？江與誠老師不會今晚不走了吧？」

「樂觀點兒。」晝川看了眼初禮手裡的手機，「至少在妳手機沒電之前，他會滾去客房睡覺。」

初禮低下頭看了眼還剩百分之八十八的電量，內心一陣絕望。絕望之餘，她慶幸自己的是蘋果手機，而不是充電五分鐘、通話兩小時的 OPPO R9S 拍照手機。

而此時晝川縮回手，抓過放在房間裡的面紙，轉身走到廁所外，無情地打開門對裡面的人說：「你剛才哀號著要用手擦屁股的聲音我錄音了，自己掂量著點兒別招惹我，不然就發微博放給你那些對你一口一個『男神』的小粉絲聽聽……」

江與誠：「她們不會因此而幻滅的！你走開，開著門看我怎麼擦屁股……」

初禮：「……」

不。

做為「她們」的其中一員，我已經幻滅了。

縮在衣櫃裡，初禮拿出手機發QQ給江與誠。

猴子請來的水軍：江與誠老師，晝川老師的預售出來啦，結果喜人，你這邊應該也考慮好了吧！

想了想，她鬼使神差地加了一句——

猴子請來的水軍：老師在幹麼呢？

剛發送完畢，她就聽見不遠處的廁所傳來一陣沖水聲。

江與誠高興道：「看，說曹操曹操到，我小迷妹發QQ問我看見你銷售紀錄了沒有，還問我《消失的遊樂園》合同考慮得怎麼樣了，還、還問我在幹麼——在和晝川，開紅酒，慶祝，他大賣——發送，發送完畢。」

初禮手機的對話視窗立刻跳出一行字。

江與誠：簽啊簽啊明天就簽！在和晝川開紅酒慶祝他大賣！

初禮：「……」

晝川嫌棄的聲音飄來：「誰和你在廁所開紅酒。」

江與誠的聲音也隨之飄來：「偶像包袱懂不懂，在小讀者、小粉絲的心裡，大大們都是哈佛畢業、身高一米八、詩詞歌賦樣樣精通、不受五穀輪迴之苦的小仙女。」

初禮：「……」

我承認這樣想像自己喜歡的作者顯得有點智障，曾經確實是這樣的想。

但是現在。

不是了。

我選擇面對現實。

匆忙將一句「那你們慢慢喝，喝得開心，別忘記交稿」發給江與誠，初禮退出了QQ。她腦袋靠著晝川的衣服，屁股底下墊著晝川的被子，調整了下坐姿時，手撐到一個塑膠盒子，摸黑拿起來藉著手機螢幕的光看了眼，發現是一盒嶄新的男士內褲。

不自覺地想到這條內褲穿在晝川身上是什麼樣，初禮紅著臉將內褲放下，覺得自己這會兒堪稱「衣櫃歷險記」，精采程度並不亞於《納尼亞傳奇》。

揉揉臉，這時候初禮看見微信裡顯示夏老師發了一條新消息。

「恭喜《洛河神書》網路預售突破四萬！」

初禮：「……」

她點開淘寶連結看了眼，這會兒總數都快突破六萬了，突破四萬至少是十分鐘前的事——也就是說，夏老師打這一行字打了十分鐘。

會飛的象：……夏老師，是不是書名號找了很久？

猴子請來的水軍：……阿象，狗膽包天啊妳。

會飛的象：嘿嘿嘿。

蔥花味浪味仙：夏老師，這邊根據初步統計，兩家主要的合作電商分別銷售的數字基本五五開，我看了下晝川微博下面，也有很多讀者說為了海報乾脆雙收了。

兩家電商直接公布海報內容分開賣的做法非常有效地提高了銷量啊！

蔥花味浪味仙：大和，當初是怎麼想到這麼聰明的辦法的？

蔥花味浪味仙：行銷部又一漂亮的一戰！

初禮剛開始還美滋滋地看著，看到最後那一句，笑容猛地停住，幾乎忘記自己還在衣櫃裡「嗯」了一聲，心想什麼叫「行銷部」又一漂亮的一戰？

這蔥花味浪味仙叫梁衝浪，是行銷部的老大。

大和：是啊是啊，當初和《洛河神書》商量出這個行銷策略時，第一時間就去找兩家溝通了。

大和：結果他們還不願意，說怕公布了海報內容就會減少讀者為了湊齊海報一買多的可能性……

大和：我們行銷窗口的同事花了好久時間，又是做表格又是做統計的才說服他們。

蔥花味浪味仙：哈哈哈是啊，這一次《洛河神書》打破傳統格局大賣，行銷部大家辛苦了，真的功不可沒！

大和叫和俊，初禮這邊和行銷部的主要聯絡人。當初初禮提出網路預售時，第一個回答「好麻煩啊賣不動的」是他。

好不容易答應了網路預售，又說「分開兩家電商不同版本海報發貨，印刷廠可能會覺得有困難不願意」的也是他——

初禮當時恨不得騎在他脖子上才教他鬆口答應去溝通，這會兒怎麼就功不可沒了？

初禮拿起手機，微微眯起眼，還以為自己被關在衣櫃裡關出了幻覺。

將手機拉近又放遠，直到將兩位大神的話強行看了四、五遍，確定自己沒眼花，初禮這才拿回手機，掛著滿頭的問號進入《月光》編輯部小群組。

猴子請來的水軍：行銷部咋回事？

猴子請來的水軍：就這麼搶功勞？

于姚：那個群裡有何總（公司老闆）在嘛。

猴子請來的水軍：臥槽所以編輯就活該被忽略了？夏老師呢，夏老師最清楚我從頭到尾都做了什麼，很多計畫我都是先通過他的首肯才一起商量著去做的！

猴子請來的水軍：宣傳期還是夏老師找的作者資源幫忙擴散，才達到接近十萬的轉發量的！

初禮正說著，就看見夏老師在大群裡說——

老夏：主要功勞還是《月光》雜誌編輯，大家都辛苦了。

而此時，聊天內容已經奔著接下來的銷售走向、實體書商看到這麼火熱的網路預售會不會加大訂購訂量這方面去了……大群裡的聊天紀錄刷得很快，夏老師的話一下子便被行銷部那夥人有意無意地迅速蓋過。

初禮氣得想捶胸口。

這時候于姚才說——

于姚：妳看，夏老師還是向著我們的，然而，打字太慢……

《月光》雜誌小群組中，除了老苗打從預售開始的那一秒便持續裝死，大家接二連三出來排著隊打「……」，表示難以直視行銷部這波和編輯部明晃晃搶功勞的舉動。

而他們這些以夏老師為首的編輯，居然搶輸了。

輸於夏老師打字太慢。

猴子請來的水軍：週一例會我去教夏老師用語音功能。

猴子請來的水軍：誰也別想攔著我。

于姚：……去吧，悟空。

當晚，江與誠這一波空降借廁所之後，果然如晝川所說的那樣並沒有再離開。

初禮躲在衣櫃裡，輕手輕腳地不敢亂動彈，被行銷部搶掉功勞氣得想賴地打滾捶牆又不能捶時，兩人點了燒烤外賣，就著燒烤有說有笑地喝起了酒。

燒烤的肉香飄進房間、飄進衣櫃時，初禮悲憤欲死。

她抓起晝川掛在衣櫃裡的衣服捂住鼻子順便擦了把口水，發簡訊給晝川。

猴子請來的水軍：你衣櫃裡還有個人在這腿都伸不開，你們在外面把酒高歌，合適嗎？

晝川：別浮誇，妳腿沒那麼長。

猴子請來的水軍：……

在初禮的手機電量終於玩到只剩百分之二十左右時，外面開完了他們的燒烤派對，聽聲音兩人好像都喝了不少。江與誠說話的聲音比來時高昂，跟晝川宣布真愛生命、謝絕酒駕，他今晚就不回去了。

晝川家還有客房，自然不會強行將他趕走。

問題就出在下一秒。

江與誠站起來，帶著三分醉意笑嘻嘻道：「但是我換洗衣服也沒帶，你家還有乾淨沒用的內褲吧，給我一條，明天還給你……嘻嘻嘻，首印要三十五萬的大大賞我一條內褲還是賞得起的吧？」

「賞得起，但是我的首印最多三十四萬。」

「為啥？」

「三十五萬就沒人替我煮飯了。」

「哈哈哈哈哈哈瞎胡扯、神邏輯，你喝醉了！」

晝川看著一地酒瓶，紅的、白的、黃的，在沙發上翻了個身，瞥了眼江與誠踉踉蹌蹌爬起來向自己房間走去的背影，沒覺得哪裡不對。他扔掉了手中那個酒瓶，碎碎唸：「內褲穿過就穿走，還個毛線……新內褲在衣櫃裡，你自己去——」

他話說了一半忽然停住。

那半瞇著的眼也猛地睜大。

他一個鯉魚打滾從沙發上坐起來，總覺得自己好像忘記了什麼，與此同時，聽見手機接二連三的亂響，拿起來一看——

猴子請來的水軍：我還在衣櫃裡！

猴子請來的水軍：我還在呢！

猴子請來的水軍：你是不是腦殼有泡！

晝川扔了手機，龍捲風似的飛撲向房間，而當他趕到門前時，站在他衣櫃跟前的男人已經一把拉開衣櫃門，晝川難以直視地閉上眼——

下一秒，卻什麼事也沒有發生。

他睜開眼看著江與誠彎腰從衣櫃裡摸出一盒新的內褲，再直起腰。他疑惑地看向江與誠的後方，這才發現自己床上那整整齊齊疊好的被子已經被抖開，一個並不明顯的人形在下面瑟瑟發抖。

晝川長吁出一口氣，高高懸起的心落地，伸手架走這會兒揮舞著內褲高呼「三十五萬首印大大賞的內褲，吾川萬歲萬萬歲」的江與誠，走之前，給了初禮一個眼神。

初禮猛地縮回被子裡。

不一會兒，還剩百分之十電量的手機收到男人的簡訊。

戲子老師：待著別動。

初禮捂在晝川的床上，耳邊聽見外面「匡匡」亂響，時不時傳來江與誠和晝川的對話。江與誠一會兒鬧著要浴巾，一會兒鬧著要牙刷，好一會兒才消停下來。

然後初禮的手機就沒電了。

背對著門，她抱著黑漆漆的手機，只敢掀起被子的一角小心翼翼地呼吸，豎著耳朵等待外面安靜下來。

等著等著，初禮自己也有些犯睏，小小地打了個呵欠，心裡想著她就閉目養神一會兒，迷迷糊糊地閉上眼……

不知道多久過去。

閉目養神變成了真的睡著，就連房門被人打開也沒能聽見，直到身後的柔軟床墊陷下去，初禮整個人跟著往後滾了滾，這才迷迷糊糊地醒過來，心裡一驚，正想掀開被子看一眼，這時候，在她身後有一具火熱的胸膛貼了上來。

隔著一層薄薄的白色睡衣，貼在她的背脊上。

結實的手臂搭在她的腰上，男人帶著酒精氣息的灼熱呼吸就噴灑在她脖頸上，帶起一片雞皮疙瘩。

黑暗之中，被男人連被子帶人一塊抱住的初禮緩緩瞪大了眼。

怎麼回事？發生了什麼？背後的人是誰？他為什麼用鼻尖蹭我的脖子啊啊啊啊

啊啊啊啊他蹭我的脖子！

「晝、晝川老師？」

「……別動。」男人大手從她腰間滑落，拍拍她的屁股，似沒有感覺到懷中那一團東西瞬間僵硬，心滿意足地閉著眼又蹭了蹭懷中人，「冷，抱著睡，二狗你今天身上有點香，自己偷偷洗澡了啊？」

初禮勉強抬起頭。

此時此刻，二狗本尊正蹲在房門口，一臉無辜：老子怎麼可能主動洗澡還香噴噴？

仗著第二天是星期天，初禮當晚愣是瞪著眼，一晚沒睡。

其中幾次她想要掙脫開晝川的束縛回自己的房間，奈何她每次動都會換來更進一步的控制，在得到了「明天開罐頭給你」、「明天買燒雞給你」、「你再動我把你毛剃光了」一串的承諾與威脅後，初禮意識到晝川把她當成了二狗又把二狗當作抱枕的事實。

……也不知道二狗怎麼受得了晚上睡覺時對方手腳齊上、八爪魚似的靠上來時那種緊迫感。

而初禮，活了二十二年，小學時候被牽手過馬路不算，男人的手都沒正經牽過的人，就這樣被男人抱著睡了一宿。

初禮翻過身，抬起頭，額頭蹭過晝川的下巴：「老師……老師啊……晝川？」

晝川閉著眼，睡得沉。和江與誠那種喝完之後全世界蹦躂的類型不同，晝川屬於喝醉就睡覺的低調型。

初禮伸出指尖，作賊似的點了點晝川高挺的鼻尖。睡夢之中，晝川蹙眉，大手一揮拍開她的手，大手垂落下後又摁在她的腰上，輕輕一摁。初禮「啊」了一聲，輕易地便被撈進他的懷抱。

她雙腳勾起，小腹貼著他的腹肌。

這種姿勢……

他的每一次呼吸和吐息，她都能感覺到，他的腹肌在頂她的肚子。

臉「噌」地一下子紅了，她連忙用雙手捂住臉，片刻後反應過來他睡著了看不見，又放下手，小心翼翼地後退一點兒，然後在心裡數個「一、二、三」猛地翻身，將自己背對著男人。

後頸有一陣熱風吹過……初禮長吁出一口氣。

接下來，她乾脆摸索著找到了晝川床頭的插座替自己的手機充電，玩了一宿手機。此情此景可以說是非常詭異了。身後背靠著男人溫暖結實的胸膛，整個人應該覺得特別踏實，特別有安全感，而初禮，瞪著一雙睏到充滿血絲卻死活睡不著的垂死掙刺眼，玩手機。

初禮在看了一會兒搞笑影片後，突發奇想地把這些年不敢看又特別想看的恐怖片前三名挨個看了一遍。

看《普羅米修斯》，女主為了解剖出肚子裡的異形而躺上了手術臺自行解剖時，晝川正不老實地哼哼著，用自己的鼻尖蹭她的耳垂。

當女主從肚子裡把猙獰的異形拽出來時，初禮滿臉通紅，心中如同小鹿亂撞。

當女主痛苦得渾身是血，從手術臺上爬下來時，初禮抬起手想要推開貼在她身上的臉，手指卻不經意摸索到晝川的脣瓣，略微冰涼，柔軟的……

初禮「嗖」地縮回手。

她盯著指尖，雙眼無神地看著恐怖片裡的各種血腥，心中怦怦亂跳，卻是因為另外一種情緒……並不知道自己看的到底是恐怖片還是言情片。

就這樣熬過了一夜，連看《咒怨》都愣是看出了「這小孩挺可愛」的錯覺。

大約五個小時後，天亮了。

冬天總是天亮得比較晚。

看完《咒怨》第三部，初禮放下手機，抬起頭看著從窗簾投入的微微晨光，整個人像是解脫了似的長吁出一口氣。她轉過身，從背對著男人的姿勢變成面對男人的姿勢，期間對方那鐵臂似的手還搭在她的腰間。

「老師。」初禮小聲叫道，「老師，天亮了。」

晝川迷迷糊糊地睜開眼。

初禮閉上嘴。

晝川充滿疑惑地看了她一眼，然後一整晚搭在她腰間的手拿起來，猶豫了下，又落下——大手隔著睡衣在她的腰間蹭了蹭，他那雙充滿睡意的雙眼終於在疑惑之中找到一絲清明。

幾秒的沉默。

初禮能感覺到原本緊緊挨著自己的人突然倒吸一口涼氣，整個人像是蝦蛄似的猛地往後彈了彈——難為一張床有這麼大空間能讓他做出一個完美向後滑行的動作。

男人一臉驚恐地抱著被子，瞪著她：「妳幹什麼妳！」

沙啞的嗓音之中，是情真意切地覺得自己被占了便宜的恐懼。

初禮心裡的「What the fuck」早在昨晚就用完了，這會兒內心倒是一片平靜。她爬起來，白皙圓潤的指尖扒了下自己凌亂的短髮，掀起眼皮子掃了男人一眼，宣布：「不幹什麼，昨晚我們睡了。」

晝川驚恐地睜大眼。

初禮打了個呵欠，將自己的手機從充電線上拽下來，跳下床：「你睡覺真的不老實，東蹭蹭、西蹭蹭的，我被你折騰得一晚沒睡……」

晝川驚恐地睜大了銅鈴似的眼睛。

真是難為他了，身為單眼皮小眼睛的男人來說……有時候遠遠看過去，近視的人還會覺得他臉上長了四條眉毛——這會兒眼睛瞪得比趙薇還大了。

初禮站在床邊的地毯上，腳趾深深埋入柔軟的地毯中，她動了動腳趾頭：「昨晚你答應過我什麼你還記得嗎？」

抱著被子的晝川倒吸一口涼氣：「……我說我要娶妳了？那什麼，不是我出爾反爾，可是我戶口本還放在老家我媽梳妝櫃裡鎖著，父母之命，媒妁之言……」

初禮邁開步子往門外走。

晝川抱著被子，一雙眼睛從被子後面露出來，死死地盯著她睡衣之外。雪白的胳膊、小巧的腳，如波浪一般滾動的白色睡衣邊緣，隱約露出一小節恰到好處的腳踝……

他內心平靜了些。

居然產生了一種「要嘛就娶了，好像也不會死」的荒謬想法。

而這時候，站在門邊的少女停了下來，拉開門回過頭看著他，冷漠道：「你昨晚沒說要娶我，我也沒說要嫁你，床上這一宿純屬偶遇，我們什麼也沒做，恭喜你還保持著自己珍藏了二十七年的童子身……」

晝川抖了抖唇角，正欲反駁，但是在初禮滿臉「請開始你的表演」這樣看穿一切的注視中，他只能悻悻地閉上嘴。

「我剛才說的是，讓你記得昨晚你承諾過我，現在微博上面連載的這篇中篇是我的了。」

晝川：「……」

天啊，工作工作工作，這人怎麼這麼會殺風景，滿腦子都是工作，妳他媽嫁給工作了啊。

晝川腦海裡下意識地這麼想。

初禮：「週一晚上回來帶合同給你看。」

晝川抱著被子沒吭聲。

初禮抬起手，將別在耳邊的碎髮放下，遮擋住這會兒微微泛紅的耳垂；垂下眼用長睫毛遮擋去眼中的情緒，伸手，將微微顫抖的手放在門把上。

「對了。」

「嗯？」

「……咒怨一點兒也不嚇人，作者也好、編劇也是，就是因為你們這些人越來越不上心，才會讓這種東西被捧為經典吧？」

「啊？」

大清早的，就被進行了人身攻擊，順便波及整個行業跟著一起躺槍，晝川滿臉莫名，卻在對視上門邊小姑娘那雙漆黑的瞳眸時——

平日的伶牙俐齒煙消雲散。

屁都不敢放一個。

初禮瞪了他一眼，手腕一使勁向下壓著門把拉開門，正要往外走，鼻尖就嗅到一股濃郁的咖啡香味，她心裡咯登一下。

抬起頭，就看見斜靠在門外、手中端著一杯咖啡的江與誠，這會兒正歪著腦袋、微笑地看著她，語氣平靜得像是在討論今天的天氣：「《咒怨》不嚇人，那《消失的遊樂園》怎麼樣？妳攻擊晝川得拿他跟《魔戒》比，恐怖懸疑類刺激不到他。」

初禮：「……今天多雲轉大雨，最高氣溫十二度。」

她手一抖，將剛剛拉開的房門重新拍到了她家偶像的臉上。

門被關上的一瞬間，她面色蒼白猛地轉身整個人背靠著門，彷彿一門之隔外，有洪水猛獸。

晝川：「……」

初禮：「……」

晝川伸出手指了指初禮的臉嘲笑：「妳看，妳還強裝鎮定，我就知道妳不可能這麼鎮定，裝什麼老司機拔屌無情，妳不如找面鏡子照照妳現在那煞白如紙的小臉……」

「晝川！」初禮提高了聲音，「麻煩您抓下重點現在是說這個的時候嗎？我穿著睡衣出現在您房間裡一副剛從您床上爬下來的模樣，您的朋友我的作者江與誠就站在一門之隔的那一邊——」

江與誠的聲音隔著門傳來：「我是在，確實不是你們的幻覺。」

初禮覺得自己不如直接兩眼一翻地暈過去還痛快些，瞪著抱著被子盤腿坐在床上的男人：「您覺得以現在這種情況解釋一下我昨晚確實和您睡了一晚上但是咱們倆蓋被同眠純聊天，我看了一宿恐怖片，這種事江與誠老師能信嗎？」

晝川：「我記憶裡沒有和妳聊天的這一項。」

江與誠：「我不信。」

兩個聲音同時響起，初禮用手抹了把脖子，發出窒息的聲音……

此時江與誠在門外敲門：「先把門打開，你們這樣關著門一點兒也不能減低尷尬度，真的怕尷尬就不要大清早地不顧隔壁還有人就在那嚷嚷什麼『我被你折騰了一晚上』……」

初禮臉上的表情頓時變得很好看。

「我起來上個廁所以為自己撞見鬼。」江與誠說，「只能替自己泡杯咖啡壓壓驚，結果一口咖啡剛到嘴邊，就聽見下面一句——一個姑娘在被我的好友折騰了一晚上後，天亮的第一件事就是恭喜他還完美保存了自己二十七年的童子身……」

初禮臉上甚至來不及變幻出第二個「我已經死了」的表情，晝川已經扔了被子直接站在床上：「你他媽什麼意思！說誰不行！香蕉人妳把門給我打開！」

他一邊說著手已經放在了睡褲邊緣。

生怕他做出什麼過激舉動，初禮一隻手捂著眼睛，另外一隻手反射性去開門——江與誠端著咖啡斜靠在門邊，瞥了她一眼。

晝川把自己的手從睡褲上拿開，挑眉問：「賊眉鼠眼看什麼呢？」

「健康教育課沒好好學，占有慾倒是學了個十成十是吧？」江與誠說，「初禮怎麼在你家？」

「昨晚《洛河神書》預售，她不放心——」晝川說到一半，面色一變，「關你屁事，她愛在哪在哪，你誰啊管那麼寬？」

「穿著睡衣大清早在你房間裡，你當我傻子啊。」江與誠放下手中那杯熱騰騰的咖啡，「想想我，大清早地起來去個小解，就聽見隔壁我家編輯嬌滴滴的聲音響起來……」

「什麼小解，裝什麼文雅，尿尿就尿尿，昨晚你在廁所裡一口一個『紙呢』和『拿手擦屁股啊』人家聽得清清楚楚。」晝川指了指初禮，「不信你自己問她。」

江與誠一愣，看向初禮。

初禮轉開腦袋，小腳丫子在柔軟的地毯上摩擦了下，然後垂下腦袋碎碎唸念：「不說話就不會注意到我。」

江與誠面色嚴肅：「你倆在交往？」

初禮瘋狂搖頭。

江與誠表情看著放鬆了一些：「那怎麼回事？」

「……之前年年的新書周邊出了問題，這傢伙跟著躺槍被扣了一大堆工資，只能留宿街頭，那段時間正是《洛河神書》上市籌備的日子，我怕她天天在橋洞底下和要飯的交流影響發揮，就讓她來我家閣樓裡睡一下。」晝川掀起脣角，「你幹什麼那麼緊張？」

無視了晝川的反問，江與誠看上去半信半疑，伸腦袋看了眼閣樓的方向：「那她昨晚怎麼在你房間？」

「你不如問問自己為什麼無視社交禮儀一言不發突然來我家？」

「我來看著你預售啊。」

「好在撲街的時候接過第一道嘲諷的接力棒？」

「沒有的事，我知道你能賣得動。」江與誠看著初禮，對著她笑了笑，「這不是有初禮在嗎？看她那麼盡心的樣子，就知道這本書肯定能賣好，跟你沒啥關係，因為有她才賣得好的賣得好——」

初禮猛地抬起頭，原先那張蒼白的臉上立刻沾染上一絲絲淡淡的血色，她星星眼看著江與誠……江與誠面帶笑容看著她，拍拍她的肩膀。

自始至終，晝川的眼睛一直盯著江與誠的手，看著他的手落在初禮的肩膀上時，他的眉毛抖了抖；那與白皙皮膚形成明顯對比的淡古銅色大手與之接觸，在上面拍擊兩下時，他的眉毛又抖了兩抖。

初禮沒覺得哪裡不妥了。

晝川倒是認為這一幕相當刺眼——雖然大清都亡了五百年了，但是他昨晚真的就不該替江與誠開門。

江與誠：「所以昨晚初禮是為了躲我才急忙躲進你房間？」

晝川：「……」

初禮：「是啊。」

江與誠：「你們倆不是我想像中那種關係？」

晝川：「……」

初禮：「不是啊。」

江與誠：「也就是說我現在還有機會囉？」

晝川：「屁！」

初禮：「啊？」

江與誠：「那好。」

晝川：「好什麼好？」

「我還擔心我來晚一步。」江與誠端起原本放到一旁的咖啡淺淺喝一口，神色淡然，「正好在琢磨這事什麼時候說呢，今天既然撞上了那就順便說了好了……」

一室靜謐之中，江與誠轉向初禮，臉上的笑容微微收斂，他看著她鄭重其事道：「初禮，其實自從第一次正式見面之後我就挺喜歡妳的。」

初禮：「……啊？啊？」

晝川：「……」

江與誠：「我寫文也有十幾年了，跟過的編輯形形色色，當然其中不少本身就是我的粉絲，這些我都習慣了……但是我總覺得妳和我以前跟過的那些編輯不一樣——在還沒跟妳接觸前，看見妳帶晝川的時候，那股三顧茅廬的韌勁，晝川跟我抱怨的時候，我還覺得挺有意思。那時候還羨慕晝川，這年頭都沒幾個人願意上書店買書的時代，居然還有編輯為了出一本紙本書，追在作者的屁股後面跑……」

初禮震驚地微微張嘴，卻半晌發不出一個聲音。她直愣愣地盯著江與誠，懷疑自己可能還在作夢：他說什麼來著？

「因此萌生了挺想和妳合作的想法，所以那期的卷首企劃，正好找了個理由就來了——妳不知道，當我知道妳就是我十年的老粉絲小猴子的時候，心裡真的挺高興的，我心裡想的是，我盼了多少年啊，終於盼來了一個可能會懂我的編輯。

「之後，妳為了簽下《消失的遊樂園》，讓我看見了妳的行動力，千里迢迢放棄假期搭高鐵來另外一個城市，風塵僕僕地出現在我面前時，說實話，這讓我很感動……」

江與誠的目光落在初禮的眼睛上，看著她的睫毛因為震驚而微微震動，唇角便勾出一抹笑容，「上一次在電影院，也是因為妳說的那些話讓我決定相信妳的……我知道妳還是一個新人編輯，但是我也相信妳終有一天會變得羽翼豐滿——」

江與誠做了個噤聲的手勢，示意初禮不要說，只是突然又像是想起來什麼似的，唇角笑容微微收斂，臉上出現一絲絲自嘲，道：「他們都說，我江與誠寫了十幾年的商業暢銷書，如今終於被市場拋棄——但是卻沒有人認真想過，其實我也有些厭倦、疲憊了面對那些編輯，日復一日地發著資料給我，說：老師，資料統計，最近流行的這些題材都是很好賣的……」

此時此刻，江與誠臉上的所有情緒突然都消失了。

「有時候半夜裡突然從惡夢中驚醒過來，夢見自己腳下的金字塔坍塌，聚集在塔下的編輯、讀者一哄而散……那時候便不禁思考，生為作者，我到底為自己、為讀者留下了什麼。」

江與誠牽起初禮的手——

「這是遇見妳之後，開始認真考慮的事情。某一日，打開微博，看見讀者告訴我——能夠再在《月光》看見江與誠的作品真是太好了，感謝《月光》，感謝大大沒有放棄。」

初禮：「那是……」

那是我應該做的。

江與誠：「妳大概覺得這是理所當然吧，但是那一刻，我突然覺得自己好像終於在黑暗之中摸索到了可能的出路……要說男女之情，我確實並沒有深刻的喜愛或者感覺到別的書裡描述的那樣相思難忘，可以肯定的是，那日在電影院裡，看著妳信誓旦旦地試圖向我們承諾什麼的時候的認真側臉，我確實動心了。」

江與誠說著，掀起眼皮掃了眼這會兒站在床上渾身僵硬的好友。

「那是一種陰暗角落植物對光的嚮往，我還沒有走出黑暗，所以，初禮，妳是不是願意伸出手，拽我一把？」

眼前，男人的表白冷靜而條理清晰。

缺乏動情，卻更加讓人感覺到不加修飾的真誠和淡然。

他的語氣聽上去他似乎已經反覆在思考這件事許久——

而非一時衝動。

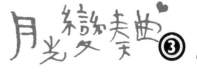

第三章

初禮整個人懵逼了，低下頭，看著扣在自己手腕上、將自己的手包裹在掌心的大手……她好像要直接飄起來了那樣：真實感為零。

喜歡了十年的作者跟自己表白了是一種什麼樣的體驗？

So drama！

初禮漲紅了臉，稍稍使勁想將自己的手抽回來未果，胸腔之中，心跳如擂鼓：「老師，我……」

「——江與誠，我怕你是有病吧。」

冷漠的聲音從背後響起，打斷了初禮的回答。她轉過身，看著站在床上的男人，這會兒靈活地躍下床，站在地毯上。

「大清早不好好睡你的回籠覺就算了，跑來我房間對剛剛從我床上爬下來的女人胡言亂語一通——餓了就吃飯，睏了就睡覺，腦子不好用了出門左轉看醫生，拽著我的人在這發什麼瘋？」

晝川大步走過來，伸手拍開兩人緊緊握在一起的手。

「撒手撒手，差不多得了啊。妳，回去睡覺。」他對初禮說。

「你，滾回家去。」他對江與誠說。

「散會！」他宣布。

被晝川拍開手後，江與誠又握住初禮的手，他前所未有認真地看著她，看著她的臉說：「我沒在開玩笑，如果可以，希望妳能好好考慮一下——編輯和作者是天作之合，而且妳喜歡我寫的東西，以後，我可以天天寫給妳看。」

一個作者在表白的時候，能掏出的所有東西也不過就是一句：妳喜歡看的話，我以後，天天寫給妳看。

初禮張大了嘴，雖然眼前的一切很詭異，但是她終於意識到江與誠究竟有多認真了。這一切太魔幻了，二十二年來第一次被男生表白，對方是她喜歡的作者，用一個作者能夠說的最具誘惑力的詞句跟她表白；而且還像是把她這個人解剖開來，知道她最喜歡聽什麼似的，反覆強調：比起妳這個人本身，我更愛的是妳的工作能力。

……這個觀點。

基本上如同把一個認定自己已經嫁給了工作的女生，摁在地上，瘋狂逗弄她大概已經死去的少女心。

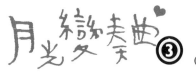

這是犯規。

……可惜。

可惜江與誠來得太晚了。

大概就在兩天前，初禮才弄明白一件事，她喜歡的是晝川這個毫無優點的人……除了會寫文，他一項都比不上江與誠，而且光寫文這項他還拖稿呢；江與誠除了偶爾的附加任務會拖一拖，對《消失的遊樂園》他永遠都會以提前三章的進度按時交稿。

但是說這些沒用，她就是喜歡晝川。

江與誠來得，太晚了。

意識到這一點後，心裡的小鹿亂撞立刻消失了，初禮幾乎是反射性地抬起頭看了眼晝川，意外發現此時後者也正面無表情地看著她。

被那雙茶色轉深褐色的瞳眸看得有些心慌，初禮從江與誠的手掌心抽回自己的手，低下頭，沉默，不知道應該如何應對。

江與誠看了眼自己空蕩蕩的手掌心。初禮的手從他掌心抽走前餘留的溫度還在，她的手柔軟得像是沒有骨頭……

「大家都是成年人了，晝川。」

江與誠轉向晝川，這是記憶中初禮頭一次聽見他用這麼嚴肅的語氣和他的「阿川」說話。

「從小到大，他們對你說什麼，拿你和誰比，跟我沒有關係，我也從來沒有想過我要和你攀比什麼……但是這一次，就這一次，我希望你能搞清楚一件事——初禮只是你的編輯……」

初禮的喉嚨噎了下。

「不是『剛從你床上爬下來的女人』，也不是『你的人』，更不是你的私人物品。」江與誠幾乎是一字一頓，「她是我們共同的編輯，對你來說，僅此而已。」

晝川沉默了下：「對我來說？」

「是的。」江與誠臉上的表情又變得柔和了一些，他看了眼初禮，眉眼之中重新沾染上溫和的笑意，「對我來說，我希望她成為我的女朋友。」

初禮一個字都說不出來。

她抬起頭茫然地看看江與誠又看看晝川，可惜兩個人誰也沒有說話……

江與誠拍拍她的腦袋，笑著說：「現在不用急著回答我，沒關係。」

初禮「喔」了聲，這會兒大腦也轉不過彎來，只好抱著枕頭滾回房間睡覺去了。接下來樓下發生了什麼事她也不知道，回房間抱著枕頭在床上滾了兩滾，她那一雙充滿血絲的眼瞪著閣樓的頂，愣是閉不起來。

也不知道過了多久，她實在是睏得不行了才睡去，睡的時候，總覺得被窩涼颼颼的，背後空蕩蕩的，居然分外懷念起昨晚有人在背後摟著睡的感覺。

要是表白的人是晝川就好了。

打了個大大的呵欠，初禮迷迷糊糊地想——

可惜都是妄想。

因為那個人，沒有心。

星期天一覺睡到下午六點，代價就是當天晚上死活睡不著。第二天早上掛著

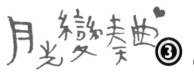

黑眼圈從床上爬起來，初禮頭痛欲裂，刷牙洗臉完爬向廚房做早餐，將早餐端上桌時，她看著坐在餐桌邊翻看一本厚重書籍的男人。

這是她喜歡的人。

沒心沒肺。

「我就這麼變成了美國時差。」初禮將煎蛋放到他的面前，還有烤好的麵包、果醬，「近墨者黑。」

「而我昨晚睡得很好。」晝川「啪」地一下合上書，「《洛河神書》網路預售銷量快七萬了。」

「很好啊，」初禮正低頭往麵包上抹果醬，「很好的。」

晝川沒說話。

初禮低著頭。

兩人前所未有地擁有了名叫「默契」的玩意，對昨天早上的那場鬧劇隻字不提。初禮甚至不想問江與誠哪去了，看著半開的客房門裡面空蕩蕩的，估計已經回去了吧？

吃過早餐，初禮心不在焉地拎著包出門，到了公司發現有三重「驚喜」在等著她——

第一重，走進辦公室的時候，初禮就感覺到整個辦公室裡安靜了下，小鳥從自己的隔間抬起頭看著她，嘲笑似的瞥了她一眼，初禮覺得莫名其妙。直到她看見她的座位上放著夠整個辦公室一起吃的早餐，豆漿、油條、綠豆粥、煎餅、果子，還有糯米飯。

初禮走過去，彎腰拿起糯米飯：「誰的早餐放我桌子上了？」

「一大早江與誠送過來給妳的，說是不知道妳喜歡吃什麼，所以都買了。」老苗說，「這週六妳到底是在幫誰賣書？」

初禮：「……」

她放下糯米飯，打開電腦、打開QQ，點擊某個頭像——

猴子請來的水軍：早餐收到，謝謝老師！只是以後不用這麼麻煩特地跑一趟，我通常都在家裡或者上班路上隨便吃過了的。

那邊很快有了回應。

江與誠：好的，是我唐突了，怕妳餓著：）

回覆的速度快得就好像他一直在拿著手機等待初禮，想到晝川曾經說過，江與誠就是一個不到下午兩點絕對不會出現在人們視線中的夜貓子……這樣的人，居然破天荒工作日早起替她買早餐送來編輯部，被她委婉拒絕，也沒說什麼。

初禮咬了咬下脣，深深陷入不安與愧疚，覺得自己在犯罪。

老苗：「妳和江與誠老師怎麼回事？」

初禮轉過頭沉默地看了他一眼。老苗咧開嘴：「有怎麼回事那就最好了，雖然他這要過氣不過氣的，但是好歹還能賣得動……」

關你屁事啊。

「你可閉嘴吧。」初禮不客氣地打斷他的話，「作者在你眼中就是能賣和不能賣兩

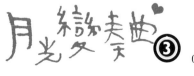

個區別？這麼喜歡看數字你怎麼不去行銷部？」

被人以下犯上，老苗倒是一點兒不生氣，衝著初禮燦爛地笑了笑——他今天心情很好，並不知道為什麼。

第二重驚喜和第三重「驚喜」都在早晨的每週例會上發生。

例會上，沒忘記週六晚上被強行搶了功勞的初禮早早地去了，往夏老師旁邊一坐，開始教夏老師用語音功能。

夏老師戴著金邊眼鏡學得很認真，學完之後，終於提出一個體現了他老年人智慧的疑問：「這功能這麼好用，怎麼以前你們不告訴我？」

整個會議室陷入了墳場一樣的寧靜。

初禮清了清嗓子：「新功能。」

夏老師相信地點點頭，嘟囔著「早該出這功能」的時候，初禮轉過身看見身後所有分部的編輯們臉上都是和她一樣的心虛和尷尬。

然後週一例會開始。

初禮開始懷疑自己是不是碰上水逆。

首先是學會了「微信新功能」的夏老師並沒有絲毫感激之心地告訴初禮，《聽聞》送出版社後，內容死活過不了審核，書號批不下來，這本書怕是之前都白忙活了。

想到自己沒日沒夜地校對，想到阿鬼同志天天唸叨「我要在元月社出書啦」眼裡的期盼，初禮聽到這消息的第一反應是，抬起頭看了眼會議室的窗戶，會議室在三樓。

她沒想到更刺激的還在後頭，《洛河神書》的合同更正後終於定下最終版本，主要訂正的是首印量這一塊——行銷部老大，就那個衝浪兄拿著資料夾站起來，宣布：「《洛河神書》因為網路預售大獲成功，週末兩天內牽動數家聞風而動的實體書商加大訂購量，所以最終經過商定，這本書的訂購量是——」

初禮屏住呼吸。

「三十四萬！」

初禮漏氣了。

老苗一臉「哈哈哈哈哈哈哈哈哈哈哈」的表情。

「讓我們恭喜新人編輯初禮，加入元月社做的第一本書就爆紅，行銷部的同事們非常感謝這些天來她做為責編配合工作，一起將《洛河神書》推上顛峰！」梁衝浪放下資料夾，笑吟吟地說。

周圍的人開始「啪啪」鼓掌，初禮覺得自己好像被狠狠嘲笑了，如果不是定下首印量的是行銷部，公布結果的是行銷部老大，她幾乎懷疑這夥人是不是在聯手起來耍她……

三十四萬。

離三十五萬就差一萬！

我去你媽的！

阿鬼怎麼辦！

我的副主編位置怎麼辦！

今天早上例會主題是「就差臨門一腳」嗎？早知道這樣我就請病假不來了！不來了啊！

初禮整個人沮喪得不行，沮喪到她甚至忘了說，晝川在微博連載的那個破玩意中短篇她已經得到口頭承諾拿下來了。

她抬起眼看著天空，都是她的副主編寶座插著翅膀飛走的模樣。

回到辦公室，初禮像是得了雞瘟的瘟鬼一樣，無心工作，只想找人大吐苦水——

那個負責圍旁聽的人自然是L君，因為是圈外人，所以初禮把早上發生的所有事情都告訴他，並重點強調了自己與和老苗約定好的某個數字就差一小步，導致自己上位副主編失敗這件事……

她肆意發揮想像力，腦補了一波老苗和那個行銷部老大之間有什麼不為人知的骯髒交易。這不是不可能的，仔細想想，之前在《洛河神書》新書提案資料表剛往外發的時候，行銷部第一時間通知初禮訂購量，老苗好像也同時知道了結果。

這說明他在行銷部有人。

初禮皺眉，頭疼地揉了揉腦袋，看著L君用輕描淡寫的語氣對她說。

「很正常啊，副主編位置就這麼給妳一個新人那像什麼話，搞不好正是因為你們的打賭所以首印才『正好』少了那麼一、兩萬。」

嘖，說得也有道理。

猴子請來的水軍：總之今天真的很倒楣，感覺沒有一件好事發生。

消失的L君：自從妳進入元月社，不是天天都這麼倒楣嗎？

消失的L君：晝川的網路預售大成功，妳應該開心。元月社應該好好表揚妳，起立給妳鼓掌才對——他們多少年沒把首印量開那麼高過了？

猴子請來的水軍：是的，剛才于姚跟我說，我這樣的舉動不僅是大賣一本書，更是讓那些古板又不肯動腦子的行銷部終於看見了網路行銷這一塊大肥肉，是革命性的——總之是可以期待一下加薪還有年終獎金這件事了……搞不好年底的優秀員工獎也是我的，當時小鳥的表情挺精采的，畢竟她比我還先入職。

猴子請來的水軍：但是，心情還是很糟糕的，阿鬼的書書號批不下來，我現在不知道應該怎麼跟她說才好，答應要幫她出書的。

猴子請來的水軍：嘴巴上不說，但是我也清楚，她肯定十分失望。

初禮說完，有些煩躁地關了和L君的對話視窗，坐在電腦前思考了一會兒，站起身，把于姚拉進了編輯部的小會議室。

果然一探口風才知道，其實于姚也覺得《聽聞》不能出滿可惜的，話裡話外的意思是，也希望補償一下阿鬼。

「怎麼補償？」

「這個我們可以再商量。對了，索恆的舊連載馬上就要結束了，新連載的題材妳們決定好了嗎？」

「……我和她約好了這週交選題，一會兒我再去問問進度吧。」

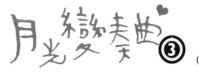

初禮得到了于姚這樣模稜兩可的答案，也不好再說什麼。出了會議室，她坐回電腦前，先是留言給索恆提醒她記得交選題，然後鼓起勇氣點開了和阿鬼的對話視窗，一鼓作氣將《聽聞》內容不過審、書號批不下來的事告訴她。

在你身後的鬼：……操！那寶寶的花枝獎是不是也沒戲了！他們只接受正規出版物不是嗎！我寄一本個人誌給評選單位妳看怎麼樣？

初禮完全沒想到阿鬼是這個反應，頓時哭笑不得。

猴子請來的水軍：能不能好了，妳還在惦記花枝獎……

在你身後的鬼：人沒有夢想和鹹魚有什麼區別，但是現在我真不惦記了……《聽聞》就這樣不過審，很傷心。

盯著「很傷心」那三個字，初禮沮喪得像是鬥敗的公雞。

猴子請來的水軍：……抱歉啊。

在你身後的鬼：沒事。講真的，其實也不是十分傷心，感覺預料之中吧，本來也就沒抱多少希望，一篇耽美文在元月社，能打到送審那一步連我自己都驚訝——我們也不能要求國內文壇對耽美文的接受度從「無」到「一步登天」，什麼都得慢慢來。

在你身後的鬼：你們主編承諾要給補償啊？

在你身後的鬼：啥補償，我需要落實一下，別光耍嘴皮子，我會玻璃心的。

猴子請來的水軍：補償是什麼我還不知道，估計是替妳漲漲稿費如果妳還願意幫我們這騙子雜誌寫的話……

在你身後的鬼：從千字八十漲到千字一百二？臥槽可以啊那我接受！

猴子請來的水軍：妳能別這麼樂觀嗎？這麼一說，我更難受了。

在你身後的鬼：別難過了，有什麼辦法啊，哪怕我在深夜蛋疼得睡不著，恨自己為毛不是晝川，天也還是會亮啊。要不妳把《聽聞》校對稿給我吧，我去出一波個人誌……都校對好了別浪費對吧，好歹是專業校對。

猴子請來的水軍：那也是不會給妳的。

在你身後的鬼：無情。看來妳並不是真的難受，也並不是真的對我心懷愧疚。

猴子請來的水軍…………妳走。

其實阿鬼說錯了。

初禮是真的挺難受的，其難過程度，不亞於眼睜睜地看著一個健康活潑擁有將來要考北大清華這樣前途的孩子胎死腹中——這是她懷胎三個月，抱著和《洛河神書》同等熱情在推進的企劃。如今一個瓜熟蒂落，大獲成功；另一個卻倒在了距離終點前一公分的位置。

雖然能看出阿鬼已經以原作者親媽的身分在努力雲淡風輕地安慰她，但是……

做為一名編輯，這種事，她怎麼可能不難過？

接下來的一整天，都沒有人敢去招惹初禮，原本應該是喜氣洋洋的日子，她卻坐在自己的位置上，渾身散發大寫的「喪氣十足」。

那喪氣八百里開外都能聞到，硬生生地讓那些原本想湊上來跟她說一聲「恭喜《洛河神書》大賣」的人都憋了回去。

初禮就這麼一直喪到下班。

難得有一天早早回到家，到家的時候晝川也沒有躺在沙發上抖腿，他坐在電腦前劈哩啪啦地打字，不知道在跟誰聊天。

初禮放下包走過去，站在晝川身後他也不回過頭，大大方方讓初禮看電腦上的聊天紀錄——

新盾·白芷：元月社的編輯可以啊，這次網路預售搞得我們都跌破眼鏡，沒想到居然還能這麼玩……早上例會的時候，老總把《洛河神書》週末網路銷售的事直接拿來當案例，把我們大釘一頓。

新盾·白芷：還問我們，有什麼能比行銷手段比元月社還落伍更丟人的。

新盾·白芷：哈哈哈哈哈哈哈哈哈被釘得頭都抬不起來。

晝川：她是個新人編輯，剛進去的。

新盾·白芷：那你撿著寶貝啦？我就說，元月社那個苗副主編，再加上那個梁什麼的行銷部老大，要想到這種新鮮的點子怕是天要下紅雨。

新盾·白芷：這種寶貝疙瘩怎麼跑元月社那種老年人聚集地去了？

新盾·白芷：從外殼腐朽到骨子裡的元月社啊，我心好痛。

晝川：哈，鬼知道她為什麼要去，偏偏對元月社還崇拜得要死。

新盾，顧白芷。

初禮聽過這人，之前老苗、作者他們偶爾也提起過，就是那個新盾社的金牌編輯，年紀輕輕、三十歲不到就爬到了主編位置——這些年舊華書店的青年讀物、暢銷小說類往後翻翻，只要是新盾出的，三分之二點五機率的責編都是她的大名。

新盾社如今和元月社在傳統紙媒出版行業能夠龍虎鬥，少不得這位金牌編輯在後坐鎮。

此時此刻，站在晝川身後，初禮扠腰看著他和顧白芷一來一往地嘲笑元月社，正考慮要不要把晝川的腦袋擰下來，突然眼皮子一跳看見對面來了這麼一句——

新盾·白芷：那你微博的《黃泉客棧》考慮好簽給我們了嗎？

整整持續一天的沉默，麻木的神經彷彿被啟動。

那一瞬間初禮感覺所有的氣血都衝上了頭。

這是壓死駱駝的最後一根稻草。

初禮放在晝川椅子靠背的手突然捉緊，在晝川雙手剛剛放在鍵盤上，剛打出「這本啊我」四個字，整隻手就被突然伸出來的爪子直接按在鍵盤上。

晝川略微錯愕轉過頭，直接面對上一張凶神惡煞的臉！

初禮直接越過晝川的肩膀，手一伸，再暴力一拽，將鍵盤整個從電腦上卸了下來；在晝川來不及反應過來壓在自己肩膀上的那兩團柔軟玩意是什麼，以及呼吸之間飛快略過的熟悉氣息時，身後的人抱著鍵盤迅速後退，像是一隻炸毛的兔子：「你說了《黃泉客棧》是我的！」

晝川站起來，有些沒反應過來地看著身後的初禮，又看看ＱＱ上發送出去的「這本啊我」四個字外加一堆亂碼，目光最後停留在初禮抱在懷中的鍵盤上。

感覺到晝川的目光，初禮抱著鍵盤連連後退兩步。

「妳先放下鍵盤……」

「我不！」初禮如臨大敵，一整天受到的委屈在這一刻嘩啦一下地盡數宣洩出來，「你們都是騙子——說好的話永遠不算數！老苗可以勾結行銷部把《洛河神書》的首印壓在三十四萬！一審、二審、八審都過了的《聽聞》也可以說不給書號就不給了！前天晚上答應給我的《黃泉客棧》轉個頭就是新盾的了，金牌編輯了不起啊！都是騙子！」

初禮的雙眼迅速染紅。

她響亮地哼了一聲，然後發出響亮的抽泣聲轉過頭抱著鍵盤連蹦帶跳地往閣樓上跑。

晝川一瞬間懵逼之後反應過來，下意識就抬腳去追，兩人一個追一個跑，這時候初禮連拖鞋都跑掉了，跑到樓梯口往上邁了兩步，就被人一把揪住衣服——

她腳下一滑，整個人狼狽地以狗啃屎的姿勢往前栽倒，膝蓋重重磕碰到樓梯臺階上，鑽心的疼痛傳來時，眼眶裡的大滴液體也「吧答」一下掉在手背。

初禮扔了手裡的鍵盤，搖晃著扶著樓梯扶手站起來要往閣樓走，這時候感覺到捉住她衣領的大手微微使勁往後一拽——

她整個人後傾。

然後被人抱著腰，直接從樓梯上端走。

身後，男人劇烈的呼吸聲就在耳邊，起伏的胸膛抵著她的背，她掙扎了一下又被死死摁住，最後終於掙扎累了，手無力地在攔在她腰間的大手上撓了兩下。

緊接著她無力垂下頭，泣不成聲。

嘩啦嘩啦的眼淚落在他充滿紅痕的手背上。

「你們都說話不算話……敢情、敢情把人家耍著玩……什麼尺度太大不給書號，當初怎麼答應人家作者的？出了事、呃，出了事就不管了，一句書號下不來不做了，任由責編去死啊？還有，首印三十五萬輸不起就別打賭，卡在三十四萬諷刺誰……還有還有，你微博那本破書，愛給誰給誰，給新盾好了，他們有錢，財大氣粗，不會打發要飯的，給你開一百萬首印——」

初禮斷斷續續地說，說完一大半，肚子裡一大堆的髒話都沒來得及罵出來，全部梗在喉嚨裡，最後一個字都說不出來了，滿心委屈像是開了閘口的洪水，一湧而出……

身後，抱著她擠在閣樓樓梯口的男人什麼也沒說。

等她哭得上不來氣了，才嘆了口氣，抬起手，胡亂在她臉上摸了一把：「我什麼都還沒說。」

初禮低著頭，感覺到身後抱著她的人鬆開手，將她轉過來……晝川半彎著腰，用乾燥溫暖的大手在她眼底下擦了又擦，語氣無奈：「妳就這麼信不過我。」

初禮垂下頭。

沒聲音了。

她默默流自己的眼淚，淚腺發達到令人髮指。

晝川看著她一張臉都溼漉漉的，眼角的那顆痣分外惹眼，心裡想，這是真能哭，他好歹算是親眼見識到了。
雖然還不如沒看見。
高興也哭，不高興也哭。
只是高興的時候是憋著哭，不高興的時候那眼淚流得和黃河似的……看著都讓人害怕。
晝川捧著初禮的臉，不厭其煩地耐心幫她擦眼淚；初禮坐在地上，認認真真地哭，眼淚像是不要錢似地往外冒，她的整張臉都哭得通紅，雙眼腫得像是桃子。
那個被初禮強行拆下來的鍵盤隨便扔到一旁，德國櫻桃停產的軍火箱系列，一千五百多塊一個——
晝川連看都沒看一眼。
他一隻手捏著初禮的下巴幫她擦眼淚，修長的指尖甩開水珠子的時候，心不在焉地想，他天天吐槽她吃的多、重得像大象，沒想到臉是真的小，就巴掌那麼大，他一隻手就能控制住。
「說說怎麼回事？」他嗓音低沉，耐心地把自己早就知道的事情又問了一遍，「首印被卡在三十四萬了……好好說話，別哭了，眼睛都要哭瞎了。」
初禮含糊地點點頭，附贈一句口齒不清地「老苗王八蛋」。晝川看她可憐兮兮又咬牙切齒的模樣，總覺得有點可愛，想笑又忍住沒敢笑，撥開她因為眼淚黏在臉頰上的頭髮：「老苗這種人，在元月社站得住腳，除了有那些想紅想急了眼、願意殺雞取卵的作者為了銷量陪他瘋，他背後肯定還有同樣重視這個的人支持他。」

初禮吸了吸鼻子抬眼看晝川，晝川不動聲色地抹去她眼底混著黑色睫毛膏的淚珠子：「妳覺得這人會是誰？」

「……行銷部的。」初禮沙啞著嗓子，「梁衝浪？」

梁衝浪做為行銷部老大，在元月社地位可以說是和夏老師平起平坐了——放眼整個元月社，編輯們都聽夏老師的；剩下的人，都聽梁衝浪的。之前隱約聽人說過，元月社成功上市以後，會提拔公司幹部成為副總，這個副總人選，如今看來理所當然的，要嘛是老夏，要嘛是老梁。

「元月社這麼大的出版公司，水深著，派系鬥爭，妳這種新人不明白也是當犧牲品。」晝川說，「所以哭什麼？就這麼想當副主編，想從這裡搬出去？我不給妳飯吃還是虐待妳了？」

初禮低下頭，不說話。

「鬼娃的事又是怎麼回事？」

「……書號不下來。」

「因為題材？」

「對。」

「覺得特別對不起鬼娃？」

「嗯，我答應過她要替她出書。」

「那妳就補償她，讓她出其他的書——索恆在《月光》的連載不是快完結了嗎？騰出一個連載位給鬼娃，連載完了直接出單行本不就行了？」晝川的語氣聽上去雲淡風輕，就好像這完全不叫事，「怎麼出書不是出，她在《月光》短篇不是挺受歡迎的嘛，說明她也能適應出版尺度……」

他話說一半。

捏在大手裡的臉猛地抬起頭，掛著淚珠的眼睛努力瞪大了看著他，那原本劈哩啪啦往外掉的淚珠子都忘記繼續掉了，掛在那裡，搖搖欲墜的。

晝川看得心浮氣躁。

突然想到，江與誠表白的時候，她也是這麼一臉茫然加震驚地看著他。

想到這，就覺得不太舒服……抬起手扯開了一顆襯衫的釦子，晝川的語氣變得浮躁了些，雖然還是盡量溫和：「這樣處理行不行？」

「……好像，」初禮愣愣道，「行。」

這麼順理成章的點子，早上都提到索恆連載的事了，她怎麼沒想到？都被氣懵逼了。

「好，老苗的事妳無力解決，鬼娃的事暫時解決，接下來還有什麼事？」晝川轉開臉，突然之間顯得有點不耐煩，「哦，還有《黃泉客棧》。我就沒打算簽給新盾社，你們剛幫我賣了《洛河神書》，無論是元月社內部還是讀者，熱情正是最大的時候，我有什麼理由簽給新盾？」

「新盾的人看見《洛河神書》賣得好，聞風而來不是很正常？實話告訴妳，今兒一整天我接待過的出版編輯沒有十個也有八個了，顧白芷是見她手下的狗腿子搞不定才親自出馬來的最後一個——妳吃醋，妳吃得過來嗎？」

初禮猝不及防被訓得狗血噴頭。

她甚至來不及想這個地方用「吃醋」二字是否準確。

而此時，見她不說話，晝川挑起眉：「怎麼，還以為我要過河拆橋？我晝川在妳眼裡就是這樣的人？」

初禮緊張地憋紅了臉，心想：「又來了，這種強詞奪理的解釋，接下來他肯定又要逼著我道歉，而我，就沒出息地說，大大對不起——」

她腹誹還沒完成，這時候，面頰突然被男人用曲起的手指刮了下。

溼漉漉的臉從不安定格在一個困惑的表情上，初禮抬起頭看著男人，她看進他的瞳眸裡，在看到裡面淡淡的笑意時，有一瞬間以為自己產生了錯覺。

「妳為什麼總是要露出一副心甘情願被我欺負的臉啊，這樣我理所當然就會想欺負妳啊。」

初禮：「……」

「《洛河神書》實際首印三十四萬，今天網上已經有媒體傳言首印百萬、瞬間斷貨、緊急加印什麼的……就連我家老頭都發微信來，問我到底賣了多少，一時間，本大大風光無限啊。」晝川垂下眼，看著面前那張委屈得很的臉，脣角露出一點兒笑容，然後，笑意擴大，「我好像，終於，一腳蹬上了金字塔上，和妳的江與誠老師齊肩高的位置。我還沒跟妳說謝謝呢……」

男人的指尖輕輕掃過初禮的睫毛，他的聲音輕得彷彿要被打碎在窗外傾瀉而入的月光裡。

「謝謝啊，香蕉人，我很高興當時把《洛河神書》簽給妳了，辛苦妳了。」

良久，初禮沒有說話，她只是努力地瞪著紅腫的眼，看什麼怪物似地看著晝川——

當晝川有些失望地以為她永遠都不會對他的感謝做出什麼反應的時候，她突然「嗚」的一聲，張開雙臂撲進他的懷裡，雙手死死地抱著他的腰，像是溺水之人終於抓住了救命的浮木。

「為什麼現在才說啊！啊啊，嗚嗚嗚……我還以為、還以為你永遠不知道謝謝呢！現在才說……是才想起來嗎？呃、肯定是的啊！」

溫熱溼潤的液體迅速將他襯衫胸前染溼一片。

晝川愣怔片刻之後，失聲笑了，抬起手，揉亂了趴在自己懷裡的傢伙的髮：「又哭，生氣也哭，高興也哭，平常橫得和螃蟹似的，妳怎麼這麼愛哭啊……」

初禮以要把自己捂死的決心將臉埋在晝川懷裡，打著哭嗝，可憐巴巴地小聲道：「還能不能、嗝兒……再答應我一件事？」

「什麼？」

晝川這會兒看看外頭的月亮。

這輩子沒有小姑娘在他懷裡哭成一灘水過，這會兒怕是向他要月亮，他都得……

「《聽聞》沒書號就不能送評花枝獎了，《月光》除了《洛河神書》真沒第二本能送上去的，報名這個月截止，你看你是不是……」

晝川低下頭，果不其然看見原本埋在他懷裡的人已經抬起頭，雙眼忽閃忽閃地看著他，滿臉期望——彷彿被拒絕的下一秒，那雙因為沾染了眼淚而特別明亮的眼裡又能劈哩啪啦往下掉眼淚似的……

哎喲。

江與誠是不是有病，怎麼能喜歡這種一言不合就蹬鼻子上臉的人？

晝川嘆了口氣，忍住把眼前的人掐死的衝動：「行，妳愛送就送，反正這本書妳功勞大了去了，勉強讓妳做回主？」

聞言，他眼睜睜地看著她紅通通的眼角終於沾染上正經八百的笑意。

晝川：「……」

不知道怎麼回事，他總覺得自己被套路了。

一個小時後，初禮基本收起了自己的喪氣，不然她大概連拿起鍋鏟的勇氣都沒有，更別說替晝川做飯。

晝川蹺著二郎腿坐在沙發上，看著廚房裡一邊做飯一邊「滋滋滋」喝優酪乳的小姑娘，拖鞋被她踩得吧唧吧唧的。他突然想到天這麼冷，是不是應該去幫她買一雙能把腳到膝蓋都包嚴實的長筒室內靴。

他又看了看她白得晃眼的胳膊，陰影之下的鎖骨……睡衣也不能這麼穿了。

暖氣不要錢啊？

「妳週末有沒有空啊？」晝川問。

「幹麼？」

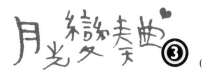

「冬天來了，替妳去添購一波冬天用品。」
「你出錢嗎？」
晝川：「……」
這小姑娘，沒臉沒皮，下午明明還趴在他懷裡哭得梨花帶雨，覺得自己對不起鬼娃，像是沒能成功替她出書，丟臉丟到姥姥家一樣……
這會兒就像沒事的人一樣，做著飯，還哼歌，厚顏無恥地惦記著他的錢包。
……媽的，精神分裂吧？
「我出，《洛河神書》版稅夠妳買十個床墊當豌豆公主了，還不是羊毛出在羊身上。」
晝川嘖嘖兩聲在沙發上翻了個身，於是錯過了廚房裡的人聞言無聲勾起唇角，衝著面前的牛排傻笑的模樣。
男人和女人之間的區別在於——
女人看上去簡直是山崩地裂的事情，男人三言兩語就用「首先然後最後」替妳一一解決了。解決之後妳自己想想，也覺得：對啊，不就是這樣嗎？
副主編的事放到一旁不說，阿鬼的事情能夠順利解決讓初禮放下心中的大石，方才第一時間和于姚溝通了關於阿鬼連載的事，于姚當然滿口答應——畢竟《月光》雜誌編輯部拿不到書號在先，更何況阿鬼替雜誌寫短篇時，人氣一直非常不錯。
轉頭再跟阿鬼說這件事，阿鬼顯得也挺高興的，拉著初禮嘮叨討論了一會兒可以寫的題材，然後興高采烈地蹦躂著吃飯去了。被阿鬼提醒，終於想起家裡也還有一條狗和一個作者等著投餵，初禮便也擦擦眼淚，進廚房去做飯。

這會兒正用做飯的空檔和于姚報告，《黃泉客棧》已經順利拿下，還有晝川鬆口答應《洛河神書》送評花枝獎的事，還在接受于姚的新一輪誇獎和喜悅——

于姚：真的啊，妳動作挺快，我今天早上其實就聽說《洛河神書》大賣，其他出版社、出版公司聞風出動——新盾連顧白芷都搬出來了。

于姚：還怕妳晚一步，正想和妳說這件事呢。雖然妳不是晝川個人責編，但是妳剛幫他賣好一本，這本妳出馬拿下機率最大。

于姚：白天看妳心情不好，沒好意思催妳去要……過程順利吧？

……一通撒潑打滾，把晝川老師哭得直接換了一套衣服算不算過程順利？

如果算的話，那是相當順利。

初禮順手打下「還成」兩個字，正捏著手機自嘲，這時候手機震動，另外的新消息送入——

江與誠：初禮，聽說《洛河神書》首印最後被定在三十四萬，距離三十五萬差一點兒，妳沒事吧？

猴子請來的水軍：沒事……哎，我和老苗打賭的事你們全世界都知道了？

自從那天之後，江與誠再也不叫她「小猴猴」，他就叫她，初禮。

一種透著親切感的全稱。

江與誠：我消息是靈通的哈哈哈！有不開心的事可以和我說，我個人看來，妳取代老苗只是早晚的事……不用著急這一時半會，晝川那個廢物不好用，妳還有我呢，《消失的遊樂園》合同我看過了，明天我簽好送過去給妳……

猴子請來的水軍：別別別我下班去老師您那拿就行——

江與誠：這麼冷的天，我心疼妳滿世界跑。

江與誠：我中午送過去。

江與誠：中午想吃什麼，我帶給妳？

初禮抬起手，正想回覆，外面的人的聲音響起：「做飯還是玩手機呢，叮叮咚咚聲音沒停過——日理萬機那麼忙？」

初禮：「江與誠老師在說明天中午送合同給我的事……」

晝川：「他親自送？有病吧，到妳那的油錢比同城快遞還貴，這種智障的事他估計還覺得自己挺浪漫吧——」

初禮：「……」

你不也在《洛河神書》責編之爭時，親自跑去編輯部懟過一波老苗？

那次去B市泡溫泉之前，專門又到編輯部打了個醬油，和我一起在作品庫吃灰又怎麼說？

再說了，你懂什麼叫浪漫？

初禮眼中浮起淡淡笑意：「老師，週末我們去哪買東西？除了被子之類的，我還想買條新浴巾。」

廚房外的人沉默了下，「妳要不直接讓我買套房給妳算了？」

初禮放下手機，繼續對著面前的牛排嗤嗤傻笑。

做好了牛排放進盤子裡，端著盤子走進客廳，初禮看著晝川躺在沙發上，蹺著二郎腿玩手機的模樣……突然有一種神他媽歲月靜好的感覺。

想到下午撲在他懷裡哭時的放肆，就彷彿關上了門，外面的狂風暴雨都會被阻擋在外，自己可以在他的懷抱中恢復寧靜。

他還對她說謝謝，那正經八百的模樣，迷死人了。

初禮忽然產生了一種可怕的錯覺：喜歡晝川真是太好了。

這種想法一冒出來，就連她自己都打了個寒顫。

恰巧這時候，晝川感覺到她沉默的目光，於是將臉轉過來，看著端著兩盤牛排、穿著香蕉圖案拖鞋站在廚房門口直勾勾盯著自己的小姑娘，愣了愣：「怎麼了？」

「老師，」初禮盯著男人的臉，咬咬下脣，「我想吻你，就現在。」

晝川手一抖。

手機「啪」地一下子砸到了那張懶洋洋的俊臉上。

晝川都顧不上痛，只是捂著被砸得通紅的鼻尖，眼淚汪汪地看著初禮，想說：「妳這是瘋了還是傻了，不就答應買床被子附贈浴巾給妳嗎？至於這麼感動？」

他翻身坐起來找紙巾擦眼淚，淚眼朦朧之中便看見初禮順手將兩盤牛排擱到了桌子上，他像個盲人似的伸手在餐桌上摸索，甚至來不及提醒她，肉放在那個高度，就差告訴二狗：今晚給你加餐。

「紙巾，紙……」

晝川捂著鼻子，幾乎懷疑自己是不是流鼻血了，模糊之間看見初禮放了盤子後在餐桌那邊拽了兩張紙巾往他這邊走，拖鞋噠噠的聲音越來越近，她來到他的面前，伸手，直接將兩張紙巾摁在他的眼睛上。

她出廚房之前用洗手乳洗掉了手上的油煙味，這會兒一陣洗手乳特有的甜香掠過他的鼻尖，視線突然陷入一片黑暗，晝川甚至來不及反應過來發生了什麼……

那連帶著紙巾壓在他眼上的手加大了力道。

將他摁在沙發上，她俯身，熟悉的氣息襲近，下一秒，略微冰涼、還帶著藍莓優酪乳氣息的柔軟落在他的面頰上，飛快的、輕柔的——

原本還掙扎著想要把她手挪開的男人一下子愣住了，就像是被人施了定身咒，當場呆愣在沙發上。

她鬆開手，連連後退幾步。

「我覺得我總是這麼累積工作上的負面情緒，回來跟你發脾氣這點很不好。」其實此時此刻初禮的大腦根本就是一片空白，她只是盯著愣在沙發上的男人，「我很抱歉，也很感激，老師你也不是什麼脾氣特別好、特別有耐心和愛心的人，但是卻能一而再、再而三地忍讓甚至幫我出主意，提醒我接下來該怎麼做……」

怎麼辦。

他不說話了。

他不動了。

他會不會很生氣？

會不會覺得被冒犯了？

啊啊啊啊啊啊我他媽是不是瘋了居然真的撲上去——

天啊，他不會因此覺得我很隨便吧？

他為什麼不說話？那我是不是應該繼續往下說還是閉上嘴……

怎麼辦？

怎麼辦？

怎麼辦？

完全不知道該怎麼辦了，也不知道應該說什麼，應該是嘻皮笑臉地說「逗你玩」？

可是。

不想這樣。

因為不後悔。

初禮摸了摸自己亂跳得幾乎快要突破胸腔的心臟，她不後悔。

站在晝川的不遠處，她的手尷尬地抓住了衣服下襬揉搓，認真思考起來自己的臉皮是不是真的已經厚得比城牆還厚了。此情此景之下，她發現自己居然一絲絲為方才的衝動舉動後悔的意思都沒有。

現場的空氣沉寂得能滴下水來，初禮站在茶几旁，看著晝川慢吞吞地將蓋在臉上的紙巾拿下來，擦了擦剛才疼得從眼睛冒出來的眼淚，這會兒鼻尖還因為手機砸那一下而泛著可愛的紅。

他掀起眼皮，沉默地看了初禮一眼——那雙茶色瞳眸之中，根本看不出任何的情緒，沒有生氣，也沒有詫異，他就是深深地看了她一眼。

「所以，這算什麼？」男人平靜的聲音響起來，聲音略微沙啞，「表達感激之情？」

他的聲音就像是在沉靜冰冷的海底，突然奏響的大提琴低音序曲。

原諒此時初禮的腦中下意識地蹦出這麼一個毫不優美又特別奇怪的比喻，她愣愣地看著晝川，腦海之中滿滿都是他提問最後翹起來的尾音。

她看著他的臉。

做出了一個她猜想接下來可能會讓她後悔一輩子、也嚴重違反了「房客守則三十條」的動作——

在百口莫辯之中，她選擇伸出手，壓在晝川的肩膀上，在他順勢向後倒去時，她的一條腿騎上沙發、半跨坐在他的上方。她低下頭，在他的後腦杓輕輕撞擊到沙發靠背的時候，吻在他的脣上。

準確無誤的。

不留後路的。

她顫抖的手覆蓋上他那雙會讓她膽顫心驚的眼，小心翼翼地伸出舌尖半試探一般描繪著他的脣瓣……她的動作生澀而輕柔，帶著嬰兒學步一般的試探，卻因為異常的認真，彷彿每一個細節、動作都被放大。

晝川薄脣輕抿，她便用舌尖笨拙地試圖去舔弄他的脣瓣縫隙，越發灼熱的呼吸噴灑在他的鼻尖上，讓他略微冰涼的鼻尖也沾染上溫度。
在被推開之前——
初禮猛地閉上眼，腦子裡亂糟糟的，甚至不想去面對接下來被推開後應該做些什麼或者說些什麼，最好下一秒地球就爆炸好了，一九九九年說好的世界末日遲到了十三年，爬也應該爬來……
耳邊是自己瘋狂亂跳的心跳聲。
當初禮都快把自己憋得斷氣，腦海裡響起「要不還是算了，好像有點不會操作」的聲音，她猶豫了下，正欲拉開身體然後上演標準版的落荒而逃——
這個時候。
被她捂住眼、從頭到尾都沒有動彈的人突然動了，像是輕易察覺她萌生打退堂鼓的意思，骨節分明的大手抬起來直接插入她的髮絲，壓住了她的後腦杓。
那一瞬間，渾身的汗毛都豎起來了，初禮原本死死閉著的眼一下子睜開，捂著男人雙眼的手也顫抖了一下猛地拿開——下一秒，整個人突然天旋地轉，原本半跨在他身上的姿勢突然便被壓進了沙發裡！
「……晝——」
驚呼直接被堵回喉嚨裡，因為震驚而根本沒有設下防禦的牙關被輕而易舉地攻破，帶著掠奪性的舌尖探入她的嘴裡，瞬間侵襲她口中每一個角落，就好像……要將所有的氧氣和理智都掠奪一空！
他的膝蓋順勢卡在她的雙腿間，睡衣狼狽地掀起，露出一大截光潔的小腿……

第四章

十二月，初冬，周圍的氣息變得灼熱起來。

初禮呼吸笨拙地發出「呼哧呼哧」的聲響，光靠呼吸道根本不足以供給足夠的氧氣，渾身的氣血彷彿一瞬間湧上了腦袋——

她困難呼吸的聲音聽在他耳朵裡，反而像是一劑興奮劑，讓他的動作變得更加地肆無忌憚！

有來不及吞嚥的唾液順著唇角流淌而下……

直到整個人因為窒息感而開始顫抖著，眼前一陣陣發黑——在懷疑自己幾乎就要死去之前，初禮終於掙扎著，手軟腳軟地找回自己的理智，在男人稍稍撤出來含住她的唇瓣時，一把推開他！

那令人窒息的霸道氣息瞬間抽離。

初禮像是一瞬間找回理智，連滾帶爬地從沙發上爬起來，笨手笨腳地翻到沙發旁邊去，「啪」地落地上，又手腳並用地爬起來，從沙發扶手後露出一個腦袋，「呼哧呼哧」地大口呼吸著新鮮空氣，面頰泛紅，像是剛跟人打了一架。

「……你做什麼！」

初禮像是被踩了尾巴的貓，炸毛，完全忘記是自己先動手。

晝川沉默。

初禮目光之中，只看見男人抬起手背，動作有些粗魯地擦了擦唇邊的晶瑩，她瞬間從臉紅到了脖子根，隨即聽見男人用根本不符合他那沾滿慾望的沙啞聲音，雲淡風輕地道：「我看妳不會，好心教教妳……」

「我我我我我——」

屁啊！

教個屁啊啊啊啊！

「要你教個鬼啊，那麼喜歡教育你去教書寫什麼小說——你不是也不會嗎！」

「教什麼書，健康教育課嗎？沒實戰我還不懂操作要領？這點都不懂還寫什麼書啊？」晝川瞥了眼不遠處的小姑娘，還有她那被弄得微微泛紅的唇瓣，停頓了下，目光猛地沉了沉。

初禮立刻抬起手捂住自己的唇，連帶著整個人也跟著後退了好多步。

晝川見她那如臨大敵的模樣，無奈失笑：「不是……所以，剛才那算什麼？」

「什麼都不算！」

初禮立刻咆哮。

「氣氛剛好，我就是一時鬼迷心竅——」

氣氛剛好。

她就是一時鬼迷心竅。

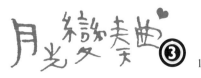

哪怕晝川是個寫書的，腦洞時常需要開到銀河系外，都想不出這麼渣的「事後杜絕負責」爛理由出來。

然而初禮也沒有再給晝川說話的機會，話語落下，她便轉身落荒而逃，腳軟一般地扶著樓梯扶手衝回自己房間，狠狠甩上門再上鎖——

「砰」的一聲。

然後一切重歸死寂。

留下晝川一人在客廳。

沉默。

他彎下腰從沙發下撿起了她方才情急下落在地上的手機，手機螢幕上，顯示江與誠在三分鐘前發來訊息問初禮——明天中午妳幾點有空。

盯著手機螢幕看了一會兒，良久，他面無表情地將手機鎖屏，並不溫柔地扔到茶几上。

空無一人的客廳中，他安靜地等待著方才沸騰的血液逐漸冷卻。

做為愚蠢且不可違背大自然生物本性的下半身優先思考雄性生物，此時此刻冷靜下來，晝川突然有一種劫後餘生的感覺……想想當對方帶著藍莓優酪乳香甜氣息的舌尖笨拙地勾住他的唇瓣時，大概就是那個時候，毫無徵兆地，輕而易舉便被喚醒了些什麼——

當時，他真的想……

就地辦了她。

抬起頭看了眼閣樓，晝川覺得自己大概真的是要瘋了。

這算什麼啊？

歸「青春期」管不？

怎麼感覺已經是歸「發情期」範疇了啊。

……超綱題。

操。

樓上的人悄無聲息，安靜得如同死去了一般，完美詮釋了什麼叫「裝完逼就跑」。正好晝川這會兒本著不想犯罪的原則也不想見到她，索性就由著她去了。

看了眼在兩盤牛排下面轉了八百個來回的二狗，四目相對的時候，雙方都有一種被人揭穿真面目的尷尬。二狗「嗷嗚」一聲轉頭回狗窩去了，晝川縮在沙發角落裡，玩手機。

他在網上看影評分散注意力。

努力不讓自己去回想方才舌尖闖入溼熱的口腔中時，對方嘴裡還殘留的優酪乳香甜，那一瞬間就成功地讓他大腦裡某根緊繃的神經「啪嘎」斷了線，當時他只想把身下的人……生吞活剝。

……不行。

感覺到身上的血液又有加速向某處匯聚的趨勢，晝川從沙發上坐起來一些，抬起手揉亂了頭髮，告訴自己，不能想。

手指無意識地滑動手機螢幕，在眾多影評之中突然看見這麼一句——

男人對女人的愛情，從某一天，他對她突然有了性慾開始。

滑動的手指猛地一頓，晝川突然有了全世界都在和他作對的錯覺。

他不爽當然也不能讓別人痛快，看了眼這會兒被他扔在桌子上的手機閃啊閃，那個名叫江與誠的傢伙就像是準備把這輩子該說的話一鼓作氣全部說完似的停不下來……晝川無聲地勾了勾脣角，回頭看了眼身後安靜如雞的閣樓，突然提高聲音吼道：「樓上那個，妳手機忘記拿了！」

樓上傳來「咚」的一聲巨響，像是什麼人摔倒了或者是絆倒了什麼東西，良久，才聽她慌慌張張道：「送你了送你了！」

晝川：「……」

怕是根本沒聽清楚他在說什麼。

不過既然她都說送他了……晝川挑起眉，光明正大且認認真真欣賞了一會兒初禮手機上來自江與誠的訊息，看著他噓寒問暖；隨後晝川放下初禮的手機，拿起自己的手機，在上面一通搗鼓。

然後進入QQ，找到名叫江與誠的傢伙。

晝川：打我電話。

江與誠：？

晝川：打啊。

江與誠：？

一分鐘後，晝川手機鈴聲響起，他的脣角同時無聲勾起，雙手抱著膝蓋認認真真地盯著「江與誠來電」的字看了好久……直到那邊不耐煩地掛掉手機。

江與誠：？你有病啊？叫我打電話又不接。

晝川：換了新鈴聲。

QQ這邊，江與誠正想問「你什麼時候還踏馬返老還童喜歡起韓國明星了」，這時候電光石火之間想到打通電話的那一刻鈴聲高聲歌唱「loser——+%&#*&+#%」……

江與誠：我幹尼瑪喔！罵誰呢你！一本破書大賣就膨脹了是吧！

晝川：不是這個。

晝川：哎。

晝川：不告訴你。

江與誠：滾啊！

江與誠叫晝川滾，晝川就真的滾了，放下手機，看了眼客廳桌上放著的兩盤牛排，雖然家裡開了暖氣，但是放了一會兒……牛排就涼了啊。

感覺到自己好像終於找到一個比較理直氣壯的理由，他跳下沙發站穩，雙手塞在口袋裡，邁著懶散的步伐走向身後的閣樓。他踩在閣樓樓梯上，「嘎吱嘎吱」的腳步聲彷彿就在提醒著樓梯盡頭的門那邊，他已經來到。

那門卻紋絲不動。

晝川猶豫了下，伸出手摁下門把，門沒鎖，一下子就開了。

門開的一瞬間他聽見裡頭一陣騷動；門敞開的一瞬間，他看見方才落荒而逃的小姑娘赤著腳站在地板上，懷裡抱著印有邊剝香蕉皮邊咧嘴傻笑猴子的抱枕，她髮絲凌亂，身體緊繃，指尖微微泛白地深深陷入抱枕裡。

讓晝川想到當她被壓在身下時，那雙緊緊攀附在自己肩膀上的手。

喉嚨收緊。

「吃飯。」他面無表情，嗓音四平八穩地道，「牛排都——」

涼了。

後面兩個字還沒來得及說出口。

他眼睜睜看著站在房間中央的人已經彈跳起來，被他的一句話刺激得直接貼到閣樓另外一頭的牆壁上。她瞪大了眼望著他，如臨大敵。

晝川撐在門上的手停頓了下，然後拿開，心中無語的同時竄上了一股無名火，索性將門完全推開，直接走進房間。當他邁開步子大步向著擠在角落裡的人走去，他聽見她從喉嚨深處發出「嗚」的一聲像是小動物的哀鳴。

她背部死死地貼著冰涼的牆，整個人像是恨不得把自己鑲嵌到牆裡去。

這副模樣……

真是太可愛了啊。

來到她的面前，站定，晝川的目光幾乎是毫不掩飾地從她緊繃的臉上滑過，那帶著炙熱溫度的目光像是一團火，燒過她的眼、鼻尖、脣角……

然後迅速蔓延灼燒過她修長白皙的脖頸，在那上面，還有淡青色的血管清晰可見。這會兒，喉嚨部分緊張地滾動著，出賣了它主人的情緒。

晝川稍稍彎下腰，初禮「嗷」了聲舉起枕頭擋住自己的臉。

下一秒，那枕頭就被晝川無情抽走，當那令人窒息的熟悉氣息再次逼近，初禮被逼無奈，小心翼翼地睜開一隻緊閉的眼，瞅著面前那張面無表情的英俊的臉。

「我知道妳現在在想什麼。」晝川垂下眼，看著她淡淡道，「是不是在想，接下來就該去租屋網看一波租房資訊，立刻搬出去，最好是今晚，下一個小時更好，現在立刻馬上最佳？」

初禮眨眨眼，心想：「臥槽馬的這你都知道，莫不是會讀心術！」

大概是片刻的愣怔出賣了她，晝川停頓了下，不幸地發現自己還真的猜對了。看著面前在自己的欺壓下慫成一頭狗熊的小姑娘，他嘆了口氣，抬起手，心情複雜地揉揉她的頭髮。

「用不著。」

「啊？」

「如果妳不想告訴我，剛才為什麼那麼做，那就可以不用說。」晝川緩緩道，「我可以假裝什麼都沒有發生，也可以假裝妳從頭到尾並沒有違反『房客守則三十條』裡的任何一項……」

晝川語落，閣樓小房間裡陷入片刻的寧靜。初禮愣了愣，彷彿感覺到方才那種緊張、尷尬的氣息，突然在他難得溫和的嗓音之中消失得乾乾淨淨。

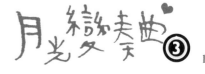

於是。

「本……」打從他進屋，直到這會兒才終於鼓起勇氣的人，磕磕巴巴小聲道，

「本來就、就沒有。」
說話的時候，牙齒還因為兩人過近的距離而哆嗦。
但是她聲音是理直氣壯的。
『房客守則三十條』說，我不能逾越房客身分向房東催稿，又沒說我不能親你……
初禮臊紅了臉，心裡碎碎唸。
她抬起頭，看著面前的男人，看他一臉平靜，於是伸出手，小心翼翼地拍了拍他的肩膀，在碰到他後迅速縮回來，蚊子哼哼似地問：「你真的能假裝什麼都沒發生嗎？」
晝川垂下眼，目光若有似無地從她脣上掃過——
恐怕是有點難。
某日，猴子手賤餵了狼吃過肉以後，再可憐巴巴地說，忘記肉的滋味，以後咱們還是吃胡蘿蔔吧？
……妳看狼願意不願意？
然而此時，大尾巴狼表面上維持一片平靜，點點頭，向猴子微笑著說：「好啊。」
這天晚上，初禮厚顏無恥地要回了剛才說要「送給晝川」的手機，並跟在晝川屁股後面下樓把那塊牛排吃了。屋子裡開了暖氣，牛排還沒冷透，只是有點發硬，不影響食用，至於味道……
初禮也不知道。

就像她現在也沒想明白自己怎麼就一時衝動去親吻晝川？其實她很想問問晝川，是不是知道她喜歡他了；但是想了想後還是閉上嘴，因為兩人十分鐘前，在她的要求下達成協議：從今往後，對今晚發生的事隻字不提。

初禮低下頭切牛排的時候，就好像在切自己的肉。

她並不知道自己那亂飄的目光其實完完全全被晝川盡收眼底，而晝川難得大發慈悲地沒有揭穿她。這頓飯，兩人吃得都略有些食不知味。

初禮完完全全地沉浸在自我幻想帶來的恐懼與尷尬之中。

而晝川，他的目光沉澱，氣息平穩，沒有人知道他在想什麼。

兩人吃完牛排之後友好散會，初禮不用催促著晝川去洗盤子，端著盤子的男人自動進了廚房；初禮也不用催促晝川寫稿子了，等初禮洗完澡回閣樓，《黃泉客棧》現有的稿子已經整理好發到了她的QQ上。

初禮抬起頭看了眼外面的月色，幾乎懷疑天是不是裂了個口子，往下漏紅雨了。這個突如其來的親吻，把富樫義博變成了業界良心牌全自動打字機器？

用手機從頭到尾看了看《黃泉客棧》的稿子，她腦子裡大概想了想封面構圖，琢磨了下這回找哪個古風繪者比較好……

想著想著就睡著了。

初禮再睜開眼時已經是早上七點二十分。

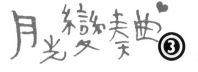

她照常起床，做早餐、吃早餐然後上班，出門前被晝川叫住。

她穿鞋的動作一頓抬起頭，就看見坐在餐桌邊的男人端著一杯牛奶：「中午江與誠來找妳啊？」

「是，《消失的遊樂園》的合同……」

「還送午餐給妳？」

初禮挺聰明的，她意識到晝川想說什麼了，她心往下沉了沉——雖然晝川和江與誠兩個人天天吵架，但是可以看得出來這兩人完完全全就是穿一條褲子的，在某些關鍵問題上，他們抱團抱得很緊，就連粉絲都經常調侃他們是「文壇雙子星」……

晝川這是旁敲側擊提醒初禮，江與誠的事得好好處理。

為什麼啊？

是因為他知道她不喜歡江與誠了？

因為她喜歡他？

否則之前明明他也沒說什麼，為什麼偏偏就在她昨晚這樣那樣了之後，今天早上又有了這種發言。啊，生怕她傷了江與誠的心？那她呢！她傷心就不算傷心了嗎？

王八蛋！

並不覺得自己的邏輯有什麼問題，初禮咬了咬下唇，不敢再繼續往下想，略有些賭氣的成分在裡面，她抓起自己的帆布包：「我中午會和江與誠老師說清楚的，我有男朋友了不是嗎？」

正用刀切煎蛋的男人聞言，刀在盤子裡滑了滑，幸好沒有發出什麼聲音……他不動聲色地抬起頭看著初禮：「男朋友？」

隨便吧隨便吧。

老子不管了。

初禮鼓了鼓腮幫子：「L君啊，那個山寨版晝川！網戀不行嗎！二〇一三年網戀除了老土難道還犯法嗎？」

嗓門大得隔壁都能聽見，接下來沒等晝川回答，初禮已經「砰」地摔門離開了，留下屋子裡兩臉懵逼的一人一狗。

晝川放下刀，看著自家二狗一臉譴責地看著自己，彷彿在說「你怎麼又惹我新晉鏟屎官生氣」，他挑了挑眉：「看什麼看？我說什麼了我，她莫名其妙要生氣跟我有什麼關係……不喜歡江與誠就跟那老王八說清楚不是挺好的嗎？還說什麼有了男朋友，有了男朋友還親我幹麼，二十七歲老男人的初吻就不是初吻了嗎——」

二狗拒絕聽嘮叨、低下頭繼續吃飯的時候，晝川也跟著閉上嘴，因為他突然意識到「L君」好像也是自己……

這麼說，昨晚他給自己戴了個綠帽。

晝川：「……」

可以。

這很 interesting。

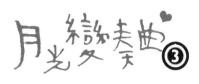

滿心怨念的初禮到了編輯部，把《黃泉客棧》的稿子交給于姚時，發現她的臉色說不上好看，這時候才發現她手邊擺著《月光》明年元月號各家實體書商的訂購量，那數字……比十一月的訂購量少了一萬五，比十二月的訂購量少了一萬。

本來數量就沒多少了，這是要樓臺跳水？

《月光》雜誌這邊，現有長篇連載陣容就是穩居投票冠軍的江與誠，以及馬上就要連載完畢、十二月號上最終回的索恆。

接下來是短篇小說。

偶爾晝川和阿鬼會幫寫一篇短篇，原本還有年年、河馬等人；但大約是九月，在于姚決定砍掉部分沒有人氣的作者之後，河馬已經很久沒有短篇登上。

老苗打著「元月社」、「《月光》雜誌副主編」的旗號重新去搜尋一堆大神作者，其中甚至有不亞於江與誠和晝川級別的，但是因為這些大神作者平日本來就忙，也看不上這千字百來塊的稿費，答應寫稿只是完完全全賣了「元月社」、「副主編」幾個字的面子……

所以稿子品質其實不怎麼好。

讀者自己是有判斷能力的。

魯迅先生誇一句「今天天氣不錯」指「作者感慨革命之後世界煥然一新，祖國邁開了新的步伐奔赴更美好的明天」這種事只會發生在國文課本裡；而現實就是，在讀者看來，不管你是不是大神，也許本身的號召力會讓你在最開始時聚集一些人熱鬧一番，但是最終大家還是實力說話。你寫得不好看，他們就是不會買帳，原本聚集的人也終究會散去。

這樣的情況導致了現在《月光》雜誌的作者陣容越來越華麗，而銷量卻直線下滑。

初禮打開信箱。

全部都是——

「索恆寫不動就不要再寫了，浪費紙。」

「那個于伯真的是寫《洛衣僧》的于伯嗎？這麼難看的短篇也上，真的是暈死了，不會是山寨的吧？」

「每次都買《月光》，以前還能看點兒短篇，現在沒有晝川完完全全就是為了江與誠大大的《消失的遊樂園》，再這樣下去，就不訂閱了，寧願等《遊樂園》單行本算了。」

「最近的雜誌內容越來越沒誠意了……」

「訂完今年不想訂了，連為你們特地跑一趟郵局的興趣都沒有。」

初禮默默關上信箱，正想說什麼，這時候，老苗正好把一個叫「歲三朵」的大神作者稿子交上來。初禮沒說什麼，下載打開看了眼，內容就是寫什麼小神仙下凡的賣萌文，跟之前索恆交上來的長篇大綱內容一模一樣……

一看就知道是誰教的。

「老苗，歲三朵是寫現代青春言情校園文的大神，你讓她寫古風賣萌文，這怎麼看都奇怪得很啊。」初禮關掉了文檔，「有些用詞還有蛋疼青春的味道在裡面，古風文耶！」

「雜誌風格決定了我們的讀者就是吃這套，蛋疼青春在《月光》從來沒登過，她不會寫的話不會拒絕我的題材提議啊！」

「有編輯提議具體梗概大綱，自己不用想，寫寫就能登，這種好事哪個作者會拒絕啊！」

「妳也說了是好事了。」

「但是她寫的不是什麼好文章啊！這玩意能往雜誌上登嗎——」

「歲三朵微博粉絲二十萬，十分之一的人買單就是二萬銷量。」

「然而這些人也不會被《月光》本身吸引留下來，沒有好的內容、沒有歲三朵後，這些讀者下一期一樣不會買——光一個月多二萬銷量頂個屁用啊，是誰告訴我雜誌是用來培養固定路人讀者，主要目的是打廣告用的？最近雜誌銷量掉得厲害你別告訴我你不知道！還不就是因為天天往裡塞這種難看的短篇？江與誠最初加入的六月刊，至今銷量十六萬，比以往的八萬翻了一倍，現在銷量幾個月掉到十萬，一月連十萬都沒有了，投稿信箱裡全是抱怨短篇內容不好看的！就剩江與誠帶來的那點粉絲在買雜誌了！」

「那妳倒是去用索恆，怕是連兩萬粉絲都帶不來，路人讀者那就更沒有了……」

「總之我不同意登歲三朵這篇文，不符合也達不到《月光》雜誌的標準。」

「妳不同意？妳說不同意就不同意——不同意妳自己去跟歲三朵老師說啊，妳的短篇真難看，麻煩改改。」

「……怎麼不能改了，江與誠的連載寫得不好我還讓他改呢。推翻重寫都有過！」

「妳以為人人都是江與誠啊暗戀妳？做好妳手上的單行本得了，雜誌的內容妳也要指手畫腳……」

「你——」

兩人你一言我一語，就差掐起來。

最後，還是于姚開口讓他們倆都閉嘴，整個編輯部才安靜下來。

兩個美編埋頭裝死。小鳥左看看、右看看：「不是，初禮，要是因為內容就讓一些大神的稿子不過，不僅得罪人，而且雜誌內容也不夠了啊……」

「不夠就做薄點兒。」初禮瞥了她一眼，「反正那幾頁橫豎沒人看，何必浪費紙，現在不是提倡環保？」

「可是每個月頁數是固定的。」

「改版唄。」

「妳說改就改啊，這種事……」

小鳥的話沒說完，整個編輯部陷入一陣愁雲慘霧。

初禮覺得自己越來越抑制不住自己對老苗的鄙夷。

就像是一起站在起點準備出發，最開始的時候只是驚訝於身邊這個人的身體朝向並不一樣。

然後發現原來他跑的是另外一條賽道，回過頭的時候還能看到他，於是勉強學習他跑步的姿勢。

最後，伴隨著時間的推移，才發現原來整個賽道是「Y」字形，而且長度無限，回過頭時看不見他的「英姿」，只知道他跑過的路荒草叢生。

和老苗對於「做書」的理念越來越偏向於水火不容。

時至今日，她終於徹底地連掩飾都掩飾不住自己的不認同——於是，事事針對、事事辯駁、事事爭論。

此時又一番的爭吵過後，頂著老苗「那麼厲害妳倒是讓那些罵索恆浪費紙的人閉嘴，要砍沒人看的文章第一個砍的就是她」這樣的嘲諷，初禮主動結束了這場戰鬥。

坐回自己的位置上，她直奔主題找索恆——說好的選題準備好了沒有。

索恆「啪啪」發過來三個文檔，一個是未來星際，少女與帝國少將的故事；一個是仙俠賣萌甜文；最後一個非常特殊，居然是西遊記同人。

西遊記同人的風格與前面兩個完全不同，直接跳出了《月光》雜誌在女作者這方面一直堅持的言情、輕鬆、暖萌文套路。

主人公是大名鼎鼎的六耳獼猴。

說千萬年前，六耳獼猴還只是一隻普通的猴子，《釋尊八相示現》記載，在過去無量劫前，燃燈佛住世時，有一位善慧仙人，與猴子為友，二者時常於燃燈架前聽大智真言……久而久之，偶然幸得點化，佛理之前，善慧仙人大悟立志普度眾生，使眾生轉迷為悟，離苦得樂；而聽了同樣的佛理，猴子卻悟出了完全背道而馳的理，不信「天道輪迴」之理，堅持己見，事在人為。

兩位好友於是分開，善慧仙人轉世投胎，皈依我佛，成了後來的釋迦牟尼；而猴子則堅持己見，得如來「一雙靈明金目，能識萬物本真；一副聆察六耳，能聽眾生本心」之禮，來到六道輪迴之內，萬世萬劫之中，去印證因果。

從此，猴子成了六耳獼猴，走上了「道法」之路，與釋迦牟尼佛的「佛法」各立門戶——

六耳獼猴變成菩提祖師，教孫悟空七十二變，活生生在「佛」之中種下一根刺，撥出一片逆鱗。《西遊記》中，孫悟空大鬧天宮、一身傲骨逆鱗，便是六耳獼猴於「六道萬劫」之中的投影……

索恆拿來的大綱只是一個非常粗略的簡要概括想法，甚至大部分的東西都屬於經法資料，初禮卻看出了一些不同的味道來，當時並沒有急著回覆索恆，而是把這份大綱發給了于姚和總編夏老師。

大約半個小時之後，初禮沒有接到夏老師的QQ回覆，而是直接接到他的電話。

「妳發來的這個大綱是哪個作者給妳的？」

「索恆。」

「誰？」

「索恆。」

「我不信。」

你不信是什麼鬼？

不是索恆寫的難道還是我寫的拿來逗您開心的嘛？

初禮一臉懵逼，一時間抓著手機也不知道該回答些什麼，又抬頭看了眼這會兒也往自己這邊看的于姚，然後繼續講電話，語氣變得小心翼翼，表達自己捉摸不透天意：「夏老師，是大綱有什麼不妥嗎？我個人覺得這樣的題材非常新穎，再加上從小到現在的暑假檔雷打不動地播放《西遊記》，所以這算是四大名著裡路人受眾最多、最普遍的名著了……」

「我也覺得這個不錯。」

在初禮錯愕得以為自己耳朵出了毛病時，夏老師緩緩道。

「非常驚訝現在的年輕作者肚子裡居然還有兩點墨水，將《西遊記》中隱含的『佛道之爭』用非常具象化的方式表達出來，妳可以提點一下作者，如果是以六耳獼猴本身就代表的非佛法，那麼之後，對於如來那句『法不傳六耳』是不是又該有新的解釋……」

初禮一臉懵逼，心想：「老師我不知道你在說啥啊，對六耳獼猴我唯一的記憶就是真假美猴王以及牠最後被孫悟空一巴掌拍死了。」

在夏老師大肆滔滔不絕「佛法」、「道法」之類深奧的東西時，初禮只能一邊硬著頭皮回應，一邊偷偷地用QQ截圖這個大綱的文檔，傳給索恆，打字——

猴子請來的水軍：「截圖」選好了，就這個。

索恆：。

猴子請來的水軍：並非出自於對主角是同類的偏愛，這個大綱發給了我們總編，也就是元月社的總編大人非常喜歡——這會兒拉著我說道法、佛法說了半天了，還跟我說妳可以考慮下從法不什麼鬼下手。

索恆：「法不傳六耳」？

猴子請來的水軍：……………還是你們有文化，把夏老師的QQ給妳，你們文化人自己聊？

索恆：……我還以為妳肯定不會選這個題材。

索恆：告訴我沒有秀恩愛、沒有賣萌的東西誰要看。

索恆：或者說以《月光》的讀者群根本看不懂這種題材。

索恆：要嘛乾脆建議我把六耳獼猴改成母猴子給孫悟空一段情緣……啊，說著自己都覺得雷。

猴子請來的水軍：別以為文檔這東西就不能自帶氣場，妳發過來三個檔案的時候，這個文檔上就差自帶六個字加粗大標題：選我選我選我！

猴子請來的水軍：我知道妳就想寫這個，是不是？

索恆：是的。

索恆：真的非常開心！都快不會打字了！

索恆：謝謝XD！

猴子請來的水軍：不用謝，我的工作只是為了幫妳把這本書賣好。

猴子請來的水軍：而在我看來，一本書的行銷模式什麼的都是輔助，一本書要創造出奇蹟銷量，首先作者本人是帶著熱情去寫的。

猴子請來的水軍：加油啊，索恆老師。

索恆：QAQ

初禮看了眼索恆發來的顏文字，扔下一句「妳先寫，找機會見面詳談」之後，轉身對眼巴巴看著的于姚做了個「ＯＫ」的手勢，于姚這才點點頭，低下頭去做自己的事了。

初禮在ＱＱ上又跟于姚要了阿鬼的連載位。

于姚欣然同意，初禮幾乎沒怎麼費勁說服她。

初禮轉頭去向阿鬼報告連載的事，阿鬼這個樂觀派大長老也是美滋滋地答應了，跟初禮約好了晚上講電話，討論一波在《月光》連載寫什麼題材比較好。

以上。初禮做完所有的事再抬頭，中午十二點整，下班。

她剛從位置上站起來，神清氣爽地伸了個懶腰，正走到阿象的位置上準備和她討論一波今天吃什麼，江與誠來了——帶著他簽好字的《消失的遊樂園》的出版合同，還有足夠整個編輯部全體一起開趴的、從Ｇ市非常出名的海鮮樓打包的海鮮、新鮮炒蔬菜。

「昨晚妳也沒說妳想吃什麼。」江與誠放下吃的，阿象和小鳥歡呼著圍繞過來開始解開打包的東西，「都還沒叫外賣吧？」

江與誠說這話時卻是看著初禮，身後一大堆的「沒有沒有」瞬間回應，初禮站在原地，唇角抽搐卻不知道該說什麼好。

在阿象驚呼「我靠好大的鮑魚」，以及于姚「還有海鮮粥啊」的感慨中，初禮接過了《消失的遊樂園》的合同妥善放好，然後順勢一把拽住江與誠的手腕，將其拖拽出編輯部大門。

「老師，很高興您能瞎了眼喜歡上我，按照道理來說我應該歡天喜地答應並照顧好您的一生，畢竟您已經瞎了多麼不幸……但是在此之前我還是得說，有人瞎得比您更早一些。」

初禮站穩了，幾乎來不及緩衝，就把今天早上出門時已經打好的腹稿一股腦說出來。

鼓起勇氣。

一、二、三——

「我我我我有男朋友了！」

初禮盯著江與誠那張成熟英俊的面容，看著他臉上溫和的笑意，整個人幾乎要被罪惡感侵襲、支配至窒息。

三秒沉默。

「喔。」江與誠微微笑道，笑意卻未達眼底，「誰啊？」

被比自己快大一輪的成熟男人用這樣的眼神盯著真的很可怕。

初冬季節，初禮感覺自己的背都被汗弄溼了，她低下頭，盯著自己的腳尖。

「……很早以前就認識了的，一個網友。是的，沒錯，緣起於網路那個年代，網戀也還沒過時呢。」初禮盡量讓自己的聲音聽上去十分真誠、理所當然，「那個時候他模仿晝川寫文，我們一起混論壇，聊天什麼的……是一個叫消失的L君的人。」

初禮語落，鼓起勇氣猛地抬起頭，卻意外的發現……

江與誠臉上的表情發生了變化。

他的笑容似乎變得比之前清晰得多，眼裡有光。

初禮懵了。

怎麼回事？

笑什麼？

難道你認識消失的L君……

呃。

喜愛以半惡作劇的方式模仿晝川寫東西。

當初各種暗示她主動找江與誠簽下《消失的》系列作品，彷彿他早已經知道江與誠會答應，那個——

消失的，L君。

消失的，動物園。

消失的，遊樂園。

電光石火之間，初禮瞪大了眼：不會吧？不好吧？不是吧？

江與誠的微笑來自於，當他聽到初禮提到L君還說什麼那就是她的男朋友的一刻，他就意識到一點：她不知道L君是誰，也壓根就沒有男朋友。

但是江與誠並不知道的是，他的笑容看在初禮的眼裡有了完全不同的意義。

於是他有些疑惑地看著初禮臉上的笑容從一瞬間的懵逼變成了驚慌，她的腳底點著地，不安地摩擦，接下來一臉真誠加惶恐地問出了讓他有些沒反應過來的問題——

「老師，難道你就是……L君？」

語氣小心翼翼得彷彿她稍微大聲一點兒提出問題，下一秒世界就會因此而爆炸。

江與誠覺得初禮的問題太奇怪，為什麼會有這樣的聯想呢？難道因為「消失的」三個字就這樣想了嗎？那一臉驚慌失措、三觀崩塌的模樣……

真可愛。

脣角的笑容擴大，這個時候的江與誠可以說是發自肺腑地在笑著了，他看著初禮，語氣也很溫柔地說：「我認識妳的L君，但是我當然不是他，妳為什麼會認為我是L君呢？」

一個「呢」字，把初禮從他的面前「呢」到了走廊的另外一頭。

江與誠有些錯愕地看著小姑娘如受了驚似的兔子跳起來，堪稱落荒而逃。

江與誠想要追上去，但是想到方才初禮臉上的慌張，他沒有這麼幹反而是打消了念頭，破天荒有了生怕自己光是說話都能把誰嚇死的本事。

活了三十二年，像他江與誠這麼溫柔、比晝川對得起「溫潤如玉」四個字一百倍的人，這種體驗，還真的是頭一回。

低下頭，給初禮發了個「別多想，那我先回去了，午飯要好好吃」的簡訊，江與誠轉身離開；並不知道在他身後的編輯部大門後，有個人像是樹懶似的扒在門上默默地目送他離去——

然後掏出手機。

十秒後。

中午十二點三十三分。

正在家裡無聊得做某個詭異的「你的平衡感是否合適做飛行員」測試，轉圈圈轉到第十三個圈終於把自己晃暈的男人聽見放在茶几上的手機震動，天旋地轉之間他倒回沙發上，拿起手機。

猴子請來的水軍：江與誠老師來了。

猴子請來的水軍：午餐是海鮮粥，比我媽做的還好喝。

猴子請來的水軍：但是我只含蓄地吃了幾口，知道為什麼嗎？因為L君。

猴子請來的水軍：我跟江與誠老師說，L君是我的男朋友，是的沒錯我真的說了——頂著被嘲笑是上個世紀穿越而來的網戀弄潮兒的壓力也這麼說了。

猴子請來的水軍：然而沒用，消失的L君，消失的江與誠系列，你猜到什麼了嗎？

猴子請來的水軍：現在，我覺得L君就是江與誠老師。

訊息裡是一連串的句號，甚至沒有一個驚嘆號。

完美地傳達了什麼叫：即將在沉默中爆發。

意識到事件的走向有些詭異，晝川撐著沙發坐起來，正想打字給初禮「那個厚顏無恥小人因為妳說L君是妳男朋友所以就順水推舟說自己是L君了嗎」，就看見初禮的字還在往外蹦——

猴子請來的水軍：雖然江與誠老師說，他不是L君，但是我認為他在撒謊——

否則為什麼要一臉蜜汁微笑（註1）呢？好好說話、好好否認不就行嗎？

猴子請來的水軍：江與誠老師就是L君。

晝川拿著手機看著天花板，沉默了三秒，立刻搞明白了當時情景之下，江與誠的「蜜汁微笑」到底是因為什麼……

放下手機，他這一次真的感覺到了頭暈眼花。

晚上八點。

打從初禮回到家，晝川第三次從自己的房間出來，假裝不經意地經過客廳。俗話說得好，事不過三，這一次當晝川再一次瞥了眼縮在沙發角落裡的小姑娘，她下巴放在膝蓋，姿勢和他半個小時從房裡出來時一般無二……

晝川終於忍無可忍：「這樣也不能指望妳再替我做飯了，妳連白砂糖和鹽怕是都分不清楚了……外賣吧，想吃什麼？」

他拿出手機。

回答他的是沉默。

他走到她的面前，蹲下，與蜷縮在沙發上的她保持平行視角：「妳就準備這麼坐一晚上？」

初禮抬起頭，用沒有什麼焦距的眼睛認認真真看了他一眼，然後抬起手，一把

註1　網路用語，形容很詭異的笑容、謎之微笑。

拽著他的衣領，在他猝不及防之時拽到了自己的面前！

她抬起手，抱住他的脖子，以一種瘋癲之態拍了拍他的背——

「下午和你打字說這件事的時候我手抖得拿不住手機，是啊，我早就該想到的，想想看，在這個世界上，還有誰能比江與誠老師更瞭解晝川的呢？我早就該想到，真的早就該想到，所以如果非要有一個輕而易舉模仿出你文風的人，那只能是江與誠了……這麼簡單的事，我怎麼沒早想到呢？」

初禮的聲音近在咫尺地響起，說話時吹出的熱氣就在耳邊，祥林嫂的碎碎唸模式中，晝川能感覺到下巴放在他肩膀上的傢伙因為某種情緒在微微顫抖著。他可能需要安慰她，或者做一些別的比較符合韓劇男主角的霸氣行為，但是——

「妳說什麼妳再說一遍？『輕而易舉模仿就可以模仿出晝川的文風』這種話妳在諷刺誰？誰能夠？江與誠？妳再說一遍。」

晝川的眉毛豎了起來。

下一秒他被人推開——

他猝不及防地對視上初禮那雙漆黑的眼，黑漆漆的，真的深不見底。

初禮看著他：「老師，你是不是早就知道了L君就是江與誠這件事——所以每一次我提到L君，你都是一臉嘲笑的表情看著我，因為你們都知道L君是誰……天啊！」

初禮自暴自棄地捂住臉。

「我還大言不慚地到處宣傳L君是我的男朋友！我還跟L君天天吐槽這個圈子

裡的作者和繪者，因為以為他是圈外人！我就說L君憑什麼知道新盾社當初為了搶《消失的遊樂園》開了多少首印給江與誠，廢話，他就是本人他當然知道！我還和L君說了一堆你的壞話——」

她說到最後已經語無倫次。

晝川抽了抽唇角，心想：「關於妳和L君說晝川是個奧斯卡影帝這件事，晝川本人知道，且表示欣然接受。」

只要妳以後不要一口一個「戲子」，用「影帝」的話我的心情會愉悅得多。

「晝川老師，在我為你拚了命地賣書，老臉都豁出去了寫那一條條尷尬的推薦語就為了替你賣出去哪怕只是多一本書；為你守著預售，甚至為你的預售大賣而哭泣的時候，你卻和江與誠老師把這種驚天祕密捂得嚴嚴實實——你的良心不會痛嗎！」

等了一天的驚嘆號終於出現。

如果不是此時此刻眼前的人臉上的指責表情過於真誠的話，晝川應該鬆一口氣的。

所以此時此刻，他看著初禮那張憤怒又尷尬的臉，憋了又憋，那一句「別傻了，老子我才是妳網戀對象L君」死活沒說出口……

三秒後，他慫了。

他面無表情，且幾乎是不受控制地脫口而出：「江與誠真的不是L君，且我對這件事毫不知情。」

至少在過去，晝川從來不認為「L君就是本大爺我」這件事會對初禮造成什麼困擾，畢竟一個網友而已嘛，什麼時候哪一天消失了也是無所謂的……所以他理所當然地認為，L君是誰，這點並不這麼重要。

……現在他覺得自己好像造成了什麼天大的誤會。

……這件事其實應該被提出來重點照顧看待一下？

外賣送來之前，晝川以落荒而逃之姿逃竄回自己的房間，回到電腦前坐穩，拿起手機進入微信打開名為「江與誠」的對話視窗——

晝川：…………你跟那香蕉人說了什麼她那麼堅定地以為你是L君！你有病啊！什麼年代了還狸貓換太子冒名頂替！

江與誠：……你才有病，老子說了我不是。

江與誠：用前所未有的真誠語氣說的。

江與誠：如果要替這世界上各種事情排個「最low」名單，毫無疑問，「冒名頂替晝川」榜上有名。

江與誠：我有病啊冒充你——追個小姑娘還想著冒充你，那豈不是這輩子都追不上了。

晝川：………………………你罵誰！

江與誠：你啊。

江與誠：說實在的我很納悶，我以為我在初禮心目中至少也是個A級的，怎麼這會兒直接把我套進最普級人設裡了還說都說不聽……

晝川：你住口！

晝川：都是你的錯！現在她覺得L君就是你，我們倆聯合起來哄她玩呢——我操，平地一聲雷，老子在家裡躺著好好的就成了你的共犯！何其無辜！

江與誠：。你不是我的共犯。

江與誠：你是主犯，謝謝。

江與誠：L君不就是你老人家嗎？在這裡理直氣壯地甩什麼鍋啊朋友？

江與誠：我才是無辜躺槍的那個，要不我現在就去跟她說，L君是妳家那個混吃等死的晝川老師，我也是最近才知道的——你覺得這樣主動招供行為能替我加點分嗎？

晝川：「……」

晝川：加個屁！

晝川：你敢去！

晝川：在微博發你裸照然後豪擲千金買熱門三天三夜，讓你紅，看那香蕉人要不要一個被成千上萬粉絲欣賞過裸體的男人！

初禮覺得這件事情的走向可以說是非常詭異了。

她才剛剛確定自己喜歡晝川不久，一言不合上了波一壘，這會兒一壘帶來的熱血還在她身體裡燃燒呢，轉過頭發現，原來她已經有一個男朋友了，男朋友的名字叫江與誠，是晝川從小穿一個開襠褲長大的朋友……最巧的是，江與誠剛剛跟她表白過，直言看上的是她的工作能力。

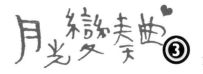

彷彿這是上帝告訴她，桃花樹開了。

這都叫什麼事啊？她抬起頭一臉迷茫地看了眼身邊的晝川，「所以我和江與誠老師這是戀愛了嗎？」

「妳腦子有病吧？妳還懷疑過L君是我呢，妳怎麼不覺得自己在跟我談戀愛？」晝川皺著眉，一臉不耐煩地說，「好歹妳還親過我，不管什麼理由，妳和江與誠那算什麼？」

初禮愣了下。

然後再反應過來晝川說了什麼之後氣血迅速上湧至頭頂，她滿臉通紅、磕磕巴巴：「說說說好了不提這件事的！」

「行了，我都不害臊妳害臊什麼？」晝川問，「被動被親的人難道不是我啊？」

初禮都快不認識「親」這個字了，她覺得自己可能會因此而被晝川嘲笑一輩子——這時候能反駁什麼呢，難道反駁：我是主動親你了但是最後不是你把我壓在沙發上親了個徹徹底底？

初禮沒敢說，只好低下頭掏出手機「啪啪」摁了摁，然後顧左右而言他：「老師，元旦在市中心會展中心有個書展，那天是《洛河神書》書展限定首賣日，你要去看看嗎？」

「不去。」晝川想也不想一口回絕，「人擠人去那幹麼？」

「近距離圍觀自己的書到底有多好賣？」

「不去。」晝川扔了筷子，「我沒見過這麼生硬扯開話題的能力，妳到底吃不吃飯？還想要繼續糾結L君是江與誠那老王八的事糾結多久，都告訴妳他不是了，他本人不也否認了嗎！」

扯開話題失敗，初禮戰戰兢兢地拿起筷子，心裡嘆息：對待這種事，她能拿出一半對老苗的勇氣就好了。

「我只是想確定我是不是有男朋友了……」

「妳沒有！」

「……」

「幹什麼擺出一臉遺憾的表情。」晝川挑起眉，「妳討打啊？」

初禮低頭，打開手機前鏡頭照了照臉，還是認為自己這樣的表情應該歸類為「慶幸」……啊，其實也是有一點點遺憾的，畢竟母胎單身的原因大概也是因為「向人表白」或者「被人表白」這件事實在是太難做到了，如果能夠省略這個步驟就得到一個又高又帥還有才的大神作者男朋友的話……

她不知不覺將想法說了出來。

「妳以為是街邊的扭蛋機啊？」

換來的是戲子老師無情嘲諷，對方用看弱智的眼神看著她，滿臉惱火。

「投幣就得男朋友一枚？還又高又帥，江與誠三十二了，比妳大十歲，知道什麼概念嗎——妳剛出生張著嘴只知道要喝奶和哭得真正像隻弱智猴子的時候，他已經上小學四年級，會背唐詩了！」

初禮：「……」

晝川確實很有那種打擊人積極性、讓人秒拔草的能力。

初禮覺得自己是荒謬了些，低下頭，咧開嘴，傻笑著撓撓頭。

「你不也比我大五歲嗎？」

「至少妳呱呱落地的時候，老子還是幼稚園大班的小鮮肉。」

第五章

當天晚上初禮在床上輾轉難眠，第二天不出意外又是掛著黑眼圈出門，懷中還抱著已經蓋好章的《消失的遊樂園》簽約合同。

《消失的遊樂園》首印量最終決定開了八萬五，算是元月社裡對於《洛河神書》大賣三十四萬冊的一種回應。

雖然這個時候，微博上鋪天蓋地的廣告在吹噓，《洛河神書》首印一百多萬火熱預售中，二〇一三年度第一影響力作品在年尾時橫空出世……吧啦吧啦。

十二月，聽說東北的地方早就迎來了今年的第一場雪，而G市冬天也終於降臨，天氣已經變得很冷了。

初禮抱著合同，圍著厚厚的圍巾趕上地鐵，按照之前說好的地址找到江與誠的家，是距離元月社不遠的高層公寓，社區看著也很豪華——出入來訪都要登記，電梯上樓需要保安幫忙刷卡的那種。

為什麼作者都這麼有錢啊？

就連寫耽美、天天專門賣非法出版物的阿鬼也很有錢，三天兩頭買各種奢侈品，一言不發就出國旅遊。

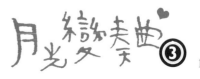

當初怎麼就沒好好學習一下寫文這項技能？哎算了，就算寫，多半也屬於千千萬純靠版稅然後被餓死那一掛的。

抱著合同，初禮早上九點半準時摁響了江與誠家裡的門鈴——這是她第二次親自拜訪作者。第一次是晝川，當時男人那幾句「二狗送客」、「這點首印量妳想侮辱誰」還言猶在耳。想到這，初禮低下頭盯著自己的腳尖痴痴地笑，笑容隱藏在圍巾後面，只剩下一雙盈滿了笑意的黑色雙眼露在圍巾外。

「喀嚓」一聲，面前的門開了。

初禮微微一停頓，抬起頭。沒有上一次記憶中那樣吵吵鬧鬧，來開門的男人穿著牛仔褲和黑色高領毛衣，修長的指尖裡夾著一根燃了一半的菸，伴隨著撲面而來的暖氣熱浪，其中混合著菸草氣息和柑橘味薰香，這大概是成熟男人應有的氣息。

房間裡安靜得驚人，一隻白色的波斯貓蹭著男人的腿也探出頭來，衝著初禮微微瞇起眼「喵」了聲。

「老師……」抱著合同站在門外，初禮收斂笑意，有些結巴，「起那麼早，我還擔心你還在睡，他們都說你下午一、兩點以後才能找到人……」

「我還沒睡。」

「咦？」

「卡文，所以通宵了。」

江與誠微笑著讓開，讓初禮進屋。初禮走進屋子裡飛快地打量了下——相當精緻典雅的北歐風，與晝川家裡那種「一看就很貴」的裝飾風格不同。厚實的奶白色地毯和淺色系沙發，灰色調的吊燈以及冰冷大理石背景牆，這樣的房子，更容易讓人聯想到屋主的形象：一個戴著金邊眼鏡的英俊成熟男人。

就像是江與誠本人。

並不知道初禮的腦海裡有了很多的聯想，江與誠接過她手上的資料夾，低頭看著她伸手一圈圈取下圍巾。她的半邊手掌隱藏在寬鬆的毛衣袖子裡，只露出半截白皙小巧的指尖，抓著圍巾低著頭將之取下。因為整個人裹得像隻熊，有些笨手笨腳的模樣，卻也顯得很可愛……

大概是外面有些乾燥，取下圍巾後，初禮抿脣，用舌尖溼潤了下脣瓣。

然後她抓著圍巾看向江與誠：「老師，少熬夜，對身體不好。」

江與誠意外地沉默了幾秒，似乎有些神遊。

「我的時差早就顛倒到美國人的系統裡去了……」

當初禮轉身，微微踮起腳將自己的圍巾掛在玄關的衣帽架上時，這才聽見江與誠站在她身後慢悠悠補充。

「上次為了送早餐給妳，是我大學畢業之後十年來唯一的一次早起。」

初禮掛圍巾的動作一頓。

她轉過身，看著江與誠，沉默了下：「老師，最後鄭重其事地問你一遍，你真的不是L君嗎？」

「這件事很重要？」

「挺重要的。」初禮點點頭，「如果你是L君，L君就是我的男朋友……這話已經說出去，是潑出去的水了，我得負責……不。不是負責。至少得想個解決的辦法。」

「妳這話簡直像是在誘惑我承認我就是L君。」

「……」

「但很可惜，我不是——真驚訝我用上了『可惜』這個詞，至少在妳踏進這扇門的前一秒我還從未覺得這事有什麼好值得可惜的，現在我覺得如果我是L君好像也不錯……」江與誠抬起手，拍拍她的腦袋，「但我總不能騙妳，妳早晚會知道L君到底是誰。」

你不說，我怎麼可能知道啊？

初禮縮了縮脖子：「呃呃，老師，那天你說你那什麼我，是真的嗎？」

初禮含糊地把最想問的話問出口了。

語落，她看見江與誠認認真真地看著自己，那雙黑白分明的眼中倒映著她唯唯諾諾的形象。他點點頭：「最開始是欣賞妳身上的精神，就像我說過的，黑暗生物對光的嚮往……後來發現這樣的喜歡越發偏向於男女之間的感情，比如——」

「比如？」

「比如就在剛剛，妳從外面走進我家，站在玄關脫下圍巾的時候，我發現我比昨天又更加喜歡妳多一點兒……」

「啊？」

「要更詳細一些嗎？」

「啊？」

「在妳抓著圍巾取下來的那一瞬間，妳有一個小小的舔唇動作，那個時候，我想彎下腰，親吻妳。」

「……」

初禮的大腦用了十秒鐘才反應過來眼前的男人在說什麼，而等她反應過來的時候，後者已經若無其事一般低下頭打開資料夾去認真核對《消失的遊樂園》的合同了，剩下初禮滿臉通紅加茫然地坐在他的身邊，發呆。

……乾脆下週一在例會上建議，為了避免不必要的擦槍走火，以後拜訪作者盡量派同性編輯去算了。

畢竟大清早的，熬過夜的作者腦子混沌，似乎太容易產生一些不必要的聯想——雖然大家是純潔的作者與編輯的關係——但是換一個方面來想，首先，他們是男人和女人，單身的（劃重點）。

嘩啦啦翻文件的聲音。

「初禮。」

「嗯？」

「耶誕節怎麼過啊？」

「……到元旦假期結束，為期七天的書展。元旦當日是《洛河神書》全國書展限定首賣的聖戰日。」

「也就是說充滿了工作。」

「對。」

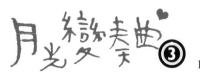

「真可惜。」

「啊？」

「還想約妳過個耶誕節，耶誕節不行，元旦一起跨年也行……現在好了，都不用問了。」江與誠無奈一笑，「都懷疑妳是不是故意的。」

初禮真誠地搖搖頭，心中還是小心翼翼地鬆了口氣，從未像是現在這樣慶幸元月社這愛加班的臭毛病。否則當前狀態下，她完全找不到一個站得住腳的理由拒絕江與誠。

耶誕節，跨年？

……光工作都夠她忙得喝一壺了，要不是江與誠說起，她完全沒想到這些。

溫暖的房間裡，懷裡是溫暖的白色波斯貓，身邊沙發上的男人半屈著腿低頭認真地看文件，初禮擼著貓，腦袋裡渾渾噩噩的，鼻息之間滿滿都是柑橘薰香精油的味道，直到香氛機「滴滴」聲響起，停止噴霧加溼，江與誠抬起頭告訴她，合同看好了，沒什麼問題。

初禮「哦哦」地站起來，把貓還給江與誠，然後走到玄關跟他道別。

一路很和平。

江與誠沒有再提任何令人尷尬的話題，整個人彷彿就是為了讓人感覺到「舒服」而存在的。

關上門搭電梯下樓，初禮還沉浸在一種夢幻的氣氛當中。到了樓下，一陣寒風吹來，她稍稍清醒了些，深呼吸一口氣戴上圍巾，捧著手機，在離開暖氣房而迅速變涼的指尖變得僵硬之前，打字——

猴子請來的水軍：老師，耶誕節怎麼過啊？

手機那邊很快有了反應。

晝川：妳不是書展加班，過什麼耶誕節？這種洋大人的節日吾等鄉下人從來不過。

猴子請來的水軍：跨年呢？元旦？

晝川：無業遊民過什麼元旦，在打字中迎來新的一年，有何不同？

晝川：怎麼突然想起這個？

晝川：江與誠約妳啊？

晝川：妳還在他家？

晝川：都幾點了，看個合同能看這麼久……跟于姚告狀妳故意拖延上班時間了。

猴子請來的水軍：我就隨口問一下，你哪來那麼多話，非要這麼討人厭才能順暢呼吸嗎！

晝川：我討人厭，江與誠討人喜歡。

晝川：妳喜歡他去。

初禮的手機差點掉地上。

臭不要臉的，難道讓我親口對你說「我想跟你過節」嗎？想得美！

初禮對著手機螢幕「呸」了聲，狠狠將手機揣進口袋裡，加快了離開江與誠家的步伐。

接下來的幾天，初禮都忙著準備接下來的書展，元月社對這次書展看得很重，還特地把《洛河神書》全國首賣放在一月一日，一看就是「首印百萬」還不夠，是想搞個大新聞。

初禮以前沒參加過書展，也沒圍觀過大規模的漫展，只知道這次不僅是元月社，還有新盾社以及好幾家大型出版公司都有參與。元月社的展位和新盾社就在對門，走出展位邁三步，他們就能成功地在走道上相遇，大幹一架……

聽說新盾社還請來了不得了的大人物辦簽售會，根據內部消息，這個大人物就是當初把晝川在舊華書店平臺展示位檔期擠掉的國際級別大神赫爾曼。聽說赫爾曼除了《別枝驚鵲》之外，今年和明年還有兩部電影同名系列小說要出版全球十六種不同語言版本，其中一部已經被新盾社拿下。

在一月一日，晝川新書全國首賣當日，新盾社將會攜赫爾曼亮相於大型跨年書展上。屆時，赫爾曼本人會出現，除了限時半小時簽售《別枝驚鵲》之外，還會在臺上直接與新盾社簽署早就談好的新作。

會議上，初禮當場將這個可怕的消息傳訊給晝川。

晝川給了她一個「。」後，用蛋疼的語氣說——

晝川：我還是他赫爾曼頭號粉絲，這世界上有兩部電影的臺詞能讓我倒背如流，第一部是《獅子王》，第二部是赫爾曼《貧民窟的上流社會》。

猴子請來的水軍：……好巧，我也是他的粉。

猴子請來的水軍：看來他是真的很紅。

晝川：妳這在說廢話。

初禮向晝川通風報信這不幸的消息時，長官們還在她的耳邊狂拉戰役警報。

「想想到時候新盾社的展位人山人海，我們這邊小貓兩、三隻都沒有，你們自己尷尬不尷尬。」行銷部老大梁衝浪說，「無論如何，也要搞出點兒花樣來，哪怕去給我請水軍假裝買書都行！」

初禮：「……」

猴子請來的水軍：行銷部老大提議我們可以請幾百個水軍來，熱情洋溢地揮舞著雙手買你的書，撐撐場面……就是水軍的錢可能需要老師自費一部分。

晝川：能不能請妳閉嘴？

初禮一邊調侃晝川，一邊聽著梁衝浪在那講瘋話，心想：「我倒是真想看看你們能搞出什麼噱頭來……」

轉眼就到了耶誕節。

書展當天，初禮跟過去看熱鬧，在客人入場前幫忙擺擺書啊、貼貼海報啥的……到了接近開場時，老苗帶著他的「噱頭」匆忙趕到。

早幾個月，老苗的心就不怎麼放在《月光》雜誌寫文這塊了，就像之前提過的那樣，他聯合行銷部一起搞了一個關於COSER的活動，就是請一堆COSER來COS

往年《月光》裡最受歡迎的幾篇文的主角。活動專欄一推出，還挺受好評的，有幾期投票都快能和江與誠的《消失的遊樂園》持平。

不過初禮也沒怎麼放在心上，一心就撲在手下的幾個富樫義博身上了。

沒想到今天老苗還真帶了兩個很有人氣的COSER來，兩位COSER什麼也不用做，就在後臺休息室裡等著，然後等每個整點，會在展位裡隨機抽取一名幸運讀者，與他們合照，贈送簽名。

這一招夠狠，活動出來的第一天，元月社的展位熱鬧非凡，排隊隊伍裡基本永遠站滿了中小學生，看著中小學生們以熱情洋溢的笑容，拿起一本本《紅鷹》、《戰地夕陽》、《道格拉斯的晚安日記》……

元月社展位裡人山人海、熱鬧非凡，初禮這種來幫忙、暫時沒正事要做的，連下腳的地方都沒有。

「有沒有人聯繫一下《G市朝報》記者？」初禮站在展位外，嘖嘖感慨，「這一幕多麼感人，書展第一天，以傳統文學為主打方向的元月社展位上充滿了中小學生文學愛好者，本著對歷史、對人文的研究，他們放棄了在大好週末睡懶覺，清早趕來購買正能量書籍。」

「……妳別嘲笑老苗了。」阿象站在初禮的旁邊，「元月社過去幾年書展沒這麼熱鬧過，這會兒老梁估計嘴巴都樂歪了。」

這時候一個看著最多十三歲的小姑娘抱著厚厚一疊全套《烹雪煮酒》從初禮面前飄過。初禮想了想上次翻這本書還是因為它封面長得好看，翻開來發現裡面全是古文記載的食療法，看了兩頁就無聊得被迫放下。

初禮一時間幾乎無語：「……這孩子是要買書回去幫爺爺做一桌跨年飯治療爺爺多年未癒的糖尿病？阿象，妳說，這是賣書？」

「哎呀。」阿象拍拍初禮的肩膀，「別管了，賺錢嘛，誰不愛。」

兩人正碎碎唸吐槽，這時候，新盾社那邊，一名身穿森林風長裙、紮著俐落丸子頭、戴著黑框眼鏡、臉上就差大寫著「我是編輯」的年輕女子走出來，伸長了脖子掃了眼元月社這邊的門庭若市，笑了笑，轉身走了。

隔著人山人海的走道，初禮都看見她眼底的嘲笑——也不是初禮視力多好，主要是，那到位的表情，讓初禮還以為看見了自己。

初禮拽拽阿象：「那個妹子是誰？」

阿象踮起腳衝初禮下巴指著的方向看了眼：「……新盾社金牌編輯，未來的總編大人，顧白芷。」

喔，是敵人。

踏馬的，有生之年居然想站敵人那邊。

初禮磨了磨牙：「我現在去新盾投履歷行不行？」

阿象：「好歹拿了元月社發的年終獎再走。」

初禮想了想，「也是。」

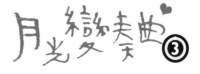

雖然初禮下午表現出了毫不猶豫地為五斗米折腰、向人民幣屈服，然而當天晚上，她還是在晝川的眼皮子底下打了個電話給夏老師，要求他出面制止一下行銷

部老大以及其走狗老苗的「賣書」行為。至少一月一日，必須結束這個「買書與COSER合照」的破活動。

「鋪天蓋地都是小學生！下腳的地方都沒有，不是我看不起小學生，《出師表》都不會背看什麼《烹雪煮酒》！拿著《赤壁》他知道諸葛亮是幹啥的嗎！」初禮對著電話裡吼，「這活動一月一日必須取消，《洛河神書》一月一日全國首賣，赫爾曼都毀不了的聖戰日，還能讓幾個出來時粉絲都沒認出來還是阿象帶頭喊了聲藝名才轟動全場的COSER毀了？」

晝川叨著湯匙，一隻手撐著腦袋，湯匙一翹一翹地，看著他家編輯上竄下跳地站在沙發上像美猴王似的跟元月社長官吵架。

「夏老師！」

「行銷部要賣書，賣《洛河神書》就不是賣了？」

「又不是年度清倉大拍賣！好好的書展請什麼COSER，又不是漫展，有這麼賣書的嗎？叫人家笑話——我今兒看見新盾社的顧白芷了，您是沒看見別人那個眼神，我老臉都不知道往哪擱！」

「我不管！」

「夏老師，我不管啊——天塌下來，我家晝川老師要賣書！」

「我家晝川老師」六個字成功讓坐在餐桌邊挖著冰淇淋看熱鬧的男人放下湯匙。

在初禮赤腳站在沙發上，一邊說話一邊憤怒地往天空中揮舞拳頭時，晝川站了起來，大步走到沙發前，一把將沙發上站著的人抱起來。

初禮猝不及防騰空，「啊」地小小尖叫一聲，低下頭，鼻尖輕輕擦過晝川的鼻尖……她不確定自己的唇有沒有碰到他。

下一秒，手裡的電話就被晝川一把抽走，後者用肩膀夾著手機，順手將初禮放到她的拖鞋上，把她往冰淇淋那邊推了一把，然後對著電話「喂」了一聲。

「夏老師？我，晝川——昂，書展我沒去，不知道什麼情況，下午香……初禮看了書展現場之後就等不及跑我這來了，怕今天這情況如果放元旦那天會影響《洛河神書》正常銷售……」

初禮跳起來想搶手機，晝川一把壓住她的腦袋。

初禮又掙扎著揮舞雙手想推開他，晝川改而一把捏住她的下巴，大拇指摁住她的唇瓣，充滿深意地摩挲著壓了壓……同時，他一邊正經八百地拿手機講電話，目光深深地看著她。

效果是立竿見影的。

初禮像是遭了雷劈似的，立刻不敢動彈了。

「對，老梁搞這事確實，本來有個赫爾曼我這已經徹夜難眠了，您受累幫我跟行銷部託個話，就說是我說的：平時怎麼玩我管不著，元旦那天別搞我，不然以後都別合作了。」

晝川說完，又寒暄幾句，掛了電話。

他把手機遞到初禮鼻子下。

「搞定了，元旦那天妳不會看到任何一個 COSER 佬。」

初禮接過手機。

「萬一……」

「沒有萬一，明天妳告訴梁衝浪，那天我本人會去書展現場看著。」

「你不是不來嗎？」

「改主意了，放鞭炮吧，妳不是想跟我過元旦嗎？」晝川走回桌子邊，重新拿起冰淇淋的湯匙，漫不經心道，「安心賣妳的書，我在，亂不了。」

拿回手機後，初禮又用打字的方式，認認真真在微信裡分析了一波情況給夏老師——

「一、首先那天是連高三學生都必須放假的國定假日，本來就人多，現場肯定人滿為患。如果有一大堆衝著那些 COSER 來的讀者，只是為了得到一個與 COSER 合照的機會就來排隊買書，到時候元月社展位肯定和這兩天一樣擠得水洩不通。現在的消費者是沒有耐心的，除非是晝川的死忠粉，否則不要指望任何路人會排老長的隊伍入場買晝川的書。

「二、這次書展，正是因為有了《洛河神書》火熱網路預售在前，狠狠地炒了一回話題，社裡很瘋地定下七天二百萬的行銷額目標。今天第一天的行銷額大概是十萬出頭，接下來幾天要靠這樣十萬十萬的攢出二百萬根本就是痴人說夢，希望行銷部各位清醒一些，不要本末倒置。

「三、元旦當天還有隔壁新盾社請來的赫爾曼，這位國際級別、可以說是比明星還明星的大神簽售會，簽約儀式肯定會有許多人去圍觀、排隊，很有可能分散一部分原本屬於《洛河神書》的購買力。大敵當前，大家日子已經很難過了，希望元月社內部不要自行作死，自己再給自己找事。

「四、《洛河神書》對於晝川老師來說很重要，也是《月光》雜誌編輯部總編、編輯、美編的心血，希望它能善始善終地穩紮穩打邁出每一步。

「五、以上文字老師可以直接複製到大群組讓眾位長官參考。記得把『很瘋地定下七天行銷額是二百萬』描述裡結合個人情緒的前三個字刪掉。」

初禮一口氣打完字，這才把晝川捧著吃了一大半的冰淇淋扯過來，自己吃了兩口，消消火氣。

一大段字發過去，初禮等了一會兒，發現夏老師把該刪的刪了再發到工作群裡，群裡響應比較熱烈。

首先是《月光》雜誌還有《星軌》雜誌的大部分編輯以及主編都站出來表示初禮的分析很有道理。

梁衝浪剛開始裝死，眼瞧著裝不過了，才出來說了句——

蔥花味浪味仙：其實也還好，接下來放假銷量也能再衝一衝，我們不能把所有的寶壓在最後一天晝川的書上壓死了，萬一晝川沒有我們想像中那麼紅怎麼辦，他擔不下一百萬接近二百萬冊的銷售額度呢？

猴子請來的水軍：……

初禮拿著手機，再一次有把行銷部的人拉去填海的衝動。上一次有這個衝動的時候還是《洛河神書》大賣當晚，她躲在衣櫃裡，眼睜睜看著行銷部把功勞全部搶去。

猴子請來的水軍：@蔥花味浪味仙。要不老梁你把這原話複製貼上告訴晝川老師好了。

猴子請來的水軍：@老夏。夏老師。

三秒後，夏老師的語音駕到。

老夏：我剛才和晝川通了電話，他說，如果這次全國首賣出了什麼問題，以後大家就很難再合作了。

初禮摁下語音播放時，晝川就坐在她旁邊聽得清清楚楚，他挑起眉：「我原話不是這麼說的。」

「我知道。」初禮扣下手機，「夏老師只是用心良苦地替你修飾了一番，讓你保持住自己的文人形象而不是像個黑社會或者地痞流氓……」

晝川：「……」

初禮看了眼微信群，剛才還在耍嘴皮子想討便宜的梁衝浪這會兒不說話了，見戰事暫時告一段落，她放下手機低下頭認真地吃冰淇淋。冬天坐在暖氣充足的房間裡吃冰淇淋真的讓人有一種身心愉悅的感覺，堪稱降火減壓神器。

半個小時後。

微信工作群裡再次熱鬧開來——

事實證明，至少作者在梁衝浪那樣的人心中還是有一定的重量，他和老苗有膽子不把初禮放在眼裡，但是他們卻沒膽子把這會兒在何總眼裡就是個搖錢樹的晝川也不放在眼裡。

老夏：經過高層討論，為了不影響元月一日《洛河神書》全國首賣，當日取消小蕊、易水寒兩位 COSER 的「購書合照」活動。

老夏：@猴子請來的水軍。

老夏：大家也都到各自的雜誌官方微博說一下這件事。

初禮得令，以為這件事就這樣搞定，興沖沖去發微博了。

然而沒想到的是，官方取消元旦當日「購書合照」活動的通知剛發出去，就在微博下面引起了軒然大波。

「不是吧，書展宣傳上不是說好了這個活動持續七天的嗎？」

「這幾天上課，元旦那天放假我票都買好了QWQ官博不能這麼騙人吧，好想見易水寒大人，就這樣見不到了嗎？想哭。」

「講道理，票都買了再來這手不厚道——本來節日票就難買，聽說那天還有重量級作家空降更是一票難求我還是買了高價票，現在你告訴我活動取消了？Excuse me？」

「元旦取消是因為《洛河神書》首賣嗎？網上賣了個風生水起，現實也不錯過一點兒機會？吃相難看？晝川的書粉要買書，我們這些想和 COSER 合照的不也是規規矩矩花錢買書參與活動嗎？憑什麼就低人一等了？」

「樓上的，你粉你的整容臉，別帶晝川下場——元月社賣什麼書的大家都知道，我特地點進你微博看了眼，講道理你一個初中生為了一個 COSER 跑去買那些書怕也是不會看的，原作者知道自己的書被這麼賣掉哭都來不及吧？」
「排樓上，書是用來看的。」
「想看到小蕊，哪怕一秒也好，哪怕有一個機會也好。」
「我早就想說了，元月社搞這莫名其妙的活動真的掉分，年底清倉大拍賣似的？呵呵就你們高貴，對於元月社來說還不是花錢就是大爺，你們晝川粉絲覺得買書是要回家看的所以自己高人一等，元月社不一定這麼認為，打開門做生意，我要買你還不讓買啊……」
以上。
開始的十五分鐘內，先是COSER粉怒掐元月社，初禮看著看著止不住就被帶偏了節奏，還覺得他們說的好像也有道理，別人千辛萬苦搞了票就為了參加這個破活動，突然取消了好像也確實不怎麼厚道……她正迷茫之中，這時候晝川的粉絲下場，高舉「書是用來看的」正義大旗，與這些來懟的人戰成一團。
一時間，戰場一片混亂。
初禮右手撐著額頭，刷著手機：「老師啊……」
晝川在桌子另一邊，左手撐著額頭，抓著手機：「看見了，看見了。」
初禮：「我預感這波反撲會讓老梁吹響反攻的號角。」
晝川：「你們老總呢？」
「老總肯定想兩邊都不得罪。」初禮頭疼道，「手心手背都是肉，晝川和書庫清倉他都想要，所以我估計他一會兒就要帶著他那絞盡腦汁想出來的、誰也不能服、但也是誰都不得不服的『折衷辦法』親自下場指揮戰局。」

晝川放下手機。

耐心等待了一會兒後，他看見初禮拿起手機，看了眼微信群，又抬起頭看了他一眼——一臉的心虛加不確定。

晝川沒說話，看著她「滴答」一下，小心翼翼地摁下語音播放，然後就是帶著濃重南方口音的聲音傳來——

「哎呀，辣麼簡單哩事情，你們真哩不知道什麼叫『折衷』哩喔？那個招人討厭哩通知微博刪了，再說一次，就說元旦當天『購嘘合照』活動只保留上半場，想要合照哩趁早——我看了下微博，不是有人講，哪怕給她一點兒可能被抽到哩希望都好嗎，就給她啊！」

滴答。

初禮關掉微信語音，用一種「看吧我就說，『折衷』辦法來了」的表情看晝川。

晝川：「……」

於是。

經過晝川和初禮的雙方努力，夏老師在後推波助瀾，最終初禮和行銷部各退一步——元旦當日，「購書合照」互動環節只舉行半天，剩下半天大家自由活動……

書展通常是早上十點到下午四點之間是人氣最高的。

初禮權衡了下，考慮到元月社那邊也確實是難做，這才勸著晝川勉強答應了。

只是這時候初禮還不知道會出後面那檔事，要是她知道，她真的把自己的牙敲碎了也不會吐出半個勸說他的詞語或者句子來。

元旦那天，初禮清早天未亮就爬起來。晝川還在房間裡打呼，初禮推開他的房門：「老師我出去了，你睡醒了記得來書展啊。下午正式開賣前到就行，工作人員入場證我放餐桌上了，你拿著它進場，不用排隊。」

床上的人翻了個身掀起被子蓋住腦袋，手向著門口方向掃了掃，對著站在門口的人示意：老子聽見了，趕緊滾，別吵。

初禮：「你前幾天大言不慚地說什麼『有我在』的時候不是這個態度的。」

晝川的一隻手探出被子外，摸索著抓起一個枕頭往門口方向扔過去。初禮翻著白眼，「砰」一下地關上門，收拾包急急忙忙出門去了。

初禮坐車到書展附近才早上七點，這時候書展外面已經有人排隊了。默默地猜測了下大排長龍之中有多少是替她家晝川大大貢獻錢包來的，初禮掏出工作證走後門溜進去。

她到的時候，于姚已經在了，正指揮著小鳥往展位上掛《洛河神書》的海報；阿象和老李在研究展示位，初禮跟大家打了個招呼，加入布置陣容。

八點鐘，行銷部的人、老苗姍姍來遲。

梁衝浪笑著對初禮說：「小初妳別緊張，那些 COSER 的粉絲入場以後也會是《洛河神書》的潛在購買力，搞不好我們還是可以雙贏的。」

初禮：「好的，我信了。」

八點半，書展正式開始。國定假日註定了這一天人山人海，哪裡都是人，連防暴員警都驚動了，生怕人多鬧出什麼事來。

一開場，新盾社和元月社的展位面前就大排長龍——元月社這邊因為晝川加兩位COSER的人氣，隊伍長度勉強能和隔壁新盾社排隊購買《別枝驚鵲》一會兒簽售的隊伍相持平。

初禮在旁邊看了看，發現新盾社他們辦的簽售會都是需要現場購書、憑發票領取簽售會入場券，當天當場有效——在別的地方買這本書再帶來簽名是禁止入場的。

九點，兩位COSER在工作人員的帶領下到位。今天的「購書合照」只在九點半、十點半、十一點半和十二點半四個時間點展開，所以前面幾個小時基本都被想要來看COSER的人占領……這些人非常好分辨，因為他們會三五成群地湊一起，興奮地討論他們的愛豆，並且一群人中一定會有一、兩個粉絲帶著他們愛豆的標誌性物品，比如小蕊的粉絲會戴個顯眼的貓耳朵什麼的。

而晝川的書粉，除了特別想要提前拿到書的會加入排隊，其他人都是去跟工作人員確定了下午COSER活動結束時間為十二點半後，直接離開。

問的人太多。

從書展開始到九點半這段時間裡，初禮起碼接待了不下百位前來確認時間的；除此之外，還有無數自行走到展位前看宣傳海報確定時間的。《月光》官方微博通知的時間表也已經有四、五千轉發，內容千篇一律全部是說「那我一點之後再來」……

「我彷彿看著一個個行走中的『銷量』從我面前經過。」初禮說，「心好痛。」

「這些人既然入場了，到點肯定會回來，別擔心……」阿象拍拍初禮的肩膀，「妳只需要祈禱到時候別出什麼問題就行，每次書展都是要了老子的命一般地早起，不愧是聖戰日。」

初禮：「……妳別給我立 flag。」

時間一分一秒過去。

初禮站在外面觀察了一下，發現如梁衝浪所說那般，確實有一些 COSER 的粉絲入場也會拿晝川的書去結帳，畢竟這已經是場內為數不多他們可能感興趣的書之一——但是大多數還是隨便挑選一本便宜的書，拿到參與活動的編號發票就可以了。畢竟《洛河神書》五十多塊，對於他們來說並不「划算」。

梁衝浪所謂的「雙贏」，不存在。

初禮就這麼在展位外站了三個多小時，期間為了不錯過來確認時間的讀者，就抽空喝了兩口阿象遞給她的水。

拚命程度，連于姚都調侃她，是不是《洛河神書》賣得好，晝川能分紅給她。

「《黃泉客棧》的合同還在晝川家書房裡壓著沒簽，我那天硬生生從新盾手裡搶回來的，在晝川往合同上簽名之前，他就是神。」初禮擺擺手，「惹不起、惹不起。」

初禮的嗓門不高不低，卻被站在新盾社展位旁邊看著的顧白芷聽了個清清楚楚——顧白芷也是「搶書」當事人之一。她「嗤」地笑出聲，清清嗓子撇開頭。

初禮臉微紅。

此時已經是十一點五十五分，身上帶著COSER後援團小物的粉絲還在瘋狂湧入，初禮踮起腳看了眼萬頭攢動的隊伍，黑壓壓一片，看不到尾……

「老大，可以開始通知老梁他們限制人數了吧？」初禮收回視線，同時發了個簡訊問晝川醒了沒，過來了沒有。

于姚走開去問梁衝浪什麼時候限制人數的時候，晝川那邊也回了簡訊，說是在路上了，塞車——為了增加可信度，還很可愛地配了一張前方車輛大排長龍的塞車照。

初禮對著這張塞車照傻笑。

直到一分鐘後，于姚回來告訴她，已經開始限制人數。

她說這話的時候，兩個戴著貓耳朵的小姑娘正有說有笑地往隊伍末端走，與她們擦肩而過，空氣中響起了打臉的聲音——

初禮：「……」

于姚：「……」

初禮和于姚去問梁衝浪，梁衝浪非常理直氣壯：「我只能告訴她們活動馬上結束了，現在暫時只接受購買《洛河神書》的讀者優先入場，她們說『我就是買《洛河神書》的啊』，那我還能說什麼？」

初禮捂住胸口，這時候已經開始有點窩火。她走到後面休息室找來一張超大張的紙和黑色馬克筆，大寫加粗體寫了一波「購書合照」結束時間，擺在元月社展位正中間。

接近十二點半，晝川的書粉開始陸續聚集，走過來看了眼隊伍，第一反應就是：我去，怎麼還這麼多人！

有些人無奈地老老實實排隊，有一些人又重新離開去吃午飯了。

初禮第三次找到梁衝浪，並讓梁衝浪說清楚，十二點半活動就結束了，現在還有幾分鐘，如果是衝著 COSER 來的可以不用進場排隊了。

梁衝浪態度比較含糊，沒有直面回答初禮，反而是問：「晝川老師來了嗎？」

初禮看了眼手機，二分鐘前的對話紀錄，今天假日人多，晝川還塞在路上。此時初禮也沒多想，只是如實稟告梁衝浪：「大概還有五十分鐘……」

後者「喔」了聲，點點頭把她打發走了。

這時候，之前從初禮和于姚身邊擦肩而過、戴著貓耳朵的小姑娘入場了，初禮眼睜睜看著號稱「就是來買《洛河神書》」的兩人飛快走到距離收銀臺最近的書櫃前，隨手拿下一本薄薄的書，一臉興奮地衝去收銀臺結帳，拿到活動發票，興奮得上竄下跳！

初禮皺起眉，想不管不顧地以下犯上把梁衝涼大打一頓的心思已經開始活絡。

阿象看她臉色不好，拽拽她的袖子，示意她不管怎麼樣先把盒飯吃了，畢竟都累一早上了。

初禮這時候一肚子火，也沒別的辦法，被阿象拽進後面休息室時最後看了一眼——不知道怎麼回事，十二點二十八分了，行銷部還在往展位裡放亂七八糟的人。

生氣。

進了休息室，初禮心中不安，隱約覺得要出事，隨便拿了個飯盒，心不在焉地掀開蓋子，還沒掰開筷子，于姚這時候推開門一臉凝重地走進來，語氣裡也是有點生氣。

「行銷部的人都瘋了，剛才突然通知說，購書合照活動加一點半的場，已經請示長官批准了！」

眾人：「……」

初禮「啪」地扔了筷子直接站起來就要往外走，阿象「啊」了聲連忙攔住初禮，初禮被她攔腰抱住，整個人都快跳起來了，氣得雙眼怒紅，咆哮——

「怪不得剛才問我晝川什麼時候來！晝川不來他們就可以騎在我們頭上亂來是吧——說好的時間又臨時加場，外面晝川的讀者等了多久了——就欺負人家買了門票無論如何都會來買書，無論如何都不會走所以讓人家等多久都沒關係是吧！

「啊啊啊啊啊啊啊我操你媽啊誰給你們權利這麼溜晝川的粉！誰！想錢想瘋了是不是——你們想過尊重作者、尊重讀者嗎？除了錢，想過這世界上還有這麼一回事嗎？放開我，老子不幹了也要弄死行銷部這群神經病！」

初禮在休息室裡恨不得大鬧天宮，老苗見壓不住了趕緊跑去通風報信。

沒過一會兒，梁衝浪嘻嘻哈哈地進來了，用息事寧人的語氣說：「喲，怎麼鬧開了啊，小點聲、小點聲，別鬧得外面讀者都聽見了，影響多不好？」

于姚見初禮一副就快把免洗筷撅了當凶器插梁衝浪喉嚨裡的架勢，趕緊拎住她的領子、摁住她的胳膊，率先開口道：「老梁，怎麼突然加活動場次，說好的幾點不應該就是幾點嗎？你這樣搞，我們和作者沒法交代……」

「晝川老師不是還在路上嗎？我琢磨了下時間也夠，就加了個場——妳看我們也沒辦法，今天到場的讀者真的太多了，還有大老遠跑回來支持的，我們也不能讓人家敗興而歸！都十二點半了，還有一大堆的COSER粉絲往裡湧，攔都攔不住的，一副今兒不拿到活動發票誰也別想走的架勢……」梁衝浪說，「保證作者到場之前把場地清理出來就行了，你們也不用太著急。」

「想參加活動就按照規定的時間來，遲到了還一副理直氣壯的模樣，誰給他們勇氣？梁靜茹嗎？說到底還不是你們慣著……」初禮這會兒也冷靜下來了，只是陰沉著臉，稍稍掙脫開于姚的手，冷冷道，「你擔心那些COSER的粉絲拿不到活動發票不讓你走，怎麼不擔心一下晝川的粉絲買不到書會怎麼辦——」

梁衝浪停頓了下。

然後他皮笑肉不笑道：「那我沒辦法，會哭的孩子有奶喝……哎呀，其實多大點兒事，你們也別在這要死要活的。」

初禮：「……」

可以，會哭的孩子有奶喝是吧？

敢情這是把晝川的粉絲當啞巴了？剛才來了那麼多人在外面問「怎麼還在往裡放COSER粉絲」的讀者因為沒鬧到你面前你就裝不存在是吧？你還真以為人家就這麼算了啊……

畢竟現在網路那麼發達。
你以為讀者不跟你哭就沒地方哭去了是吧？

初禮沉默了幾秒，也不跟梁衝浪爭執了，坐回自己的位置吃飯盒。她正叼著根青菜挑飯，手機突然震動，拿起來一看，來電人：戲子老師。

初禮拿起手機，摁下擴音，「喂」了一聲，那邊晝川的聲音就響了起來。

「我微博下面都快爆炸了，你們怎麼回事？說是一點了還在往展位裡放參加購書合照的COSER粉絲，活動不是十二點半就結束了嗎？把人放進來和誰合照，我嗎？別人的粉絲是粉絲，我的讀者都不是人是吧？妳去問問你們行銷部在想什麼，不想賣書就別賣了，天天去菜市場搞舊書大拍賣，十塊錢三斤保證比現在還熱鬧。」

晝川的聲音不高不低，然而初禮早就開好了最大音量等著，所以這會兒休息室的人都能聽得清清楚楚。

整個休息室是安靜的。

原本坐在那蹺著二郎腿美滋滋吃盒飯的梁衝浪也不敢抖腿了，現在他終於意識到，那些沒有跑來他面前鬧的晝川讀者，都去哪兒鬧了。

「我進停車場了，現在在找位置，妳下來接我。」

晝川說完這句話就掛了電話，初禮收起手機，盯著自己面前的飯盒自顧自地冷笑了聲：「嗯，會哭的孩子有奶喝。」

她也沒理梁衝浪，抬起頭對于姚道：「看來是路上突然不塞車提前到了，老大，我下去接一下晝川老師啊，這到處是人的，怕他不認識路。」

于姚也是一臉無語，「去吧、去吧。」

「我們把作者當爹供著、哄著，生怕在眼皮底下走丟了跑新盾去，偏有些人就是不知道珍惜，能躺著坐享成果也不願意，非要自作聰明把作者往外趕。」初禮站起來，拍了拍屁股上並不存在的灰塵，「《黃泉客棧》要是經過今天這麼一鬧沒簽下來，你們都看見了，跟我沒關係。」

梁衝浪一聽瞬間瞪大了眼：「不是妳說晝川還有五十分鐘才到……」

「那突然不塞車了也怪我啊？怪交通部太給力啊，怎麼一下子就讓大魔王提前登場了呢？」

初禮說完，懶得跟這弱智再說廢話，邁開步子就出去了。

她剛往外走沒兩步，梁衝浪也跟著出來了。

他一邊走一邊跟行銷部那些手下吩咐，讓他們限制人數控場，現在想要入場排隊的一律告訴他們不發活動發票了，只有一般發票，活動到一點半結束；再用引導線拉個《洛河神書》購書快速通道，一個個去隊伍裡問，買《洛河神書》的優先入場；再在快速通道前面立個牌子，引導《洛河神書》讀者過來排隊……

「快快快！」梁衝浪大聲說，「我不管你們怎麼弄，不行也得行，反正五分鐘之內我要看見《洛河神書》快速通道裡站滿排隊的讀者！我再說一遍，不行也得行！」

初禮遠遠聽見，眼角餘光瞥見展位裡一群人得令紛紛炸開來，嘲諷地勾了勾脣角。以前元月社就是個賣中規中矩書的中規中矩出版公司，大家行事都秉持著「中規中矩」的原則。現如今，公司即將上市，人人都想強出頭，涉及的領域比以前多且複雜……這些人沒搞清楚新規矩、踏實走兩步，就急著跑，自然以往掩飾得不錯的缺點都暴露出來了。

梁衝浪也不是真的蠢，就是揣著明白裝糊塗，自己天天想耍些小聰明，然後偷雞不成蝕把米。

初禮搭電梯來到地下停車場，一眼就看見某輛熟悉的跑車旁邊靠著個身著煙灰色毛衣、深藍色牛仔褲的人，他戴著黑色口罩，正低著頭、半坐在引擎蓋上玩手機。

兩條腿隨便一擺，長得天怒人怨。

初禮加快步伐小跑過去；與此同時，晝川聽見腳步聲也站了起來，看了一眼初禮：「樓上什麼情況了？」

「老梁聽說你到了開始屁滾尿流地管制。」初禮一把拉住晝川的胳膊將他拽起來，「你今天要是塞在路上下不來了，估計他能一狠心加場加到五點半……」

「我早上十點就爬起來了，還設了三個鬧鐘。」戴著口罩的男人聲音聽上去含含糊糊的，他彎下腰打開鬧鐘畫面遞給身前的小姑娘看，「十點半就出門了，在路上塞得我快發瘋，我早餐都沒來得及吃一口……」

初禮往前大步走的步子一頓，拽著晝川袖子的手也鬆了下，她回過頭與男人口罩外那雙平靜的眼對視了下：「你在鋪墊什麼？」

「餓。」

「上面有飯盒，我就吃了兩根青菜，肉留著給你。」

晝川抬起手，像是關愛弱智似的拍拍她的頭，「還有，我不是故意遲到的，假日塞車我也沒辦法，已經盡快到了。」
「你跟我說這個幹麼。」
「我怕我不在，妳和行銷部的人打起來，等我到的時候妳屍體都涼了，然後陰魂不散纏著我問不是說好了替妳保駕護航人又不到……」
晝川一口氣說完，兩人已經站在樓梯口。初禮覺得他這話的重點有點偏，畢竟是他賣書又不是她……這說得好像今兒他站在這裡全是因為她離不開他似的。
咦——
這說法。
初禮回頭看了眼晝川，突然有點討厭他臉上的口罩，因為有了這玩意她都看不清楚此時此刻他臉上是什麼樣的表情了……
「你能來就很好了。」初禮收回目光，抬起手將垂下的碎髮挽至耳後，「畢竟本來就不是一定要來的，下午赫爾曼的簽售會開始了，書展到處是人，知道你討厭人多的地方，所以……」
初禮停頓了下，又強調：「能到就行了。」
晝川「嗯」了一聲，拿出手機看了眼微博，發現這時候的評論陸續有人說「排上隊了」、「只要排上隊也就沒那麼生氣了」、「要不是《洛河神書》真的不想再買一本、哪怕是一本元月社的書」……
晝川手指滑了滑手機螢幕：「所以妳現在後悔不？」
初禮：「什麼？」

「當初選擇的是元月社這件事？」晝川放下手機，「其實顧白芷說得對，也許妳去新盾更合適……」

「哪個地方都會有討人厭的行銷佬、無法溝通的美編、氣死人的作者。」初禮聳聳肩說，「所以沒什麼好後悔的，誰知道生機勃勃的新盾社又會有什麼新的矛盾……」

兩人對話間，已經來到元月社展位附近。

也不知道是晝川微博底下奔相走告的讀者們都得到了消息，還是梁衝浪找到了群眾演員，總之《洛河神書》購書快速通道大大的牌子立在那裡，通道裡站滿了人。

元月社展位中央後面的舞臺上，兩位 COSER 正在與最後一名幸運讀者合照。一般排隊的隊伍裡，那些戴著標誌性應援物的粉絲也消失得差不多了，多是拿著《洛河神書》海報在看的人，踮著腳往隊伍前面看還有多少個人。

晝川的出現讓一切彷彿回到正軌。

初禮領著晝川，又不敢挨他太近。想想，原本一片混亂之中，一個身材高大、戴著口罩的神祕男子與元月社的工作人員互動良好，而且在該名神祕男子出現前後，《洛河神書》首賣現場迅速恢復正常秩序……

這事情怎麼想都顯得有點詭異。

來到人群中，初禮早早就放開了晝川的袖子，替他指了指休息室的方向，告訴他裡面有飯吃趕緊去別餓著，自己繼續站在外面看著場子。她瞧著晝川的粉絲洶湧而來，把《洛河神書》一套一套、兩套兩套甚至是一次搞個五、六套團購似的帶走。

行銷部的人美滋滋、樂得合不攏嘴，補書都來不及，之前擺在展示平臺上的書都被人順手帶走一大半；初禮和阿象索性把平臺拆了，把剩下的書放貨架上。

快速通道在下午一點二十分左右開放以後，一個小時內，《洛河神書》的銷量衝破了三千五。得到了這個粗略統計資料後，初禮長吁一口氣，終於放鬆下來被阿象架著回休息室喝口水。她打開休息室的門，就看見晝川皇帝似的坐在她的位置上，旁邊放著一罐喝空的熱飲還有吃完的盒飯。

……也不知道是誰上供的。

「……我在前面替你做牛做馬，你這是來享福的吧？」

初禮看了眼晝川手邊的垃圾，此時晝川遞過來一罐熱呼呼的紅牛，她接過來，在外面搬書不方便戴手套、被凍得有些僵硬的指尖立刻感覺到溫度。

捏著紅牛，她動了動脣正想開口說話，這時候梁衝浪推開門走進來……這厚臉皮的，笑靨如花地跟晝川打招呼、套交情，說著什麼「晝川老師來了啊」、「吃飯了嗎」、「一路上辛苦啦很塞吧」之類的廢話。

而此時的晝川是已經被「真正會哭且知道在哪哭才有用的孩子們」哭過一通的作者，完完全全知道過去的兩個小時發生了什麼事、罪魁禍首是誰，所以對梁衝浪也只是皮笑肉不笑地應付幾句。

他毫無熱情可言，甚至偶爾說兩句「COSER 人氣高啊也沒辦法」、「我們這些寫文的蒙面俠怎麼比」、「我完全理解貴社的想法啊誰不愛錢呢我也愛」之類的話。

直到梁衝浪掏出手機要求加微信。

晝川也沒多大反應，在初禮眼皮底下「喔」了聲，掏出手機讓梁衝浪掃了掃二維碼。

梁衝浪美滋滋地收了手機：「哎呀，這次《洛河神書》首賣能順利推進大家都辛苦了，老師您看，我們初禮還為了首賣的事操碎了不少心，剛才還差點跟我們行銷部吵架，那副要吃人的架勢喲，好嚇人的——現在老師您來了，可得好好安撫安撫她的情緒，勸勸她……」

初禮響亮地嗤笑一聲，想不明白人的臉皮怎麼能有這麼厚。

晝川聞言，似笑非笑地瞥了站在自己身旁既像門神又像是小太監的初禮一眼，長腿舒展開來，懶洋洋道：「我哪勸得住她，你們又不是不知道，小炮仗似的。」

言下之意，自己惹的事自己解決，別拖老子下水。

除此之外，他還頗有一些「我編輯啊，厲害不，怕了沒」的莫名驕傲語氣在。

梁衝浪打哈哈不成，找了個藉口出去了。

他前腳剛走，初禮便踢著晝川的腳尖：「你加他微信幹麼？」

「無所謂加不加啊。」晝川說，「多一個人不多的。」

初禮不說話了。

晝川坐起來一些：「怎麼，不能加啊？」

「行銷部之所以天天只敢打噁心人的擦邊球，沒有徹徹底底、光明正大爬我們編輯的頭上，就是因為編輯手上抓著作者資源這最關鍵的一點……如果有一天，他們能夠繞過編輯，直接和作者溝通了，那元月社就徹底成了他們的天下了。」初禮瞪著晝川，「之前就和老師說過了，作者是編輯手上的武器，老師不也同意這樣的看法嗎？」

「對啊。」

「現在我的武器要跑到敵人的刀鞘裡了。」

晝川坐在椅子上與初禮對視一會兒，氣氛一時間有點凝重——晝川也沒弄明白他就加了個微信怎麼就成小叛徒了……

初禮坐下。

良久，他彎腰從身後摸出一盒新的盒飯：「先吃飯，先吃飯，嘴能掛醬油瓶了。」

面無表情地掰開筷子。

沉默地將半冷了的飯盒掀開。

夾起一根青菜。

不說話。

「行了行了，刪了。」晝川忍無可忍道，「刪掉了行吧，妳看，刪掉了。」

他隔著桌子舉起自己的手機，初禮沒客氣伸爪子接過他的手機看了眼，看他確確實實地把梁衝浪刪了，又把手機還給他。

「會不會得罪人？」她問，想了想又補充，「雖然我是為你好，行銷部的人花言巧語，我怕你被騙。」

「妳現在才想起問這個，敢不敢更假惺惺一些？」晝川白了她一眼，「我怕得罪什麼人，今天幹出一連串破事的人不是他蔥花味浪味仙嗎？」

初禮冷不防聽見梁衝浪的微信名，不小心笑出聲來。

這是她今兒從進書展現場至現在，快十個小時了，第一次露出清晰的笑容。

休息室裡的凝重氣氛稍稍驅散，于姚推開門看了眼又關上，然後對守在門邊一臉惶恐的阿象說：「應該沒事了，裡面笑得歡呢，沒看出來，晝川老師哄小姑娘開心有一手啊。」

「……那我能不能進去喝口水啊？」阿象可憐巴巴地問。

「……再等會兒，再等會兒。」于姚揮揮手，「忍住。」

第六章

書展在當天下午六點結束。

結束的時候，元月社的展位還是人滿為患，還有一長條隊伍的讀者在排隊。排著隊的讀者幾乎是被清場地的保安轟走的，走的時候自然帶著極大的怨氣。

這股怨氣直衝九霄，上達天聽，粉絲紛紛拍照貼到晝川微博，反應在場情況……他們並不知道其實自己壓根不用拍照，因為他們的大大當時就坐在現場，用自己的眼睛，把現場情況看得一清二楚——

包括想買書的讀者是怎麼被保安強行趕走。

這對作者來說，在「不能忍的事件」列表裡大概能榮登榜首。

當天《洛河神書》場販二萬零三百來套，剩餘庫存一萬四千七百套；讀者想買但買不到，商家也還有庫存，也就是說，一切罪孽的根源就是：時間不夠。

回去的路上，晝川開車，初禮坐在副駕駛座，低頭圍觀官方微博被狂轟亂炸的狂風暴雨。車開回市區時，元月社高層長官的祖宗十八代也被問候了個遍，賣力替梁衝浪上演了一波什麼叫真正的「會哭的孩子正在鬧」。

微信群裡，梁衝浪還在嘴硬。

蔥花味浪味仙：讓他們鬧唄，反正我們行銷額達標了就行。

這話說得其實也沒問題。

至少在長官看來沒問題。

初禮放下手機，看了眼身邊正開車的晝川，打了個呵欠。晝川眼角餘光之中，看著她眯起眼極為疲憊的樣子，打了個呵欠、露出一對小虎牙。

他收回目光，將到了嘴邊的話吞嚥回肚子裡。

「……你想說什麼，」初禮靠在座椅上，被暖氣吹得昏昏欲睡，「說吧，不用憋著，我禁受得住。」

晝川頗感意外地掃了她一眼，還是沒說話。

初禮笑了笑，抬起手擦擦打呵欠打出來的眼淚：「你想說《黃泉客棧》是新盾社的了，對吧？」

「我還在猶豫。」晝川淡淡道，「我先答應把這本書給妳的，現在除了這件事，風口浪尖的，再把《黃泉客棧》給元月社，讀者那邊交代不過去，但是……」

「但是？」

「但是做錯的又不是妳，我覺得如果用這個來懲罰妳，就過分了。」

「……說什麼懲罰不懲罰。」初禮笑了笑，極為疲倦的樣子，「大家本來都是『元月社』這一條船上的人，出了事，誰都別想從裡面摘出來、摘乾淨……我做為元月社的編輯，這會兒應該抱著你的大腿求你不要放棄我們，但是有用嗎？」

「沒有。」

初禮一臉「我就知道」，心想：「你知道心疼我，我還不知道心疼你？」

「所以我也不為難你了，你要是真那麼良心過意不去，乾脆來《月光》上開個長篇連載？」

晝川嗤笑。

初禮挑眉：「你笑什麼？」

「笑妳一點兒虧吃不得，丟了芝麻一定要撿個西瓜才算。」晝川抬起手，揉亂她的頭髮，「早就在惦記這事了吧妳？」

「沒有沒有，臨時想的……哎呀，也就惦記了那麼一會兒。」初禮一臉嚴肅，「你好好開車，別在這揣測少女心思。」

晝川收回手，真的好好開車去了。

初禮抱著手機，圍觀了一會兒因為「達到了指定銷售額」所以一片歡天喜地的微信群，怎麼看都覺得礙眼得很，於是冬日當頭給了他們一盆冰水混合物——

猴子請來的水軍：《黃泉客棧》給新盾拿去了，就剛剛，「蠟燭」「蠟燭」

初禮這幾個字加兩根蠟燭，不啻於平地一聲雷、巨石落水，將微信群裡的和諧氣氛炸了個七零八落，直接將平時在群裡基本不說話只是坐山觀虎鬥的何總都炸了出來！

老何家：@猴子請來的水軍。怎麼回事？這本不是已經拿下了嗎？怎麼突然就給新盾社了？

初禮沒來得及回答，這個時候夏老師就冒出來了，以他五十五歲高齡返聘總編、正直不阿形象與嚴肅的聲音點燃了這一次批鬥大會的導火線。

老夏：今日陪內人就醫，手續繁雜，繁忙異常，來不及多看手機。中午兩點左右接到《月光》雜誌主編于姚電話，告訴我行銷部擅自違背一早在微博等平臺公布的活動時間表，將「購書合照」活動加鐘加點，未曾想過這樣的行為對《洛河神書》作者、讀者極大不尊敬。

接著夏老師改用微信語音功能。

「活動開始的第一天，作者親自打電話要求我們自己調整好時間，這樣的事情已經非常丟人了——結果呢，哪怕是這樣都沒做好！

「現在微博下反彈元月社的聲音非常大，大家都說我們是一個非常糟糕的合作方，這種時候如果我是作者，我也不希望繼續合作了。」

老夏：老梁你出來@蔥花味浪味仙。你跟何總說說，晝川當初是怎麼跟你說的？

老何家：@蔥花味浪味仙。你下午跟我請示加場COSER合照活動的時候怎麼不說明《洛河神書》作者不同意？

夏老師：「我一下子沒看著，就這樣了……哎。」

夏老師：「且不說少掉的《洛河神書》銷售額加起來會不會比購書合照活動的銷量多，如今晝川如日中天，正是火熱，別的出版公司搶他的書的版權都搶不過來，我們搶到了還不知珍惜！」

夏老師：「哪怕是光看著錢，把《黃泉客棧》拱手送新盾，這又是拱手送了多少錢！」

夏老師這一次，把該說的、不該說的都說完了，初禮當著晝川的面把語音放完，然後摁下手機：「感覺夏老師被這些行銷佬愁得老了十歲。」

晝川一隻手握著方向盤：「幹什麼，想跟我打悲情牌？」

「這會兒把老總急得直接把我和夏老師拉了個小群，問我們還有沒有別的辦法穩住你……」初禮抬起頭看著晝川，「有嗎？」

「沒有。」晝川面無表情。

「沒——有。」初禮低頭打字。

「這次老梁真的過分了。」

「這次——老梁，真的——過分了。」初禮低頭繼續打字，「還有嗎？」

「別以為全世界的作者都跟年年或者索恆他們一樣好打發，要合作之前，先洗洗眼睛看清楚坐在他們對面的人是誰。我晝川出道以來，除了我老爸晝顧宣先生，誰敢這麼不把我放在眼裡？」

「……太多了、太多了，說慢點兒，你以為我是你啊，手機打字一秒五個。」初禮端著手機，「我替你概括下，總之就是，晝川老師非常不滿意，非常生氣……何總說，讓夏老師去問問你老爸能不能勸你一下——」

晝川：「……」

「這個問題你可以不用回答，我來替你回答吧。」初禮飛快打字，「何總——您這樣強行——叫來晝顧宣老師——我恐怕——晝川下一本——甚至是——下輩子——都不會再簽給我們。」

「我很感動。」

「嗯？」

「在我家白吃白喝那麼久，妳似乎終於摸清楚我的脾氣，沒白吃我家的米。」

初禮：「……」

不好意思老師！你家的米桶都是我掏腰包填滿米的。以及，我當然知道啊，晝川顧宣先生對您而言就是老虎嘴巴上的鬍鬚，別人別說去拔或者撥弄，怕是連看都不能看一眼的。

初禮心不在焉地戳著手機螢幕，戳著戳著就看見何總在夏老師委婉地表達了晝川與他老爸的關係並不是那麼「傳統」之後，徹底放棄最後一絲希望，然後回到大群裡，把以梁衝浪為首的行銷部釘一頓，瘋狂扣了一波年終獎金替自己省一筆。

場面不可謂之不大快人心。

……雖然一想到《黃泉客棧》就這麼被新盾簽走了還是令人蛋疼。

對於這一點，初禮接下來和于姚的私聊中也被她點明。

于姚：傷敵一千，自損八百。

猴子請來的水軍：我不是單純要報復老梁和老苗，其實但凡有一絲希望我都會勸說晝川的，妳是不知道他告訴我「版權給了新盾」這件事時，情緒有多平靜、態度就有多堅決——他說如果下本連續簽給元月社，對那些憤怒的粉絲根本沒辦法交代，我覺得他說得有道理。

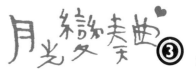

于姚：妳完完全全站在作者的角度去替他考慮。

猴子請來的水軍：那是，先有了作者，才有編輯——如果作者都被自己的粉絲拋棄了，那編輯能落著什麼好……

猴子請來的水軍：還有，傷一千的只是老梁他們，我是沒有自損八百那麼多的，剛才抱著畫川的大腿求他替我在《月光》開個連載……

于姚：！

于姚：怎麼沒在群裡跟何總說！

猴子請來的水軍：晚點說、晚點說。

猴子請來的水軍：先讓他專心致志地罵一會兒老梁。

于姚：……

于姚：剛把妳招進來的時候妳還是個單純的小姑娘，這半年妳經歷了什麼啊，成了今天這副模樣……今天妳上竄下跳發脾氣的時候，休息室都沒人敢靠近，彷彿裡面有惡犬，可憐阿象一口水都不敢進去喝，最後找了自動販賣機買了瓶水湊合。

猴子請來的水軍：……

以上，于姚終於被初禮說服。

至此，以老梁等人被狠狠批評加扣獎金為落幕，整個元月社上上下下，終於算是徹底接受了因為行銷部的失誤和輕視作者，痛把到手版權割肉給了新盾社的事實。

接下來的兩個月，初禮卻意外輕鬆了下來。

主要是因為接近年底了，所有的工作項目開始進入「合理怠工」狀態，而且晝川的《黃泉客棧》沒得做了，她就更閒了。

閒下來怎麼辦？當然是進入編輯日常工作，騷擾作者、催催稿子、問問大綱進度什麼的，上班時間和晝川在QQ上激烈地爭執接下來的新連載大綱選材，初禮在短時間內接連拒絕了晝川送過來的兩個大綱，讓晝川略微惱怒。

其中一個是內容無聊，另外一個大綱……根據大綱架構，看著能寫一百萬字！

猴子請來的水軍：一百萬字啥概念老師你知道嗎？按照一期連載二萬字算，一百萬字就是五十期雜誌，五十期雜誌就是接近四年零二個月的連載……四年零二個月！四年零二個月後說不定元月社都倒閉了！你要在元月社寫到咱們倒閉啊！

晝川：又何妨，每個月寫兩萬字拿點兒稿費交水電費不好嗎？

猴子請來的水軍：……………………

晝川：大過年的我都不願意說那麼殘忍的話，妳以為妳洗澡、開燈、用洗衣機的錢是從天颳來的啊？

猴子請來的水軍：……

猴子請來的水軍：哪怕是這樣也不行！再去想一個！

除了晝川，還有個阿鬼也是要了初禮的老命。

自打書展結束，初禮天天打電話給阿鬼，為的是跟她推進她的連載大綱——阿鬼選題材都選了大半個月，最後初禮被她煩得快跳樓了。

某日終於在打發掉晝川的一百萬字大綱後，初禮拒絕再替這些王八蛋作者天天磨無用功，一拍桌子，乾脆直接替阿鬼定下來：「不是有篇航海題材的耽美挺紅的嗎？再寫一篇怎麼樣？到時候說不定社裡一個激動當系列文出了，還不是美滋滋。」

阿鬼當即表示：「妳這畫大餅的功夫從妳進元月社都沒停下來過，出系列文什麼的已經算是最靠譜的一個餅了，這個餅我很喜歡啊……」

於是阿鬼沒怎麼猶豫，非常隨便地答應下來，大綱也很快交上來——簡單來說，就是一個年紀輕輕的商業船隊巨頭之子、二世祖、富二代，老爸死了之後，留下遺言讓他去尋找傳說中地中海上最快的船「利維坦號」，滿足老爸年輕時的遺憾。二世祖以前除了玩就只知道玩，哪裡知道什麼是最快的船、什麼是「利維坦號」，兩眼懵逼，這時候才想起他老爸之前的船隊上有一個很厲害的大副，於是不得忍辱負重去求那個大副……

整個故事圍繞「腹黑型男大副和沒地位的年輕船長」展開，是阿鬼擅長的那種基情滿滿又健康、夏老師審稿時可能會覺得刺眼的故事。

初禮看過大綱之後覺得好像還不錯，於是打發了阿鬼去試寫。

對付完阿鬼和晝川，初禮還會在午休時候蹺著二郎腿跟索恆講電話，跟她討論她的新連載《遮天》。和另外兩個寶貝疙瘩的對待方式不一樣，對於索恆，初禮實行「愛的教育」。

《遮天》在《月光》雜誌元月號放出第一章後，雖然還沒開始統計讀者投票啊什麼的，但是好評是出乎意料地鋪天蓋地。以往的投稿信箱裡，基本沒有提索恆的，提起來也是問她什麼時候走人、別在這浪費；但是自打《遮天》登出後，陸續收到「熟悉的索恆回來了」、「不誇張地說，五年老粉看著雜誌真的哭了」、「《遮天》很好看」……

其實評論不用太多，只需「好看」二字，便是作者們最寶貴的精神糧食。初禮在電話裡一條條地唸讀者回饋給索恆聽時，電話那邊的索恆捂著電話泣不成聲，搞得最後初禮也被她影響得雙眼發紅。

老苗在旁邊嘖嘖咂舌，也不知是酸還是所為何事。

春節將至，新的一年即將開始了。

除了元旦第一天過得讓人鬱悶之外，接下來的一切彷彿都是生機勃勃，在往好的一方面徐徐前進。

等待過年放假的日子裡倒是沒有發生什麼有趣的事，最有趣的莫過於，顧白芷真的是個很會玩的人，從拿到《黃泉客棧》那天開始，她用兩個月的時間就把這個只有十萬字的中短篇做出來了，上市當天，還是元月社的年會。

那一天，除卻叫「元月社年會」，也可以叫「行銷部的受難日」。因為聽說託《洛河神書》的福，《黃泉客棧》也賣得很好。新盾那邊打出的廣告是「上市首日銷量破五十萬」，根據直接去掉一個零或者直接除以三的行內定律，首日銷量十幾萬怕是跑不了了……

於是這個年會，梁衝浪不幸地被翻了舊帳，年會抽獎就給了個二百塊錢的陽光普照獎，又被何總點名批評了一次。

梁衝浪倒楣。

初禮則運氣大發地抽了個頭等獎 iPhone 5S，捧著手裡的 iPhone 5S，當場高興得像是一隻猴子。

後來得知年終獎金夠她再買五個 iPhone 5S，那一刻初禮幾乎忘記了過去大半年裡對元月社所有的不滿，激動得幾乎想要當著元月社上百人口的面搞個國旗下的宣誓，宣布自己對元月社的忠誠！

因為高興，她在年會晚上喝了不少酒。

不過好在沒有喝掛讓于姚直接把她拉回晝川家裡，而是特地讓于姚把自己送到了一個到處都是計程車的地方。目送于姚離開後，她跳上計程車一路飛奔回自己的小狗窩。

到家的時候是十二點，小狗窩裡的大狗和小狗都還沒睡……初禮站在社區院子裡，遠遠地看著熟悉的房子裡亮著橙黃的光，自顧自痴痴笑了一會兒。

有什麼能比年會抽了頭等獎、變身萬元戶、暢飲好酒之後回家，發現家裡有人亮著燈，等自己，更開心的？

沒有。

初禮站在院子裡美滋滋了好一會兒，如果不是突然接到阿鬼的電話，她可能能在社區院子裡站一宿。她用不那麼穩的手拿起手機，「喂」了一聲，原來是阿鬼這傢伙打字打了一半卡文想找人聊天。

「什麼？利維坦是深海巨獸，利維坦號不是只是一個名字而已嗎！敢情真的有利維坦這個怪獸存在啊？」

打開門，站在玄關換鞋子時，初禮抬起頭看了眼正捧著電腦、盤腿坐在沙發上敲敲打打的男人，踢掉高跟鞋，穿上他替她新買的毛茸茸室內靴，暖烘烘。

初禮踢踢踏踏地走進屋裡，挨著男人一屁股坐下——

「……啥叫我跟妳討論了這麼多天大綱都在幹麼，朋友妳也沒告訴我妳準備寫一個拿給好萊塢拍電影都嫌特效貴的奇幻航海故事啊……所以利維坦號又是船又是怪獸？」初禮抓著手機，「那妳要不乾脆三位一體，讓腹黑大副就是利維坦得了，背崽找崽豈不妙哉——我愛的原來就在我，身旁～好笑吧，越靠近，越看不見～」

她突然就唱了起來。

她一邊唱，手還很不檢點地去攀身邊男人的肩膀。

他大概早早就洗了澡，一身好聞的檸檬香皂味，這會兒冷不防被旁邊的人動手動腳，還要聽她五音不全的歌聲，在鍵盤上飛舞的手一頓，面無表情地拍開她搭在他肩膀上的爪子。

「拿開。」晝川面無表情道。

初禮一臉委屈地縮回爪子：「喔，喔～還好吧還不算太晚～我相信，未來會比現在——」

晝川扔了電腦捂住她的嘴。

初禮微微瞪大眼後，眯起眼，無視了阿鬼在手機那邊問「我怎麼聽見妳那邊有男人說話的聲音」，直接掛掉了電話。

然後她扔了自己的寶貝iPhone 5S，拽住晝川的手往下一拉，小心翼翼地用雙手捧在自己的手掌心裡，認真地問：「老師，我的大綱呢？」

晝川：「……」

看著她這醉眼矇矓得誰是自己老爸都快不認識的模樣，晝川無語地伸出手一把捂住她的眼睛往沙發上按，想讓她趕緊睡了換來個清淨；然而初禮卻完全不懂他的意思，就像是和主人玩拋接棍的二狗似的，歡快地叫了一聲，張開雙臂抱住他的脖子往後倒——

「嘎吱」一聲巨響。

兩人迅速在沙發上滾成一團，在晝川沒爬起來前，初禮笑嘻嘻地在他高挺的鼻尖上落下一吻。

鼻尖之上，柔軟又微微溼潤的觸感一觸即離，晝川眼神微變，保持著一隻手撐在她上方的姿勢，將她亂扭的身子固定住，另外一隻大手捉住她的下巴，嗓音微微嘶啞且惱火：「別動。」

初禮安靜了三秒。

第四秒，當晝川撐在她頭一側的手一鬆，整個高大的身軀微微下壓，突然，初禮伸出手，一把撐住他的肩膀，笑嘻嘻道：「大綱，我去找，我去書房找大綱，老師你等等。」

然後她稍稍一使勁，便推開了壓在自己上方、本來就沒怎麼使勁的男人，手腳並用、連滾帶爬地翻越過沙發，「砰」地一下子掉沙發後面。

晝川靠在沙發上，一臉無奈看著她被摔得滿臉懵逼，終於還是不忍心伸手拎起她：「妳慢點兒……」

初禮沒有理他，頭也不回、搖搖晃晃地往書房走，走進書房裡，「砰」地關上門，腳一軟，背靠著門滑落坐下。

書房裡沒開暖氣，有一點兒涼。

寒氣入侵大腦，有那麼一瞬間，她那從剛才起一直渾渾噩噩的深色瞳眸之中突然有一絲絲清明和茫然亮起——總覺得，剛才，好像又要和晝川接吻了。

也不知道是不是錯覺，只是剛才男人眼中閃爍著的，明明就是「接吻」的信號。

還好，她跑得快。

可是，跑什麼？

心中被茫然和一絲絲緊張、期待以及恐懼侵占，黑暗的書房中，初禮扶著門把踉蹌著站起來，打開書桌上的燈，她環顧四周，心裡漫無目的地想著是不是該隨便找一本有晝川筆記的東西拿出去，裝瘋賣傻交差說是大綱。

她撲到書架那邊，腳軟手也軟，卻說不清楚究竟是因為酒精還是別的什麼，她雙手在書架上隨意摸索著，從一本本書上掃過。

直到摸到書架角落，她踮起腳，鬼使神差般抽出一本書，剛剛抽出來，手一滑，整本書滑落——

裡面的稿紙散落她一頭。

初禮站在一地稿紙之中，滿臉茫然，低下頭，看著那些手稿。字體是她熟悉的晝川筆跡，只是看著好像又不像是現在書寫的東西那樣潦草，還帶著一絲絲學生氣的工整。

初禮彎下腰，撿起一張稿紙，微眯起眼還沒來得及藉著昏暗的燈光看上面的內容，這時候便聽見晝川在外門敲門。

「還活著嗎？剛什麼聲音？妳拆了我的書房還是自己又摔了——喂，香蕉人，還活著嗎？」

初禮捏緊手中的稿紙，女人的第六感告訴她，她可能闖禍了。

一門之隔的晝川：「再不說話我找鑰匙開門了啊，喂，吱聲！」

初禮：「吱！」

現在怎麼辦？把東西放回去假裝什麼事都沒發生，還是看一眼這到底是什麼，被男人這樣小心翼翼地掖著藏著，彷彿害怕別人發現……

晝川就站在門外，如同閻王爺一般。初禮心臟亂跳，總覺得自己即將揭穿什麼大祕密……

猶豫了下，儘管好奇心旺盛卻還是沒有去看那些東西，她選擇彎下腰將散落一地的稿紙一張張撿起來，甚至不讓自己的眼睛亂瞟稿紙上的零碎內容。

應該是小說吧。

肯定是小說沒錯……

但是什麼年代了晝川怎麼可能還在稿紙上寫小說？仔細看看這些紙張也有些泛黃發脆了，應該有些年頭了。

所以是晝川以前寫的小說？學生時代寫的小說啊，什麼時候呢？以前好像聽他提起過，在讀高中的時候確實有上課在稿紙上寫小說的習慣……所以是《東方旖聞錄》的手稿？

但是稿紙上，通篇都是「她」和「他」，東方旖聞錄裡的女性角色可不多——耳邊是晝川接連不斷的敲門聲，初禮站在書房中央，捏著厚厚一疊稿紙，下一秒，她被突然閃入腦海之中的這個念頭嚇到了：難道這是傳說中，晝川老師真正的處女作？

捏著稿紙，初禮有些驚訝地微微瞇起眼。晝川的處女作，在他提起過的故事裡，已經全部被撕毀以及焚燒，初禮深深地記得當時她還感到非常可惜……

答案就在她的手中，初禮好奇得快要死掉了。

可是不能看。

不能看啊啊啊啊啊！

尊重房東隱私，謹防掃地出門！

初禮內心咆哮，表面一動不動地傻愣在原地，聽著男人走開又折返，鑰匙插進鎖孔裡轉動發出「喀嚓」輕響；她眼睜睜看著門被男人推開，復古長柄鑰匙還捏在男人的手中，門又被推開了些，高大的身影走進書房裡。

「妳沒事吧，喝醉酒了就老實去睡覺，我還以為妳——」

晝川的話沒能說完。

下一秒他的注意力完完全全被初禮手中的那疊稿紙吸引了去……

此時初禮的頭腦有些發昏，她高高舉起手中那疊稿紙：「我剛才沒站穩，隨手扶了把，從、從書架上掉下來一本書，裡面散落了好多稿紙——是你的嗎？」

……當然是。

此時此刻，晝川臉上的表情就像是看見初禮打開他的衣櫃把他的內褲一條條掏出來套在頭上一樣。

書房裡瞬間陷入不可言喻的沉默當中。

「妳看了？」

晝川沒有立刻接過稿紙，他只是捏著鑰匙站在門邊，臉上沒有多餘的表情……初禮被他看得心發慌，開始後悔今晚為什麼要喝那麼多酒，這會兒手軟腳軟的，她舉著稿紙的手抬了抬，想要放下，又不敢。

總之有點兒尷尬。

「我沒看，其實我確實挺想看的，但是我怕你不願意給別人看……如果你想給別人看就不會藏、藏得那麼好。」

說話的舌頭都不靈活了，初禮舌尖打結，眼睛垂下，不安地亂瞟，於是不可避免地看到手中稿紙最上面那一張。稿紙旁邊畫著的一個劍匣似的東西，她突然覺得很眼熟。在很久以前，初禮進書房幫晝川找身分證那次，她好像在手稿上見過非常相似的東西……

只是那一次在手稿上看見的，比起這個隨手塗鴉的版本更加精緻。

也就是說，至少半年之內，晝川曾經惦記過這些東西。

「老師。」她抬起頭，小心翼翼地看著晝川，「這是你跟我說過的，於《東方旖聞錄》之前，真正的，你的處女作嗎？」

初禮的話語落下，隨後她驚訝地發現站在自己面前的男人露出了一個她非常陌生的表情──冷漠、對一切的存在包括他自己在內的嫌惡、不耐，以及眼中如深冬暮雪，冰凍三尺之寒。

「……跟妳沒關係。」晝川伸出手，將那疊稿紙接過來，隨手塞回原本存放它們的那一本書籍裡，然後將書放回書架上，「別亂動我書房的東西。」

以前他從來沒說過不許初禮動書房的東西。

他甚至經常在沙發上蹺著二郎腿，指揮她去書房找這找那，當初禮找不到的時候，他還會讓她「每一個角落都翻開看看好好找」……

「可是你不是說它們已經被毀掉了嗎？它們還在？你保存起來了？幾個月前我在你的書房裡看見過跟某張手稿相似的圖騰，老師，你是不是──」

「不是。」

「如果你還想──」

「我不想。」

初禮就像是溺水之人抓住浮木，有那麼一瞬間她突然覺得自己真的接觸到什麼非常深刻的東西——一個人，寫作的初心，他最初想要表達的思想，他最初想要描繪的世界，他至今還在念念不忘的……

她想知道。

一樣東西，如果能打動作者數餘年，那它說不定，或者說是一定也可以打動讀者。

初禮跟在晝川的身後，看著他彎腰將剩下的稿紙從地上撿起來，整理好。在晝川整理時，初禮抱著膝蓋，蹲在他的身邊，小聲道：「稿子，可以給我看看嗎？」

晝川即將拾起一張紙的動作一頓，他轉過頭，看著初禮：「以什麼身分？」

說話時，兩人的臉靠得很近……初禮幾乎能嗅到男人身上淡淡的檸檬香皂味，這種氣味幾乎將她身上的酒味吞噬，她感覺到酒精又往頭頂走了走，她緩緩閉起眼，咬咬下唇：「你說什麼身分，就是什麼身分。」

編輯也好。

朋友也罷。

又或者是別的什麼——

昏暗之中，她感覺到男人的目光在她臉上轉了兩圈，良久，他淡淡道：「不行。」

「……你的連載大綱還沒定，因為我們都知道那些大綱並不是你目前的最優選擇。」初禮微微皺眉，「與其搖擺不定不知道自己接下來該寫什麼而耽擱下來，為什麼要無視一個原本已經在那放著落灰許久，你也惦記了很久的——」

「因為我不需要再被否決一次。」

男人毫無情緒的聲音響起。

初禮的話語戛然而止，愣住。

「因為妳的好奇心，拿去看了，然後笑著說：果然都是很古老的東西，內容太古板了也很無趣，老師還是寫別的吧。」晝川面無表情道，「這種話，十年前我父親已經對我說過，所以，抱歉，我不想再聽第二次。」

「……」

「不如妳想像中那麼堅強真是對不起了，我也有會害怕的東西。」晝川終於有了表情，他緩緩綻開一個笑容，只是那笑意並未達到眼底，盯著初禮的眼睛，「別再碰它。不是喝醉了嗎？就當是作夢好了。」

話語到最後，有隱藏在冰冷面容下、他自己都未察覺的溫柔和小心。

「大綱過年前後我會另外給妳。」

晝川語落，直起腰，率先站了起來。

高大的身影投下的陰影將她完完全全籠罩。

剛剛回家時沾染上的溫暖一絲絲從身體裡抽離，書房裡的寒氣彷彿透過室內靴從腳底一直往上蔓延到心裡……看著面前站著的人放好那些稿紙，然後轉身一言不發地與她擦肩而過走出書房。從頭至尾，他不再說一句話，也沒有再看她一眼。

屋子裡安靜得可怕。

就像是初禮在無意間觸碰了什麼禁咒，揭開隱密的真相……

最終喚醒了真正的晝川。

他可以笑著跟人調侃自己文裡那些亂七八糟的創意。

他可以在編輯的威脅下將那些奇怪的東西改為正常。

他可以寫出令很多人拍手叫絕的精采劇情。

他可以強詞奪理自己的錯別字都是通假字。

他可以把自己的編輯氣得上竄下跳，或者是在編輯需要幫助的時候立刻嚴肅起來肩負起自己的責任。

他可以創造出無數讓人們難以忘記的經典角色。

他是一名合格的當紅暢銷書作家。

同時，他打心眼裡抗拒著——

抗拒著與任何人分享。

就因為第一次嘗試這麼做的時候，他遭到了拒絕，從那一天開始，那傷口並未隨著時間治癒，而是逐漸惡化、深入骨髓。

然後，就有了如今的晝川。

初禮強忍住腦袋裡沉重又如針扎的疼痛，看了眼晝川離開的方向，走廊上一片漆黑。

她的手在地上磨蹭無意識地抓了兩把，在摸到桌角下輕薄冰涼的觸感後突然停頓了下，手掌收緊，沉默地在那兒定格一會兒。片刻後，她緩緩攤開掌心，一團皺巴巴的稿紙已經被她掌心裡的汗弄溼。

一張不小心被遺忘的原稿。

初禮舔了舔因為方才失魂落魄而有些乾澀的下唇，將那一張被遺忘的稿紙小心翼翼地攤開、疊好，然後妥善收進口袋裡，動作輕柔得，就好像那是晝川本人——

彷彿生怕一個動作重了，就會將他驚擾。

玻璃心的戲子老師。

蚌殼不肯打開，遇見滾水都死活不開口，這都沒關係，只要它還活著，就得乖乖等著，她親自來撬。她會拉開門、掀開窗，將他從陰暗的角落裡強行拖出來，站在陽光之下。

無論他怎麼想，她是一廂情願的——

他的心魔，她來打敗。

如果這都做不到，還憑什麼口口聲聲說著喜歡？

初禮扶著牆走出書房，比剛才匆忙進入書房裡的時候更加狼狽。此時此刻客廳裡已經空無一人，桌上放著一杯冒著蒸騰熱氣的牛奶，初禮走過去端起來像狗似的嗅嗅，然後抿了一口，發現裡面還放了甜滋滋的蜂蜜。

一口氣將牛奶喝完，看了眼某扇緊緊關閉的門，初禮回到自己的房間，推開窗，一陣夾雜著寒冬獨有氣息的寒風吹入，靠坐在窗邊，她腦袋清醒了些。

小心翼翼地將揣在懷裡的那張稿紙展開，初禮認真地閱讀上面的內容，一字字、一句句。

這一張紙上大約有一千多字，從冷鼻子冷眼的男主角把刀架在女主角的脖子上開始，男主角的第一句臺詞就是：妳把我的劍鞘藏哪了，我的「無歸」分明感受到劍匣的共鳴，速速交出，饒妳不死。

然後，女主就報警了。

……報警了。

初禮拿著稿紙「噗」地傻傻笑出聲，繼續往下看到警車趕到，把男主和女主雙雙帶進警察局這一幕時，她坐在窗邊開始抖，差點把自己從窗臺邊抖下去……

一千二百多個字很快看完，根據片段，初禮大概猜到這是一個類似於「古代人物穿越至現代」的故事——

為了尋找自己那把名叫「無歸」的劍之劍鞘，從異世大陸穿越至現代社會的古板男主，遇見小小劇組的道具師女主，然後因為「無歸劍」突然像是開啟GPS導航定位系統似的產生共鳴，他一口咬定，她藏了他的劍匣。

男女主角頭一次見面，男主把劍架在女主脖子上，女主報警，兩人雙雙被帶進警察局一番盤問後，員警叔叔頂著一臉「媽的智障劇組都下班了你們還在演」又把兩人轟了出來。臨走時，員警叔叔把男主從小到大不離身的名劍「無歸」扣下了，扣留的理由是：刀械管制。

……然後，就沒有然後了，稿子上的內容就到此，在男主試圖「襲警」被女主強行拖走，站在大馬路上臭著臉、抱臂對女主說「那妳得負責」的地方戛然而止。

看完那一張稿紙，初禮臉上還掛著痴呆的笑容，笑著笑著下意識地開始摸口袋，彷彿指望她的口袋是哆啦A夢的神奇小口袋似的能掏出下一張——

結果當然掏了個空。

初禮靠坐在窗臺上愣了愣，將手中皺巴巴的稿紙拿起來，藉著月光又小心翼翼地再看了一遍，突然產生了想要無視晝川警告，去掏那堆被收起來的稿紙的衝動……

這次不是因為「想看看晝川處女作寫什麼」，而是單純地就想看看男女主角出了警察局以後去了哪裡，又幹了什麼。

等初禮意識到時，她突然反應過來自己似乎一不小心跳了一個沒有結局、存稿缺失、作者本人都拒絕提起的無名大坑。

這就是晝川的處女作，那個被他老爸一口否決成心魔的東西。撇開文筆生澀、有些地方有比較不自然的掉書袋之外，意外的，很有趣。

……什麼暢銷書不暢銷書，能勾起讀者想要繼續看下去的書，就是好書。

初禮低下頭，認認真真地將攤開放在腿上的稿紙折疊起來，想了想，乾脆像是當成什麼護身符似的壓在自己枕頭底下。做完一切，直起身時一陣涼風吹來，初禮低下頭看了看時間，這才發現原來已經是凌晨一點多，於是走到窗邊，正想要關上窗——

這時。

一點兒冰涼落在她的鼻尖上，化開。

「……啊？」

初禮愣了愣，抬起頭，藉著月光這才看見，原來天空居然陸續飄落下了一點點的白色，那白色逐漸變得越來越清晰，然後從粒子變成了棉絮狀。

周圍傳來哪家人推開窗的聲音，女主人的聲音中帶著欣喜：「下雪了耶，這都快過年了，我還以為今年不下雪了呢！」

「下雪就下雪，窗關上，凍死我了……」這是男主人絮絮叨叨、毫不浪漫的抱怨。

「匡噹」一聲，又是窗關上的聲音，周圍恢復了靜謐。

而此時，靠坐在窗邊的初禮彷彿這才遲鈍到被人提醒一般，意識到「下雪了啊臥槽真的下雪了」，笨手笨腳地掏出手機，進入QQ，找到一個熟悉的頭像——

猴子請來的水軍：老師，下雪了。

猴子請來的水軍：這都一月了，今年G市的雪來得真遲！

猴子請來的水軍：明天就放假了，我下午四點的飛機回家，過完年大概二月底就回來啦。

猴子請來的水軍：希望到時候你家大門的鎖不要已經換掉了。

猴子請來的水軍：提前祝老師新年快樂！明年也會努力賣命似地給你賣書的！

還有還有，不能告訴他的——

藉著月光，她看了他的手稿。

對不起，雖然確確實實是偶然撿到了漏網之魚後偷偷看的，但是她還是想說，至少她認為，老師那年寫的第一本小說，其實非常好看！

一點兒都不無聊。

一點兒都不古板。

男女主角後來怎麼樣了，男主找到劍鞘了嗎？女主呢，女主又怎麼樣了？幫助男主找到劍鞘後，目送男主回到異世界了嗎？

猴子請來的水軍：話說回來，外面的雪下得真大耶，飛機不知道會不會延誤？我知道今年肯定還是要下雪的，但是無論如何也想不到是今天，你看，外面的月亮還掛在天上，推開窗我房間裡都不用開燈。

初禮將手機放在膝蓋上，搓搓手，呵了呵暖氣，這才重新用凍紅的雙手拿起手機，一個字一個字，認認真真地打——

猴子請來的水軍：老師，今晚的月色真美。

今晚，月色真美。

初禮放下手機，以揣測不安的心情等待著回應。

她心情就像是坐上了雲霄飛車，一會兒糾結「啊啊啊說出口了居然真的說出口了」，一會兒又糾結「天啊老子怎麼能在這種時候說這種話！十幾分鐘前他還在衝老子發脾氣整個人冷得像是瑪雅文明水晶骷髏似的晶瑩剔透，老子哪來的勇氣跟他說『今晚月色真美』？」。

初禮幾乎想要抱頭撞牆。

猴子請來的水軍：回我一下吧！不要不理我！難道就因為剛才那點兒小事就不理人了？我又不是故意翻亂書房的……

猴子請來的水軍：說起生氣我也很生氣，你怎麼能懷疑我會否決你？我可是在電影院對你發過誓要做你編輯的人，你居然覺得我會否決你——是要把心挖出來才能證明我的清白了？

猴子請來的水軍：……哎，回我一下吧。

猴子請來的水軍：小氣鬼。

猴子請來的水軍：就一下！

一個人，如果心慌，話就會變得特別多。

晝川沒有回初禮，所有的訊息都如同石沉大海一般，彷彿收件人已經死去。

於是初禮豈止心慌，簡直心煩意亂，恨不得下一秒跑下樓去砸開男人那扇門，看看他到底是睡著了還是凍死了還是真的不想理她。

……難道真的是睡了？

初禮抓著手機，半個身子探出窗外，身體幾乎呈九十度半折疊似的掛在窗臺上，俯身看，男人的房間明明也開著窗——

哪怕是這樣的大雪天，她的眼睛也清楚地看見，從樓下敞開的窗戶裡隱約飄出奶白色的煙霧，從屋簷邊，隱約可以看見男人夾著一根香菸的修長指尖……

他果然還沒睡啊。

「老師！」初禮彷彿已經忘記了半個小時前被人在書房無視時的失落，仗酒行凶，她微微瞇起眼，「晝川老師啊！」

夾著香菸的手微微一頓，男人的胳膊搖晃了下。初禮把這當作是聽見了她的呼喚聲的回應——身體更加往外探了些，抓在窗欞：「沒睡的話看看手機吧，跟你說了非常重要的事……如果可以的話，好歹回我一下，哪怕是一個標點符號也可以啊！」

醉酒的人總是特別樂觀，那拖長了尾音的叫聲已經隱約引起某些鄰居的不滿，有用力關窗子的聲音傳來。

初禮「喔」地閉上嘴，重新穩穩坐回窗臺捧著手機，等了很久很久……

彷彿是一個世紀那麼久啊。

初禮手指無意識地滑動著手機螢幕，直到手機突然震動，在她三番四次地請求「回我一下吧」這樣的留言下，沉寂一夜的頭像終於跳出了回應——

晝川：……

晝川：。

刪節號，通常情況下代表對方對此段對話內容表示遲疑、無話可說，或者懶得回覆或者壓根就想要假裝看不見，但是介於此時此刻與自己對話人的身分，以上三種處理方式行不通，只好用一個句號代替回答，通常可翻譯為：好的，或者，知道了。

內含情緒為：無奈，勉強，不得不。

句號什麼句號，哪有這樣子的對話？

「你理我一下呀！」

……智障吧，說點兒別的什麼啊！「。」就算回覆了？是在報復剛才的「妳吱一聲」，而她真的「吱」了嗎？

讓他「回一個標點符號也好」就真的給一、兩個標點符號打發了？

夏目簌石呢，說好的夏目簌石呢？有沒有文學素養了？在她搬入這個家的時候由他先開口提起「今晚的月色真美」，然後在她即將短暫離開時也很好地用這個做為結束，如此首尾呼應，正常人難道不是應該有一些美好的聯想嗎？小學生都知道寫日記以「開心的一天」做為標題就要以「今天真開心呀」做結尾來個首尾呼應的！

虧他還是個寫書的！

還真以為在誇月亮又大又圓呢，好不容易鼓起勇氣的少女心怎麼辦？

非要用九十九種語言說「晝川我喜歡你」才能聽得懂是嗎？

晝川：以後不要提過分的要求，我不會生氣的。

晝川：睡吧，晚安。

初禮盯著手機的四條回覆，出神。

她抓著手機當場愣在窗邊，直到幾秒後聽見樓下窗戶發出「啪」的一聲輕響，被人從裡面關上。奶白色的煙霧消失了，遺落在地上是星火點點、還未完全熄滅、抽了一半的香菸。

那星火彷彿黑夜中螢火蟲的尾巴，涼風之中一閃一閃的，但是很快的，就被覆蓋在上面的雪花冰凍熄滅。

初禮：「……」

馬的。

算了算了。

老老實實回覆男人一個「晚安」，被凍得鼻子都快掉下來的少女捂著自己破碎的少女心吭哧吭哧地從窗臺爬下來，爬回床上，蓋好柔軟厚重的大棉被，拉到下巴上。

月光透過玻璃窗傾灑而入，雪打在窗戶上發出「啪啪」的聲音，整個世界彷彿陷入了讓人內心安寧的神祕靜謐之中。

晝川老師，我喜歡你。

Dear Mr. ZHOU, I love you.

昼川先生、君のことが好きだ。

좋아해요。

啊完了，只會四種語言怎麼辦？趁著春節抓緊時間進修一波學會剩下九十五種他國語言明年開春桃花盛開時踏著春風來告白還來不來得及？

……學海無涯苦作舟，生命在於學習，沒文化的人連告白都特別艱難，好好學習，不然以後就苦逼如我。

初禮迷迷糊糊地東想想、西想想，想著想著，身體裡的酒精終於發揮了第二層功效——興奮之後，腦袋碰到枕頭的那一瞬間，周圍的一切重歸於混沌，傻瞪了一整天的眼終於合上，然後就恩愛地再也沒能分開來過。

……然後，就沒有然後了。

隔天甚至不用等初禮酒醒過來，後悔昨晚喝多了亂說話會不會搞得兩人尷尬，就放寒假了。

是的，沒錯，初禮管春節假期就叫「寒假」，為此還遭受到晝川的嘲笑。

晝川像個萬惡的地主老爺似的坐在沙發上，與二狗哥倆好般攀著牠的脖子：「妳已經不是年輕的女學生了，放什麼寒假。」

那討人厭的模樣比二狗更像是一條狗。

我到底為什麼喜歡他？

上輩子欠他的，來還債吧？

當年擠兌你的那個語文老師還活著不，有沒有考慮過我就是他的投胎轉世啊？

還好我爹娘不教語文，否則我還能懷疑一波「父債子償」。

當初禮一邊內心腹誹得停不下來，一邊正拖著巨大的行李箱從樓上下來，晝川一點兒要來幫忙的意思也沒有。初禮早就習慣了他的紳士風度日常不上線的行為，也沒說什麼，只是站在樓梯口整理自己的圍巾，認真道：「老師，其實我不想回家。」

晝川：「為什麼？」

坐在沙發上的男人回過頭看著她，初禮看著他那張鬍子拉碴的臉，面無表情地心想：「因為回家就看不見你了，老子犯賤，一想到早上不用早起幫你做早飯就渾身難過。」

……可是就連這，你也不知道。

「為什麼不想回去？」沒有得到回答，晝川又問，「春節不回家在元月社加班，《黃泉客棧》都給新盾了，最近要做什麼書那麼有勁？」

「《消失的遊樂園》全稿交了，五一上市，過完年回來也就一月半……」初禮高舉起手中那個帆布包，裡面明顯放著校對用的紙本稿，「我得先校對好。」

晝川挑起眉，語氣突然變得不那麼輕鬆：「妳為江與誠連年都不想過了？」

「什麼鬼，你這思想三級跳得過分了吧……我不想回家是因為我媽三個月前就問我有沒有男朋友。」初禮拖著行李箱往玄關走，隨口道，「上學的時候不許戀愛，說那叫早戀；大學一畢業就開始問我準備什麼時候結婚，怎麼還不找男朋友——我去哪變個男朋友出來給她？這次回去，怕是要逼我相親啊！」

晝川站起來，走到她身邊，順手幫她拎起行李箱放到玄關上，同時淡淡道：「告訴她妳有男朋友了啊。」

初禮轉過頭看著晝川，後者低下頭看著她。

她順口問：「誰啊？」

晝川盯著她看了一會兒，皺起眉。

初禮懵了：「皺眉什麼意思，都是要走的人了，接下來快一個月見不著，能不能給人一個痛快，別打啞謎了，新年新氣象。我不想大年三十放鞭炮的時候想起你還是這副欠揍的傲嬌模樣。」

晝川：「妳放鞭炮的時候想我幹麼？」

初禮：「……」

人在高興的時候就容易想到喜歡的人不行啊？

初禮臉紅了。

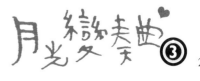

晝川：「我問這問題有問題？妳又臉紅是什麼意思？」
初禮：「……」
距離大年三十還有十五天，然而初禮覺得這個年大概是過不好了：閉上眼都是喜歡的那個人欠揍的樣子。
初禮拉起圍巾，藉口家裡暖氣太足她憋得喘不過氣所以臉紅。還好晝川在這方面遲鈍得像是樹懶絲毫沒有懷疑，順手替她打開家裡的門，讓外面夾雜著冰雪氣息的寒風吹入。
外面是銀裝素裹的世界了，晝川看著初禮裹著圍巾、穿著雪靴，小短腿邁出他的家門，想了想突然道：「告訴妳媽，相親就不必了吧。」
初禮：「啊？」
晝川轉開臉：「不是一口一個L君就是妳男朋友嗎？就他行了。」
初禮：「……萬一我娘跟我要他照片！」
晝川：「妳就把我的拿給她看。」
初禮扶著門框：「不好吧？」
「有什麼區別，我不夠帥啊？入不了家長法眼？我媽明明說我長相是中老年婦女喜歡的款。」晝川抓過掛在玄關的黑色羽絨外套穿上，然後跟著出門，「走吧？」
初禮拖著行李箱，甚至來不及吐槽「中老年婦女喜歡的款」，看著他傻愣愣地道：「去哪？」
「送妳，那麼大清早在樓上匡匡不知道是收行李還是搬家，還不就是想把我弄起來送妳去機場？」晝川伸過手，拍拍她的腦袋，靜電把她的頭髮弄得亂糟糟的，「還有，我自我檢討了一下，昨晚在書房妳確實不是故意的，我不應該凶妳，所以現在心懷愧疚，正想怎麼補償妳。」

「……你真正應該心懷愧疚的是，我打了那麼一大串字，你就回了我一個刪節號加一個句號，你就這麼不想跟我說話啊？」

晝川聞言，又愣了下，連走向車庫的步伐都停了下來。他轉過身看著身後氣哼哼跟著的傢伙：「那個句號，妳是這麼理解的？」

初禮抬起頭，反問：「要不還有別的意思？」

「……隨便吧，我能指望妳這腦子想明白什麼？」

「……算了算了，晝川也會認識到自己的錯誤，如此鐵樹開花我還奢求什麼——看來昨天我那麼老長一段今早自己看了都想刪掉的煽情話還是有點用的。」

「那還是沒用的。」

「嗯？」

「稿子並不會給妳看。」走進車庫，打開車門，晝川摁著初禮的腦袋，將她摁進車子裡，看著她坐穩，穿著棉襖的手高舉起來，一團丸子似的笨拙地回頭找安全帶，他長手一伸順手拉下來塞給她，「回來就燒掉。」

初禮接過安全帶，「喀嚓」一下扣好，頭也不抬道：「你捨不得，十年前你不燒，現在也不會。我知道，那是你的寶貝，捨不得、放不下。」

她說話的時候語氣輕巧，唇瓣一開一合，有奶白色的霧氣呵出。

晝川的瞳眸亮了亮，當初禮抬起頭看他的時候，總覺得他臉上的表情，彷彿下一秒就會說：那些稿紙不是我的寶貝，妳才是。

她抿起脣，被自己的幻想激起千層少女心。

然而下一秒卻聽見晝川道：「再廢話自己叫車去機場，窮鬼。」

初禮：「……」

這年頭連自己發動少女心都是犯法的了，下一秒殘忍的現實就會迫不及待地啪啪打臉，惡劣得彷彿釣魚執法。

第七章

初禮離開了G市回到老家H市。老家是比較偏僻的偏遠小鎮，家裡有一片冬天並不會結果的荔枝林和一片冬天同樣不會結果的椰子樹林。

全國雨雪天氣的情況下，H市陽光明媚得非常沒有過年的氣氛，唯獨從小到大一年就見一次的親戚照例又聚集在一起嘮嗑時，初禮隱約有了過年的概念。

過年嘛。

無非就是，睜開眼睛嗑瓜子吃糖，吃飽了吃午飯，吃完午飯回頭睡個午覺，睡醒了吃完飯，晚飯過後帶著弟弟、妹妹到樹林裡烤烤紅薯瘋一波，瘋得滿頭大汗回家，頂著老媽「多大人了妳還嫁不嫁」的謾罵，含著糖洗澡、含著糖睡覺。

……日子挺好過的。

一言以蔽之大概就是：啥啥都有，沒有晝川。

初禮回家瘋了那麼幾天後有點瘋膩了，在某天日常查勤晝川「老師打字了嗎」、「老師大綱交一交啊不然回家又去翻你書櫃了」以及「老師大過年的不要和老爸吵架啊打架也不行」之後，初禮終於膩了烤紅薯，關起房門當大家閨秀，掏出回來以後就放在桌子上落灰的《消失的遊樂園》紙本稿，開始校對。

對此，初禮的老爸非常不滿，畢竟本身就看不慣她當編輯這麼沒前途也沒錢途的行業，但是初禮卻依然不怕死地拎著紙本稿在他老人家面前晃來晃去。

因為工作是唯一一項讓她能夠理直氣壯去聯繫起她喜歡的人的唯一方式……雖然晝川看著好像不怎麼想跟她聊《消失的遊樂園》。

比如——

猴子請來的水軍：老師，你覺得江與誠老師設置這個惡毒的後母女配C的用意是什麼？

晝川：去問江與誠。

猴子請來的水軍：問下旁人意見嘛。

晝川：作者童年不美滿吧。

猴子請來的水軍：……就不能好好聊聊天？

晝川：不能。

猴子請來的水軍：可是我想和你聊天啊，那我們聊點兒別的？吃午飯了嗎？

晝川：在吃，和江與誠。

猴子請來的水軍：真的啊？你倆感情也是好，既然江與誠老師在旁邊，要不你親自問問他剛才那個問題唄：他這個惡毒的後母女配C的用意到底是什麼？

那一天，直到天黑之前，晝川再也沒有回過她……晚上吃完飯的時候，晝川才敷衍又虛假地回了句「中午手機沒電」。

初禮心想：「老子信了你的邪，但是你殺風景也不是一次、兩次了，老子確實習慣了。」

這種蛋疼的日子終於熬到了大年三十晚上。

接近零點，初禮正捧著《消失的遊樂園》一邊校對一邊看某臺春晚節目一邊嗑瓜子，此時電視機裡突然插播了一個外景，主持人拿著麥克風滿大街找人，找到一個，就讓他打電話，打給異地的男朋友、女朋友，或者是此時此刻最想念的人。

電視機裡的人們紛紛拿起電話，有哭有笑，有驚喜也有驚嚇；最讓初禮生氣的是一哥們兒打電話給前女友，兩人當場又和好了……

電視機前，初禮「呸」地吐出瓜子殼，心想：「虐狗，大過年的不讓單身狗痛快，早知道去看央視，你這小破地方的電視臺對得起誰一晚上的守歲？」

然後，午夜鐘聲響起。

屋外的鞭炮聲劈哩啪啦響了起來，初禮叼著瓜子、伸長了脖子看向窗外，耳邊春晚主持人在電視機裡歡呼著新的一年到來……嘈雜一片。

她發現十五天前的自己一語成讖：原來鞭炮聲響起，內心喜悅的時候，腦海裡真的會下意識地想起喜歡的人，比如，晝川。

放在腿上的手機震動，初禮心不在焉地一邊用筆在紙本稿上又勾出一個錯別字，一邊看也不看地接起電話：「喂，您好，新年快樂——」

「在幹麼？」

電話那邊，隱約摻雜著鞭炮響聲，男人低沉的聲音響起。

初禮的瓜子殼掛在脣角，抓著手機抬起頭，心想大過年的第一秒老子就出現了幻覺？放下手機看了眼，來電顯示：戲子老師。

「……家、家裡放鞭炮。」

「我這也是。」

「喔，挺好。」初禮大腦一片空白，「老師。」

「嗯？」

哎。

臥槽。

真的是他。

不是作夢——

真的是他。

初禮都快拿不穩手機了，像個戀愛中的女高中生似的哆嗦著從椅子上站起來，膝蓋上放著的紙本稿「啪」地掉在地上。

「什麼聲音？」

「……江與誠老師的書掉地上了。」

「初禮，妳有完沒完？」

「……你自己先問的，還有，你別連名帶姓叫我，怎麼感覺像罵人似的，我害怕。」初禮彎腰，把紙本稿撿起來隨手擱在椅子上，手機貼著耳朵的那一片都是火紅的、滾燙的、麻痺的，她又叫了聲，「老師。」

「嗯。」

「新年快樂。」

「嗯，新年快樂。」

初禮掛了電話，她那初中的小表弟舉著一大疊紅包衝進屋子裡，與她打了個照臉，然後發現新大陸似的嚷嚷：「哇，姊，妳怎麼雙眼懷春！新年快樂啊！瞧妳樂的，過年這麼好啊？」

初禮笑咪咪地遞出紅包：「新年快樂啊。」

說實在的，她也想知道——

過年怎麼這麼好啊？

二○一四年一月三十一日，大年初一。

早上八點。

晝川：起床了。

晝川：在吃早飯。我爸突然提起了一下《洛河神書》送花枝獎的事情，臉上寫著：你最後還不是送去了裝什麼裝。

晝川：不是說新年新氣象嗎？為什麼過年第一天他就得找架吵？

晝川：說起來這都怪妳，沒事幹非要送《洛河神書》去參加那種無聊獎項……

新年頭一天，為什麼我爸和我編輯就顯得那麼討人厭？

中午十一點四十八分。

猴子請來的水軍：……我剛起床。

晝川：妳是豬啊，那麼能睡。

猴子請來的水軍：居然秒回……算了不和你說了，我要去吃午飯，餓。

晝川：真的是豬。

猴子請來的水軍：你和晝顧宣老師又吵架了？

晝川：要妳管。

猴子請來的水軍：別吵架了，大過年的。

晝川：別呼吸了，大過年的。

猴子請來的水軍：能別像個小孩子一樣嗎？

晝川：我不。

晚上十一點半。

晝川：睡覺。

猴子請來的水軍：放煙火。

晝川：……和我說晚安就行了。

猴子請來的水軍：晚安。

晝川：嗯。

二〇一四年二月一日，大年初二。

早上九點。

晝川：還在睡？

猴子請來的水軍：沒睡了，起來拜年，隔壁村小姑媽的堂弟的姪子從美國回來了，我媽讓我去圍觀沾染美帝自由氣息的偽洋大人。

畫川：妳怎麼看？

猴子請來的水軍：相親吧，應該是。

畫川：現場幫妳杜撰一段自我介紹，「你好，我叫初禮，二十三歲，是元月社分部底層編輯，月薪不到三千……幸好我有一個優秀的男朋友，名叫晝川，這是我人設檔案中唯一的亮點」。

猴子請來的水軍：……………………你這麼有犧牲精神我很感動的，然而萬一人家是你的書迷？

晝川：那妳豈不是很有面子地大獲全勝？

猴子請來的水軍：……

下午兩點四十分。

晝川：報告一下相親結果。

猴子請來的水軍：意料之中地失敗了，他還沒我高，聽說是因為中學時候光唸書不打籃球。

晝川：我高中時候是校隊主力，拿過省亞軍。

猴子請來的水軍：我還沒說「請開始你的表演」，你自顧自開什麼屏？

晚上十一點五十五分。

晝川：睡覺。

猴子請來的水軍：再看一會兒《消失的遊樂園》。

晝川：妳不如抱著它睡。

猴子請來的水軍：你又發什麼脾氣？

二〇一四年二月二日，大年初三。

早上十點二十分。

猴子請來的水軍：老師，夏老師早上打了通電話問我你的新連載大綱是不是已經確定下來了？由於最近幾個月《月光》雜誌銷量跌到不敢看，他設想來年年中《月光》可能會做一個改版，成功與否希望老師能夠給一個助力，幫助我們……

晝川：？

猴子請來的水軍：……

猴子請來的水軍：好吧，我知道你還沒準備好大綱也已經回覆夏老師了，其實我就是想看看你還理不理我。

晝川：弱智。

晝川：早上打球去了。

中午十二點。

晝川：吃飯。

猴子請來的水軍：吃。

晚上十一點十分。

晝川：睡覺吧。
猴子請來的水軍：？這才幾點，你怎麼一回家作息就健康得像高中生？
晝川：我媽要求的，她覺得我再多熬夜一晚上就活不過三十歲了。
猴子請來的水軍：……也不是沒道理。
晝川：妳們女人都這樣。
猴子請來的水軍：關心你的才這樣。

二〇一四年二月三日，大年初四。
早上九點。
晝川：起床，下樓吃早餐。
晝川：早餐永遠是喝粥，等回家麻煩一個月不要做粥給我。
猴子請來的水軍：……為什麼大過節的你家裡就不能放你睡個懶覺？
晝川：在家裡的時候我也想問妳這個問題，我天天過節，除了週末妳自己要睡懶覺什麼時候放過我？
晝川：妳怎麼起那麼早？
猴子請來的水軍：因為要起來回你訊息。
猴子請來的水軍：你最近咋回事，吃喝拉撒睡連尿尿都要騰個手打報告？
晝川：打擾了。
猴子請來的水軍：？？？？？？？？

猴子請來的水軍：別別別，我錯了。

然後——

晝川：哼。

三個小時後，初禮知道了他中午吃了冬筍牛肉、臘味飯、炒青菜和一道湯，湯有點鹹。晝夫人強行說並沒有放多少鹽不知道為什麼會鹹，晝川和晝顧宣老師都敢怒不敢言，晝川還任性地對無辜煮飯婆開地圖炮：怎麼女人都這麼不講道理？

初禮回答：「有本事你自己做，就知道張嘴吃飯嘰歪啥。」

晚上晝川十一點十二分睡覺，比昨晚遲了兩分鐘。

他們互道了晚安，就像前幾天一樣。

然後幾個小時後，天又亮了……

如此這般聊天，循環往復，無人厭倦。

二〇一四年二月十六日，元宵剛過。

大清早吃了早飯，初禮拖著行李，帶著手機裡和一GB的聊天紀錄，來到機場，將身分證遞給航空公司櫃檯並說出「G市」的時候，她有一種恍惚作夢的不真實感——

一個新年就這樣過去了。

她即將又重新投身名為「元月社」的戰場之中，新的一年，有阿鬼的新連載要開，有江與誠的《消失的遊樂園》要上市，晝川的新連載也該定下來了，《月光》的改版也經由年後幾次元月社高層的微信會議確認後，開始落實推進……

放眼望去，今年似乎充滿著一場場新的硬仗。

托運行李、拿到登機證，初禮在排隊安檢的時候，手裡的手機又震動了起來。

晝川：幾點到？

晝川：要接不？

初禮拿起手機，微微瞇起眼，認認真真地把手機放到眼前又拉遠距離，眼瞧著回Ｇ市也就是三個多小時以後的事，眼前有一個問題擺在她的面前是她不得不面對的——這十幾天裡，如果說她的手機ＱＱ、微信聊天紀錄儲存真的多了快一ＧＢ的話，那其中大概有九百九十八ＭＢ來自於戲子老師。

從她回老家那一天開始算起，男人似乎是消停了幾天，然後大年三十零點她接到他的電話，之後，似乎一切變得一發不可收拾。

起床報告。

吃飯報告。

和老爸吵架報告。

去打球報告，打完球回來家裡沒水喝也打個報告。

晚飯吃啥報告，睡覺前洗澡也報告，內褲忘記拿持續打報告，上床睡覺，依然打報告。

第二天重複以上行為，無解。

初禮一一接招，表面上也沒說什麼，內心實際已經炸成了一朵煙花順便腦補了三百多TVB電視連續劇。她並不知道晝川到底是什麼意思，反正她已經幻想嚴重到總覺得晝川其實已經明白了G市初雪那夜，她對他說的話的意思……

猴子請來的水軍：居然肯來接機。那麼好？

晝川：跪著謝。

猴子請來的水軍：講道理，老師你幹麼突然對我這麼好？

晝川：不是應該的嗎？

初禮：「……」

你看。

應該什麼應該？

初禮頭昏眼花，安檢的時候恨不得想抓著機場安檢人員來幫她分析分析這Q Q聊天視窗裡的大哥到底什麼意思……因為有些心煩意亂的，抓著手機沒急著回晝川，過安檢、穿好鞋，在候機廳坐穩了，直到廣播開始通知登機，初禮才打開手機，把航班到達時間傳給晝川。

在飛機上找到位置，坐下來，初禮關機之前習慣性打開手機檢查一下還有沒有漏看的訊息，並準備告訴她媽已經登機準備起飛了，結果還沒來得及做正常報告，就先看見阿象敲她——

會飛的象：晝川老師是不是戀愛了？

初禮差點把手機扔出去，她視若生命的 iPhone 5S。

猴子請來的水軍：？？誰說的!?!?!?

會飛的象：他自己啊，「截圖」

「截圖」內容。

如假包換的晝川本人微博。

【晝川：我是不是戀愛了？——發表於一分鐘前。】

初禮：「……」

我日你媽喔。

接下來的三個小時，初禮彷彿從鬼門關走了一遭，從未如此痛恨人類科學不發達到在飛機上沒辦法上網。有那麼一段時間，她覺得飛機已經飛了快一個世紀，一看錶才過去了十五分鐘，她氣到暈厥，心裡想的是：「有本事開那麼慢有本事你墜機算了，反正橫豎都是死！」

那一瞬間她猜自己的表情看上去大概很像是恐怖分子，坐在她旁邊的大叔一直在偷瞄她，就彷彿她下一秒有要站起來的動作他就能為了一飛機人的性命以正義之名反射性地擰斷她的脖子。

然而他不懂。

他旁邊只是坐了一個即將踏入戀愛深淵、此時此刻正患得患失的戀愛中少女。

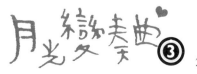

接下來的三個小時，初禮都不知道自己是怎麼熬過去的，她只知道飛機落地的那一瞬間，她和旁邊的大叔都鬆了一口氣……

飛機停穩，初禮將手機開機，直奔微博，然後發現她家晝川大大果然又他媽的上了微博熱搜，那條「我是不是戀愛了」被轉發三萬、評論八萬，轉發和評論整整齊齊、鋪天蓋地，全部都是來自五湖四海書友的統一答覆：？？？？

初禮心裡又罵了次髒話，說不清楚心裡是該期待一下還是應該吃醋一下，糾結之中收到晝川簡訊：我在外面了，拿好行李出來抬頭就能看見我。

於是這時候，站在行李輸送帶前的初禮，又有了順著行李出口爬出去爬上行李車去掏自己行李拎起來就擺出博爾特式衝刺的衝動……

……或者，乾脆，行李，不要了？

初禮抓著手機，掌心都是汗，等拿到自己的行李拖著往外走時，她發現自己的手在抖、腳也在抖。走出機場大門，她抬起頭，果不其然一眼就看見了站在人群之中、雙手塞在口袋裡的男人。他身穿黑色休閒服、牛仔褲、馬丁靴，手裡抓著件熟悉的黑色羽絨外套。

初禮深呼吸一口氣。

男人似有所感，抬起頭來，隔著人群與她對視上——

這一幕似曾相識，一年前，元月社《月光》雜誌編輯部門口走廊上，初禮記得那天她也是拖著行李箱，天上還在下著小雨。

與男人對視的那幾秒，她鼻子一酸，突然有了一切塵埃落定的感覺。原來這麼多天並不是不想念的，只是這些想念在過去的三個小時內，全部化成了對不確定感情的揣測與不安。

「老師。」

她拖著行李一溜小跑來到晝川跟前，後者站直身體，「嗯」了一聲順手接過她的行李。兩人沉默地來到停車場，晝川將初禮的行李扔上後座，初禮看了眼，然後老老實實地坐上副駕駛座。

「安——」

「我看見了微博。」

兩人異口同聲。

只是晝川的聲音是懶洋洋的，而初禮帶著幾乎豁出去的緊繃。

沉默。

初禮「咕嚕」一下吞下一口唾液，再重複：「我看見你發的那條微博。」

晝川放在方向盤上的手停頓了下，然後點點頭：「是嗎？我還以為妳已經登機然後關機了。」

「喔，沒事，就是有點驚訝。」初禮低著頭盯著自己的指尖，「沒事了，你剛才想說什麼來著，可以說了……喔其實還是有的，有點好奇你說的是誰，戀愛那個。」

晝川神色自然，伸出手，直接越過她，拽下安全帶——那熟悉的氣息靠近時，她下意識地閉上眼，睫毛輕輕顫抖——然後安全帶「喀嚓」一聲被繫上。

「我說讓妳繫安全帶。」晝川平靜的聲音響起來，「還有，為什麼妳總是喜歡拿妳自己問過的問題，過一會兒又假裝若無其事地跑來問我？」

初禮抬起頭，「什麼？」

「欺負老實人？」

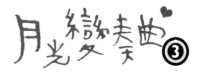

「啊？」
「算帳？」
「算什麼？」
「那來算。那天晚上，不是妳先說喜歡我的嗎？」
「……」
「結果第二天又跑來跟我說什麼相親，有病吧？」
「……」
「三個小時前，不是妳先問我為什麼對妳好嗎？」
「啊……」
「所以我回答，大概是因為戀愛了啊。」
「……」
爆炸吧。
地球。
快爆炸。
就現在、立刻、馬上——
一秒都不要耽擱。
接下來晝川說什麼初禮都沒聽進去了，滿腦袋都是他似抱怨又像縱容的碎碎念：「妳這人怎麼這麼莫名其妙的？」
她也不知道啊。

地球怎麼還沒爆炸？

【晝川：從來沒有想過會像是正常人一樣，擁有正常的、會對另外一個人產生依賴的感情。

畢竟這不是原本熟悉的生活方式，一人吃飽全家不餓的日子過了多少年，甚至不需要照顧別人的情緒，沒什麼不好。然而就像是曾經說過的那樣，站在陰暗之中久了，就會不自覺地想要追隨光——

儘管嘴巴上說：當個苔蘚植物挺開心的，晒幾把太陽。

直到某一天，雪夜裡，月光下，她對我說：今晚的月色真好。

我推開窗看了眼，嗯，還真是。

於是我回覆了她一個「。」，句號代表著，遲疑、不願言語，與不得不回覆。

遲疑，我知道其實以現在的我來說，根本不應該也沒有本事回應她的感情，我能照顧好她嗎？我能為她遮風擋雨嗎？我是否真的是她心目中那樣的人。

不願言語，是習慣性要逃避。

不得不回覆，就是不得不回覆，抑制不住的、不得不的。

總的來說大概就是，很抱歉我是個膽小鬼，不過縱使不情願，我還是想告訴妳：真高興世界上居然有這麼巧合的事，我也喜歡妳——發表於三十分鐘前。】

粉絲回覆合集——

A類：我知道了，還沒有在一起是吧？猶豫的、甜蜜是吧？微博隔空告白是吧？我知道了，新年快樂，滾滾滾！

B類：我操你媽啊，大過年的老娘失戀了。

C類：牙都瘦掉了。

D類：月光表示我做錯了什麼？

E類：所以說日本人真是太討厭了，別問我為什麼，我覺得夏目漱石讓我失去了我的老公，還有，我再也不想用句號了！NEVER！

初禮的晝川大大一天之內又上了次微博熱搜。

這次關鍵字是：晝川、一封情書。

猴子請來的水軍：親愛的L君，當你看到這一行字的時候，請打開度娘圖片搜索「負荊請罪」，看見那血肉模糊的廉頗了嗎？現在請自動腦補廉頗就是我，然後我們繼續——

猴子請來的水軍：我喜歡晝川了。

猴子請來的水軍：………………………這麼說好像有點尷尬，那讓我再來稍微不那麼尷尬地說：大家都說人生是一場戲，在這場戲裡我不負眾望地喜歡上了一個戲子，義無反顧地、無藥可救地。

猴子請來的水軍：這事有點難以啟齒，但是我覺得我還是需要跟你說一聲——雖然我們的網戀關係好像早就結束於開始的第二天，但是不知道為什麼，我還是有一種好像出軌了的錯覺。

猴子請來的水軍：你會生氣嗎？

猴子請來的水軍：……還是別生氣了，畢竟在過去快四年的時間裡，我真的好像沒能喜歡上你，純粹就是欣賞你的才華——我們一直一直都是特別好的朋友，希望以後也是，晝川並不能取代你在我心目中的位置。

猴子請來的水軍：我叫初禮，今年二十三歲，現在是元月社《月光》雜誌編輯部的一名編輯，我在此用我的職業生涯宣誓：只要L君還寫文，我一定奔赴在點讚加精的隊伍前端第一梯隊。

猴子請來的水軍：以上。

猴子請來的水軍：PS：我沒喝酒，腦袋也沒被門夾到，我就是喜歡晝川，喜歡很久了，他應該也是喜歡我的，如果他剛才不是逗我玩的話——雖然我覺得我們還不算正式在一起。

初禮忐忑不安地抱著手機，等待L君回覆的時候——

並不知道此時的L君就在她腳下的房間裡，從地上跳到床上，再從床上跳到地上，最後把枕頭抱在懷裡，整個人倒在床上滾了幾個來回……

然後他把枕頭一扔、長腿一邁地在床邊坐下，打字。

幾秒後，初禮的手機震動。

消失的L君：哦，沒事。

消失的L君：去喜歡晝川吧，畢竟他長得帥（聽說），還有錢（事實）。

初禮盯著手機看了好久。

猴子請來的水軍：你是江與誠老師嗎？

消失的L君：妳覺得我像嗎？

……在今天之前她一直還是覺得像的，但是鑒於這會兒江與誠本尊絕不會說出「去喜歡晝川吧他長得帥還有錢」這種話，無論哪種場合下，現在她反而真的不太懷疑L君就是江與誠這件事了。

猴子請來的水軍：認識那麼多年了，見個面嘛，也免得我天天猜來猜去你到底是誰，心累……

消失的L君：幹麼突然有了這個想法。

猴子請來的水軍……有機會見個面？

消失的L君：剛宣布完自己喜歡晝川，就約網戀對象見面？不怕晝川知道吃醋啊，萬一他不讓妳來見我呢？

猴子請來的水軍：要是他吃醋，不讓我來見你，我就去放個煙火，慶祝他居然吃我的醋，然後老老實實待在家裡，不去見你，畢竟過去三年我也沒見過你，不見你也不會死，好奇心沒那麼重的。

消失的L君：………

消失的L君：好好一個人，說話怎麼這麼像一條狗？

猴子請來的水軍：咿嘻嘻嘻嘻嘻嘻。

一番半正經不正經的調侃後，初禮暫時沒跟L君說話了。

這時候她突然看見阿象又發了一個微博截圖給她，並配字「啊啊啊啊啊啊啊啊啊啊啊啊」，初禮定眼一看才知道原來晝川發了新的微博。

看到晝川微博的時候，初禮正站在他房間正上方的閣樓裡，拎著一件棉襖往衣櫃裡掛。她當時一隻手拿著手機刷微博，一隻手拿著衣架，晝川的微博內容她大腦放空地看完前面大半段，在讀到「真高興世界上居然有這麼巧的事，我也喜歡妳」的時候，她把手機和衣架一起扔出去。

江與誠第一時間截圖，發給初禮並發了一連串的「……」，萬分無語之間只來得及留下一句：凡事總得講個先來後到。

初禮來不及理會他，當然也來不及跟他討論這種事到底能不能用「先來後到」解釋，手機往口袋裡一塞，打開閣樓門，聲音緊繃地叫了聲樓下男人的名字，然後發現不叫還好，這一叫，樓下的門「砰」地被人關上了。

初禮一愣。

她趴在樓梯扶手上往下一看，發現蹲在晝川房門口一樣被關在門外的二狗和自己一樣一臉懵逼。

她連蹦帶跳地來到晝川門前，鼓起十二萬分勇氣敲響了房門，試探性地叫了聲「晝川」，房間裡面安靜得……裡面的人別說回話，就連存在感都消失得乾乾淨淨。

「……晝川。」初禮又叫，此時此刻她的心都要從喉嚨裡跳出來了，胸腔之中像是被裝進一隻小鳥一樣，她讓自己的臉稍稍貼近晝川的房門，「如果回來的車上，我可以理解為你說錯話、餓暈了、開玩笑、講騷話或者日常懟我，那些話我可以不再去計較——

「現在你只需要告訴我，你發的微博是什麼意思，是我想的那個意思嗎？」初禮加大了手的力道，砰砰拍門，深呼吸一口氣，漲紅了臉，用盡了彷彿要站出來拯救全宇宙的勇氣，「老師，你也喜歡我，對嗎？」

房間裡的人始終沒有反應。

初禮的額頭靠在房門上。

她並不知道，房裡，男人其實沒有走遠，就是背對著門，面無表情地席地而坐。她的話字字清晰地傳入他的耳中，拍門時的震動也在震動他的背部，當她問到「你發的微博是什麼意思」時，握著手機的男人的手指彷彿無意識地彈跳了下。

他低下頭……看著手機。

一分鐘後，初禮口袋裡的手機震動，無視了微博、QQ、微信全世界都在鋪天蓋地討論「晝川老師鐵樹開花」、「臥槽是誰這麼倒楣」的時候，她收到了一條新的訊息——

晝川：快走開。

初禮：「……」

走去哪？

初禮一臉茫然，哪有前腳剛說完「我也喜歡妳」，後腳就叫人「快走開」的——互相告白之後難道不是應該喜極而泣、相互擁抱？

接下來歐美片直接送入洞房。

國產片再含蓄點也該來個熱情深吻。

哪怕是弱智片也好歹出來跟她擊個掌慶祝脫單啊……

然而這人叫她走開……

國產恐怖片都趕不上這種腦洞。

初禮：「我不走，你出來。」

晝川：妳不走，我這輩子都不可能出來了。

初禮上一秒那快飛到月宮似的少女心一下子就回歸地球，她突然意識到她喜歡上的人好像從來都不肯按套路來的這個殘酷事實，於是臉上的溫度迅速下降，面無表情地將自己的臉從晝川的門上抬起來：「我不會走的，今天來接我，早餐、午餐都沒吃吧？有本事你就把自己餓死在裡面好了。」

晝川：……

晝川：我怎麼會眼瞎喜歡上妳這種卑鄙的人？

晝川：餓死我，妳捨不得，畢竟我已經瞎了。

初禮用腳踹了下晝川的門，就像是這一腳活生生踹到他臉上，「那你好歹跟我說句話，不是QQ打字，晝川，你說話。」

晝川：我不。

晝川：妳是不是又沒穿鞋，地上涼，去穿鞋。

「你不出來我這輩子都不穿鞋了。」

晝川：老子這就出去把妳腳剁了。

初禮：「……」

雖然話是很囂張，但是房門依舊緊緊關閉，初禮抓著手機站在男人門口哭笑不得。見過人害羞，沒見過身高快一米九、渾身是戲的傢伙害羞成這樣的……越發伶牙俐齒的字裡行間透露著他的緊張。

初禮本著「好好好你是小公舉」的心態，意識到論「害羞程度」反正她是徹底輸了，於是後退兩步，清了清嗓音道：「那我去穿鞋。」

她轉身，往外走了兩步——

身後的門「喀嚓」一聲打開，開了條小縫。

初禮回過頭的一瞬間，門縫後的人「嗖」地一下子消失，門又「砰」地再次狠狠關上。

初禮：「……」

蹲在門口的二狗滿臉寫著「你們鬧夠沒有」，初禮與那張狗臉面面相覷半晌，認真道：「是他先開始的。」

接下來的一天晝川果然說到做到，沒再出過房門。天王老子在上，初禮萬萬沒有想到自己的初戀會是這樣的，相互表白之後，她絞盡腦汁也沒能把她喜歡的人從自己的房間裡哄出來跟她見一面。

……搞什麼，大家都是成年人了。

內心的懵逼與憤怒已經讓初禮幾乎忘記關於「害羞」這件事，一整個下午她都蜷縮在客廳沙發上，腳踩在沙發另一頭睡覺的二狗柔軟溫暖的肚子上，刷微博。她看了很多「如何把害怕的小貓從床底哄出來」的教學，也看了許多「如何馴服犬類叛逆行為」的影片，卻唯獨沒有找到教人如何把智商正常、不偏好甜食、抗饑餓力點滿的男人從自己的房間裡哄出來的正確打開方式。

初禮很無奈。

眼睜睜看著「晝川，一封情書」從熱搜四十多名一路攀升到第五名，心裡忍不住想的是：「《黃泉客棧》好像還在賣吧，馬的，老子犧牲了自己終身幸福成全娛樂八卦，卻便宜了新盾社？」

現在搞不好新盾社在開香檳吧？

她心裡碎碎唸中，漫不經心地刷著微博，結果一不小心刷到某行銷號的新微博：說說你最近煩惱的事，看有沒有別的人來回覆你給你一個答案：）

煩惱的事？

實不相瞞，不是她吹，「煩惱的事」這種破事，她有一卡車。

初禮從沙發上坐起來，順手回了個：他跟我表白了，大概是兩情相悅……但是之後就躲在房間裡死活不肯出來見我，是害羞啊還是咋回事？怎麼把他從房間裡哄出來？

初禮回完，也沒指望別人理自己，轉身就去做晚飯了。

隨便做了個蛋炒飯，自己盛了一點點，剩下的大部分留在鍋裡生怕某人餓死，初禮端著碟子走出廚房，打開手機微博，這才發現原來在過去的二十分鐘裡，已經有了一百多個人回覆她——

「怕不是害羞。」

「是後悔了吧？」

「是後悔了。」

「要嘛死了要嘛後悔了，妳撬門啊說不定已經人去樓空。跳窗逃離地球了。」

「哪有男生這麼害羞的，我表白的時候恨不得把她扛起來就跑——自己躲起來是什麼鬼？」

「……心疼妹子，我覺得他應該後悔了。」

「來不及仔細看了，分手！」

初禮：「……」

放下還沒來得及吃的晚餐，初禮揉了揉肚子，還在餓得咕咕叫，但是她的胃卻難受地扭曲了起來……她實實在在感受到五臟六腑一瞬間沉入冰水之中的難受，現在，她突然沒有了一點兒食慾。

……害羞，還是後悔？

這種猜忌放在普通電視劇裡夠男女主角折騰個四、五集劇情，但是初禮卻沒心情演這麼久，事實上她幾乎是立刻站了起來回到晝川的房門口。

不問清楚。

別說演個四、五集，明天她就會因糾結死去。

她深呼吸一口氣。

「老師。」初禮斜靠在門邊，拿著手機，「如果你還沒餓死，手機也還有電的話，麻煩你登一下微博，搜索一下『微博搞笑ＸＸＸ』這個行銷號，然後看它最近的一條微博，點開，第三條，點讚三千五百八十九的那個熱門評論看見了嗎？」
初禮看著手機螢幕的光閃爍，倒映著她平靜的臉。
「三千五百八十九個點讚，八十七個評論裡有超過六十個告訴我，你不出來沒別的原因，也不是因為不好意思，而是因為……」
初禮哽住了。
「後悔」二字無論如何都說不出來。
彷彿她開口說了，就會噩夢成真。
站在晝川的房門前，她的拳悄悄握緊，手機螢幕暗了下來倒映著她的臉，這一次，她都被自己嚇了一跳——那副咬緊牙關的模樣，她多少年未曾見。上一次露出這樣的表情，還是中學時候考了全班第一被同學質疑作弊，整個班級幹部聯手起來想要上報老師處罰她時，她打死不承認。
這樣的表情叫「倔強」。
就是明知道事情大約真的已經塵埃落定，卻還是——
倔強地不甘心。
初禮眨眨眼、皺起眉，一整天揣測不安之中的興奮，最後終於被這一堆鋪天蓋地襲來的「他後悔了」四個字壓垮，她甚至有點兒後悔幹麼到處瞎留言……
門的那邊一點兒動靜都沒有。
於是掙扎了一天的初禮突然決定放棄了，她屈指敲了敲門：「你不說也行，我不問了，咱們當什麼都沒發生——反正無論發生什麼我們都可以當作什麼都沒發生過的，畢竟不是第一次這麼幹了，我走了，晚安。」

初禮挪開了自己的手。

後退兩步，胸口難受地起伏了下，她耷拉下肩像是戰敗的可憐蟲似的緊繃著臉就要離開——

然而就在這個時候，身後的房門突然打開。

從房裡快步走出的男人一把抓住她的手腕將她拖回來然後順手摁在牆上，初禮微微瞪大眼，下一秒下巴被男人輕輕抬起，她對視上那雙茶色瞳眸。

晝川的大手握著她的下巴，昏暗的光線裡，摸索似的蹭了蹭她的眼角，在發現那裡只是微微發熱並未溼潤，他似乎是鬆了口氣。

「……幹什麼？」

初禮卡在晝川與牆壁之間，嗓音沙啞。

「看看妳。」晝川聲音平淡。

初禮伸手推了推，卻沒能把他推開，索性一把揪住他上衣的肩處，咬著後槽牙：「看看我？我在你房門口站了一天，你也沒想著出來看看我。」

「……因為這時候感覺再不出來，妳又要哭了。」晝川用溫熱的掌心蹭蹭她的臉，語氣略微無奈，「這樣，我能不出來嗎？」

初禮：「……」

在你眼裡老子是多愛哭？

統共沒哭過幾回吧，有一回還是喜極而泣呢。

初禮抿起脣、低下頭，不說話也完美地表現出自己的委屈，頭頂彷彿飄過三個大字：要你管。

感覺到略微粗糙的手掌心貼著自己的面頰再也沒有拿開，原本被凍得有些發僵的臉迅速溫暖起來，初禮這才想起她在客廳躺了一天都沒開暖氣，而這會兒，她正極力勸阻自己憋住了不要去主動蹭晝川溫暖的大手。

她身體僵直，木著臉感覺他的手輕輕摩挲她的臉頰，帶來輕微瘙癢。

「我就怕這樣，隨隨便便就惹妳生氣了，或者把妳弄哭了……每次眼淚不要錢一樣，擦都擦不完。」晝川說著，壓在她眼角的大拇指指尖感覺到微微溼意，他嘆了口氣，「妳看，說妳就來勁。」

初禮的頭越發低下。

「我忘記開暖氣了。」她聲音悶悶的，「客廳裡好冷，你還不開門……」

話還未說完，整個人已經離開冰冷的牆壁，落入一個溫暖的懷抱裡。

……哪怕只是這一秒，擁有安寧。

鼻尖壓在男人的胸膛之上，隔著衣服，滿滿都是他的氣息，初禮在他懷中閉上眼。

「後悔不？」

「不後悔。」

視線瞬間被狂湧而出的液體模糊，內心的患得患失、起起落落終於在晝川低沉而確定的「不後悔」三個字中塵埃落定。

初禮覺得晝川好像說得挺對的——

她好像確實挺愛哭的。

……不過這沒什麼不好。

生活中有那麼多值得去哭的事，高興的或者不高興的，沒事幹麼憋著？反正在那個不厭其煩地幫你擦眼淚的人眼裡，無論你哭多少次，眼淚也不會變得廉價。

「今天是二〇一四年二月十六日，並沒有多少天我就在元月社入職滿一年。在這一年裡，我勇敢頑強地在綠茶婊同事的摧殘下活了下來，做了一本大紫大紅的年度排行榜暢銷書，拿到了豐厚的年終獎金，並沒有升職，出版界已經開始有了我的傳說的第一則『元月社最有希望的新人編輯』；收集了已經過氣的、快要過氣的、正當紅的和專寫文化部謝絕出版題材的富樫義博型作者四名……」

初禮從晝川的懷裡抬起頭，盯著他的下巴，「還有沒有別的要補充？」

晝川：「……」

「有。」初禮認真地自問自答，「我最大的成就，虜獲一名作者的芳心，他寫給我的情書轉發八萬、評論八萬、直奔微博熱搜第一名，極大地滿足了我的少女心，以及，虛榮心。」

晝川抬起大手，輕而易舉將她的嘴和她的眼睛一起捂住，單手抓著她的臉往後推，聲音顯得特別冷漠：「說夠了沒？」

然而並不是真的冷漠。

初禮知道他就是裝的，因為他臉皮比社區院子門口大娘桿的餛飩皮還薄，所以她搖搖頭，對晝川道：「你不說情話，總得有一個人來說，那只能是我了……」

晝川不說話，薄唇緊抿把她端起來，往沙發上一扔——只是彷彿怕把她摔壞了似的輕拿輕放。

初禮屁股落在沙發上的第一時間就手忙腳亂爬起來從沙發上跳下來，爬過沙發扶手，緊緊跟在他屁股後面：「你總不能一輩子都在微博寫情書給我，我一個大活人就站在你的面前，你要說點兒什麼好聽的可以直接告訴我……」

晝川腳下一頓，轉過身來。

他面無表情地看著跟在自己身後的人正背著手、腰桿挺直，剛才還在哭，這會兒卻笑容燦爛地說：「畢竟要低調，他們都說秀恩愛死得快，你別老在微博跟你讀者秀恩愛……」

晝川只想把拖鞋脫下來扔到這張笑容燦爛的臉上，但是忍了又忍，最終還是伸出手扯了一把她的臉，將那個教人不知道怎麼辦的笑容扯得變形，他這才放開手，言簡意賅道：「我睡午覺。」

初禮一愣，停止喋喋不休，臉一紅。

晝川見她臉紅，也是一愣，半晌反應過來，嚴厲批評：「幻想太多。」

等初禮反應過來時，他已經轉身回房，大門「啪」的一聲關上了，還「喀噠」一聲落了鎖，就好像門外有什麼洪水猛獸會破門而入一樣。

初禮站在門外放空了一會兒，然後打了個哭嗝，默默轉身上樓繼續收拾自己的行李箱去了。這種體驗非常神奇，上樓下樓之間，經歷了著急、絕望、心如死灰、死灰復燃、春光燦爛等三百六十度大回轉，她終於……

「……哎呀。」

初禮一拍腦門，掏出手機。

猴子請來的水軍：晝川。

猴子請來的水軍：晝川。

猴子請來的水軍：晝川。

晝川：？

猴子請來的水軍：沒別的，就是突然想起來，忘記告訴你了，我喜歡你，我喜歡你，我喜歡你——早就想告訴你了，在《洛河神書》預售那天晚上，我就想告訴你了，其實我已經告訴你了，只是江與誠老師突然殺到……

晝川：哼。自打我出生，我家搬到他家隔壁，江與誠幹過一件好事？

晝川：知道了，收妳的行李去。

猴子請來的水軍：……喔：（

晝川：我也喜歡妳。

猴子請來的水軍：喔：）

戀愛中的人，哪怕發個顏文字都像個傻子，智障氣息撲面而來，最可怕的是當下還覺得自己特別浪漫。

最明顯的特徵大概就是，他們無時無刻不捧著手機對著某個聊天視窗傻笑；對面哪怕是只發個標點符號，都能在心裡感慨一句「臥槽他的標點符號都那麼的不一般，裡裡外外透著可愛的氣息耶」……

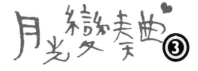

第八章

「過了個年，晝川老師都能喜歡上人類了，這年過得怕是不一般喔。」

第二日一大早的會議室中，阿象坐在初禮旁邊，看著手機碎碎唸。

昨天晝川發的「情書」轉發都十幾萬了，評論中讀者紛紛感慨溫潤如玉公子川浪漫起來能要了人老命，這樣的人有什麼姑娘是追不到手的啊……唯有一些知道戲子老師真面目的可憐編輯，紛紛用六個點或者很多個點來表達自己的三觀碎裂之情。

阿象一邊排隊給了晝川幾個點點點當回覆，順便貢獻一個轉發，一邊用手肘捅身邊的人：「初禮，妳覺得戲子老師會喜歡什麼樣的人啊？」

「啊？」初禮整張臉都笑成「(*^ｪ^*)」狀，從自己的手機上抬起頭，「妳說啥？」

阿象：「妳幹麼笑得這麼噁心？」

初禮：「……」

沒幹麼，她就是在回味昨天下午和晝川的對話，第八百遍重溫晝川那一句「我也喜歡妳」而已……收起手機、擺正表情，初禮恢復了正常的臉，嚴肅問：「不好意思，妳剛才說什麼我沒注意聽。」

阿象：「我說晝川老師好像談戀愛了。」

初禮無聲咧開嘴。

阿象停頓了下：「妳到底為什麼笑得這麼噁心？」

初禮脣角抽搐了下，意識到自己的脣角又不受控制了，抬起手揉揉臉：「沒什麼，就是覺得，談戀愛很好啊，他都那麼大歲數了，再不戀愛家裡都該急了吧？談戀愛以後也許就能變得成熟些了，少一些奇奇怪怪的想法來折騰別的編輯和美編……」

經過初禮提醒，阿象不小心想到之前一次和晝川直接面對面交流時，他提出的「長相洋氣的小清新古風」封面要求，深以為然地點點頭：「好像真的是，不過總覺得這樣的話，被他喜歡的人有點可憐啊，以前我們這麼多人分擔的事情，從今往後都拜託她一個人扛下來？」

「沒事。」初禮哼著歌轉開腦袋，「能被晝川老師喜歡的能是什麼普通角色……」

「總覺得晝川老師撐不過一週就要失戀。」

「這反向烏鴉嘴說得真好，搞不好人家正甘之若飴呢。」

初禮擺擺手，一臉「妳懂什麼」的模樣。阿象盯著她的臉看了一會兒，正想說「妳的作者戀愛跟妳有毛線關係妳一臉喜氣洋洋是想蹭喜酒喝啊」，這時候夏老師抱著一堆資料走進來，會議室裡原本以「晝川戀愛了」為主題的八卦會議暫時告一段落，大家各就各位地開始新年第一次例會。

值得注意的是，這次全員到得非常整齊，就連神龍見首不見尾、常常只出現在微信群裡的元月社老闆——何總也來了。

會議上主要宣布兩件事——

一、《月光》雜誌準備改版，去繁雜內容，主推連載以及當紅作者；減少頁數，開本大小變動，改用更好的紙張，由部分黑白改為全彩印刷，以及，漲價。

二、新的一年，和諧之風吹來，各雜誌分部注意封面、封底用詞，以及刊登文章要符合新的出版標準。

第一件事由夏老師宣布，第二件事則是何總親自宣布。何總說得非常含蓄，一口一個「本人身為元月社法人代表」，言下之意非常明確：老子是公司負責人，並不想因為你們其中某一個腦子不清醒的在封面或者封底登了不該登的東西去吃牢飯，大家都給我清醒一點兒，和諧之風吹拂下誰敢亂來，玉皇大帝的親舅舅也給老子立刻走人。

何總在上面說一句，初禮在下面替他的內心話配音解讀，看一看周圍人的表情，大家大概也都懂了何總的意思。

然後說著，初禮發現話題忽然帶到她的身上。

聽這些人吧啦吧啦商量一大堆，她這才一臉懵逼地意識到，現在她手上要負責的書並不止江與誠這一本。索恆之前在雜誌連載的文完結了要出單行本，而這個單行本，就是做為索恆的現任責編的初禮必須要負責的……

單行本，本著「蚊子再小也是肉」的心態，確實是要出的，雖然這篇長篇在雜誌連載的時候就早早暴露出人氣不足的事實。

……豈止是不足，簡直可以說是非常不足。初禮目瞪口呆地看著這些人在那商量首印訂六千還是八千，爭論了半天，老苗這個狗東西還帶著小鳥在旁邊搧風點火。

「要不一萬二吧，初禮這麼會賣書，畢竟是元月社最有希望的新人編輯，萬一創造奇蹟呢？」

……老子是賣書的，又不是變魔術的。

……以及老子上一本做的書首印量開到三十一、二萬，第二本就讓我在這看你們為了「首印量是六千還是八千」爭得雞飛狗跳？

那玩意從頭到尾就沒什麼水花我去哪創造奇蹟？

介於自己只是個基層編輯，現場並沒有初禮講話的分，所以從頭到尾她都是敢怒不敢言，只能感慨怪不得老苗七早八早就找藉口把索恆整個人塞給她，原來就是為了這一天。

站在聖母峰上一覽眾山小算什麼本事，有本事自己替自己造山！

可以啊。

「……」

初禮頭疼地抬起手揉了揉眉心，深刻感覺到自己替自己找事做。

晚上回家之後，初禮難免跟晝川抱怨這件事——當時晝川正抱著抱枕坐在沙發上，目不轉睛地看新聞聯播。

初禮在喋喋不休。

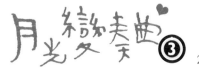

「我不是說嫌棄索恆人氣不行，講道理索恆的新文《遮天》人氣不要太高，第一期排名直接第三，第二期就竄到第二和阿鬼肩並肩，第三期投票都快和江與誠的差不多了，要賣這一本，賣個五、六萬我還是很有信心的……索恆之前那本連載成績為什麼不好，還不就是他老苗題材選得垃圾！」

晝川蹺起二郎腿，不動聲色地換了個坐姿。

「而且因為現在和諧之風颳過，到時候還要重新校對、修文，到印刷廠看色也半分馬虎不得，一點兒差錯都不能出……做《洛河神書》時候最累的就是去印刷廠看色，天天早上起得比驢還早，到了印刷廠面對維修費都幾百萬的海德堡四兄弟看得雙眼發直——」

晝川拿過遙控器，「啪啪」摁了幾下，開始看天氣預報。

「這次行銷部吃了你《洛河神書》的甜頭，又想搞兩個版本賣，兩個版本贈品就算了，他們還想做成兩個版本封面，我他媽真的要窒息了那可是封面啊！讀者還不得跳起來——」

晝川眼前揮舞過一個憤恨不平的小拳頭，他的視線飄了下，有點被帶跑。

「哎算了不說這個了，說起和諧之風，以前禁那一套老的我就不說了，今年新加了，涉政涉黑一律不許寫，明晃晃的穿越題材也不行——這還真不是騙人的，昨晚阿鬼跟我說，他們那個綠嘰嘰網路文學網，大半夜十點編輯集體上線的場面十分壯觀，紛紛抓著作者改文名、修章節內容，脖子以下不能描寫，實在改不了、沒得救的乾脆全文鎖定一了百了……

「阿鬼一晚上收到了五十多條鎖章和諧站內通知，自封綠嘰嘰車神、綠嘰嘰山下山最快……」初禮說著回味了下阿鬼早上跟她八卦時候的謎之驕傲語氣，感慨地搖搖頭，「我怎麼認識這種不正經的作者。」

晝川單手支著下巴，在看到天氣預報說明天有雨的時候站起來，走到衣櫃旁邊，變魔術地拿出一件雨衣，還有一把雨傘。雨衣掛在門邊衣架上，雨傘斜靠在門把上。

初禮一愣，坐在沙發上狐獴似的伸直了脖子看著男人彎腰認認真真地把傘靠在門把上的動作：「你幹麼呢？」

晝川：「明天下雨。」

初禮：「喔。」

晝川直起身，瞥了她一眼：「不想帶傘的話我去接妳。」

初禮一愣，沒反應過來，下意識道：「不用，你那車太顯眼。」

晝川愣了下，看了眼外面的車庫方向，隨後回過神來一般掏出手機，慢吞吞在度娘開始搜「十萬以下代步車推薦」。

初禮看著晝川低頭邊玩手機坐回沙發上，也沒把剛才的小插曲放心上，繼續自顧自地回到自己的話題：「我剛才跟你說和諧之風你聽到沒有，你這沒責編的野孩子寫文的時候注意點兒，別被抓了小辮子，記住脖子以下不能描寫，被有心人舉報一波，信不信真的拉你去小黑屋喝茶備案——晝川！」

打了個呵欠打到一半，晝川抬起頭，那雙茶色瞳眸打從過去半個小時至今終於第一次直視初禮；後者抓起抱枕「啪啪」在他身上拍了兩下，扔了抱枕怒道：「跟你說話呢聽見沒有？從我回來開始神遊，眼睛都沒對焦過，魂飛哪去了，正眼都不看我一眼——」

初禮越說越來氣，此時聽見她的語氣，晝川的目光裡終於才緩緩有了焦距。他微微皺眉，然後抬手，將初禮剛剛扔到一旁的抱枕拿起來，指尖在上面抓了抓：「不是我故意不理妳，是妳一直在說話，我得找點兒什麼轉移注意力。」

「我跟你說話你就好好聽著啊，轉移注意力幹麼？」

晝川的視線下移。

初禮順著他的視線，最終發現那視線的終點是落在自己的手上。

晝川嚴肅道：「……今晚一直在想這件事。」

不知道為什麼，初禮突然被他搞得有點緊張，一改生氣的語氣，結巴道：「想、想哪件事？」

晝川沉默了下，而後在初禮尚未反應過來之前，大手伸過來將她的手拿起來，小心翼翼地放在手上，看了看……而後，他抬眼飛快地掃了她一眼，把她的手翻過來放在自己的手掌心，另外一隻手的修長指尖順著她掌心的紋路劃過，略微使力，帶來絲絲搔癢。

初禮下意識地縮了縮。

晝川卻眼疾手快地捉住她的手腕，加大了壓在她掌心的指尖力道，將她微微彎曲的指尖壓平。

他捏住她柔軟圓潤的指尖。

初禮沒來由地臉突然泛紅。

當他放輕力道又加重，好奇心很重似的揉捏她修剪乾淨的手指時，她的臉紅得快能滴下血來：「別別別……別玩了，我——」

晝川沒有理她，他低著頭，認認真真地捏玩她的手指，和他想像的一樣柔軟、乾淨，就像是沒有骨頭一樣，有肉，還充滿彈性。

他其實惦記挺久了。

早就想摸摸看。

現在可以光明正大地摸了吧。

嗯，這草拔得也不怎麼乾淨，說好的「到手以後新鮮勁就會減弱」呢？他怎麼反而有了想要更過分地得寸進尺做些什麼的衝動……

瞳眸微沉，下一秒，晝川的大手突然一轉，同時高大的身體微微傾斜靠過來，穩穩地將那只有自己三分之二大的白皙柔軟手掌收入自己的掌心，十指交錯，然後往下一沉，就像是一把鎖，牢牢扣住。

兩人從「面對面」變成「肩並肩」，初禮感覺到自己的手被晝川穩穩握住，置放於二人中間——晝川轉過身繼續認真地看天氣預報；心不在焉、滿臉通紅、安靜如雞的人變成了初禮。

「昨天表白，今天牽手。」晝川盯著電視機，面無表情地道，「節奏完美。」

「……哪裡完美？」

「脖子以下不能描寫指日可待。」

初禮：「……」

她從哪家AV製片廠後門垃圾桶裡掘地三尺掏回來的戲子？前腳才告白完就把自己關房間裡，純情得比少女漫畫裡的女主角還純情；後腳扒開衣服一看，渾身上下連毛孔都是黃色的，滿腦子想的都是脖子以下不能描寫。

……人格前後反差之巨大，大概也就A片的爛劇本敢這麼寫。

初禮和晝川手牽著手坐在沙發上，過了一會兒初禮把自己的手從他手裡抽出來：「老師，大綱呢？」

「不要以為我喜歡妳，摸了妳的手，妳就可以無視『房客守則三十條』。」晝川低下頭看了看自己的手，抓了抓，覺得空落落、有點空虛，表面上卻是面無表情道，「下班時間談什麼工作，妳這麼殺風景，難怪過去二十三年母胎單身。」

「……二十八年母胎單身的人憑什麼嘲笑我，和你比起來，我還是少女。」初禮靠在沙發的角落，抬起腳踢了他的腳一下，「而你，已經快奔三十了。」

「我帥氣多金。」晝川把她不老實在他腳上踩來踩去的腳踢開，「多少小姑娘看見我要兩眼發光……」

初禮揚了揚下巴：「我就是小姑娘。」

晝川轉過腦袋瞥了她一眼：「妳去找個鏡子照照，這會兒自己的眼裡是不是在發光，五顏六色的和彩虹似的……」

初禮「哼」一了聲轉開臉，抓起手機看了眼微信，發現老苗把自己、小鳥、于姚還有行銷部的一些人包括梁衝浪在內一起拉了個小群，看著是要商討索恆的這本單行本的銷售方案。初禮拿起手機的時候，正好看見梁衝浪在安排人聯繫之前的兩家電商，準備按照《洛河神書》當初賣的時候海報不同的形式，A家管道賣的書用A封面，B家管道賣的書用B封面。

「這些人以為各個都是晝川啊？」初禮碎碎唸著，一聲吐槽將晝川也吸引著看過來。

猴子請來的水軍：這樣賣不行的——晝川粉絲多，狂熱粉多，有錢的狂熱粉更加多，《洛河神書》雙贈品版本，對於他們來說就是必須雙收強迫症……但是索恆不一樣。

猴子請來的水軍：這本《小神仙》連載成績太一般了，最近《遮天》連帶著索恆的人氣才剛剛有了死灰復燃的跡象——你們準備像賣晝川的書一樣賣索恆的書真的好嗎？就照葫蘆畫瓢？作者是什麼類型，擁有什麼類型的粉絲這些都不用管了？

這行銷部有樣學樣倒是快。

只是也沒想想每個作者擁有的粉絲群從年齡到屬性其實都有微妙的不同——晝川和索恆更是差得十萬八千里的區別，不是說人氣差距這方面，而是，根據不同的作者，就會擁有不同屬性的粉絲。

晝川的粉絲年輕、熱情，黏著度高且富有，把晝川當歐巴追。

江與誠的粉絲年齡偏大，消費偏向於冷靜、有選擇性，喜愛美化江與誠的一切。

阿鬼的粉絲主體擔當為中小學生，熱情、衝動，粉得快，粉轉黑更快。

索恆的粉絲……大部分為大學生以上，沉默、低調、忠誠度高。

這就是區別。

而男作者擁有的死忠粉就是會比女作者多，這是天定的不成文規律。

江與誠的粉絲能因為初禮和他去看電影就跳起來一波狂懟，早先八百年也同樣晒過兩張票根的索恆微博下卻是風平浪靜……

這就是事實差距。

猴子請來的水軍：我們先要對比一下晝川和索恆，因為文風和活躍的年代不同。這兩人的讀者成分構成其實有很大的區別，比如晝川的粉絲就——

蒽花味浪味仙：研究作者是編輯要做的事，我們行銷部只管能不能賣。

猴子請來的水軍：……喔，所以呢？

蒽花味浪味仙：所以說了那麼多，還不是因為書展的事不爽我們？咱們有一說一，有什麼不滿晚點說，先把手上的書做好難道不應該？妳這上來就鋪天蓋地地否認鑽牛角尖，雙版本封面以前也不是沒做過，用得著這麼大驚小怪？

猴子請來的水軍：你不說書展的事我都忘記了。

猴子請來的水軍：畢竟被扣獎金、年終會上又被強行鞭屍的人不是我。

猴子請來的水軍：還有，我不是鑽牛角尖，索恆的狂熱粉少、粉絲基礎沒有晝川龐大是事實——不是當紅的作品搞雙封面，你們確定《小神仙》的雙封面對於索恆的讀者來說是「逼死強迫症」而不是「不確定要不要買，要買的話倒是可以多一個選擇」？

于姚：……初禮說得也有道理。

猴子請來的水軍：網路購買力已經很薄弱的情況下，就不要再分散讀者資源了，想辦法把讀者資源結合在一起才是真的……

于姚：妳有法子了？

見于姚這麼問，初禮沒說話，反而是抬起頭看向晝川。

晝川從頭到尾一直坐在她旁邊，盯著她的手機螢幕，看著她跟行銷佬大戰，這會兒停頓了下開口道：「可以網路用一個特殊版本封面，實體書店用另外一個版本封面，這樣就可以做到整合網路購買力，同時還不影響實體書店銷售……」

晝川停頓了下，指指初禮手機：「如要使用此方式，記得尊重版權，提出後署名：機智的晝川。」

初禮用「孺子可教也」的欣慰表情，在微信回覆了個「等下讓我想想」，並順手摸摸晝川的腦袋：「以後寫文寫不動了，你來當我手下，我給你一口飯吃。」

「……替妳幹三千塊一個月天天與白痴為伍日日夜夜加班還不給加班費的活？」

「……」

「我情願去要飯。」晝川抬起手，將放在自己腦袋上的小爪子拿下來，抓在手裡後沒捨得立刻扔回去，而是愛不釋手地捏了捏，「以後去要飯，也會先讓妳吃飽，有乾糧絕不讓妳委屈一口稀粥。」

初禮：「……」

說得真真的，就好像早八百萬年前他就決定好了職業規劃是「寫文佬」——「封筆」——「乞討者」這樣的順序似的。
「老師，你不要刻意講情話，聽上去不僅不動人還特別像個變態。」初禮抽回自己的手，真誠地說，「保持你原本的節奏就可以了，真的，更何況我不覺得一個沿街要飯的會比作者洋氣許多。」
「不知好歹。」
「好是什麼，同你浪跡天涯去要飯？」
「妳這人不能共苦只能同甘，我怎麼會喜歡妳這種膚淺的人？」
「實不相瞞，如果不是老師擁有卓越寫文的技巧和不錯的皮囊，我下輩子也不可能有耐心坐下來仔細尋找您那深埋靈魂深處的亮點的。」
「亮點？」
「還在努力尋找中，找到了告訴你。」
「……有一口乾糧我肯定優先給二狗。」晝川一邊說著一邊彎腰摸了摸趴在他腳邊的二狗腦袋，一臉慈愛，「不給妳。」
「……」
「妳瞪我幹麼，先來後到。」晝川瞥了眼初禮，「二狗先來我心裡占據小寶貝之位的。」
初禮彎下腰摸摸二狗的腦袋：「位置擠不，你給我形容形容？二狗屁股挪挪，讓我也擠擠？」
晝川轉過臉，似笑非笑地看著初禮。

初禮低著頭認認真真地摸著二狗的腦袋。

二狗站起來甩甩腦袋溜了。又不給罐頭，拒絕配合弱智演戲。

微信裡，一群雞飛狗跳的行銷佬被徹底拋到一邊，初禮讓位高權重的于姚去跟這些白痴大戰三百回合，反正于姚也是一副準備插手到底的架勢。畢竟那是索恆，如果于姚心裡也有個「小寶貝之位」，那索恆肯定是四仰八叉獨坐在上，一人君臨天下。

……不像初禮，還得跟狗擠擠。

自打索恆的單行本企劃確定下來後，初禮的主戰場就從編輯部改到了印刷廠，隨身攜帶美編阿象。兩人到了印刷廠之後的第一件事就是和跟單員接洽——跟單員就是負責跟編輯確認工單（註2）的傢伙，國內大型印刷廠的商業出版物因為打樣費用昂貴，所以一般不會進行樣書打樣，大多數情況下為了節省成本，都是編輯和跟單員用自己的經驗處理一切；而像是索恆這本沒有用到特別新的工藝和裝訂方式的書，一般直接開版印刷是沒有問題的。

所以編輯經驗很重要，初禮在做《洛河神書》之前就已經被老苗拎去印刷廠看《華禮》好幾次，為的就是熟悉業務。

註2　包括內頁用紙確認，封面工法確認，裝訂、隨書贈品裝配。

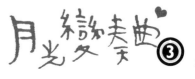

也算是為公司節約成本的必要犧牲。

而這次合作的還是上一次《洛河神書》的印刷廠，國內前三的大印刷廠，《洛河神書》做得非常不錯，至少讀者的反響很好，所以這一次索恆的《小神仙》也繼續與這家印刷廠合作。

初禮和阿象坐在印刷廠辦公室裡等跟單員的時候，阿象在看韓劇，初禮則坐著跟晝川閒聊。

猴子請來的水軍：我剛到印刷廠。

晝川：哦。

猴子請來的水軍：也不知道是不是剛過完年，這印刷廠裡死氣沉沉的，也沒見多少人在，估計都出去跑業務了……

猴子請來的水軍：這年頭混口飯吃都不容易。

晝川：碗洗好了，我去睡一會兒回籠覺。

猴子請來的水軍：別著急啊，還有衣服也洗好了你拿出來晒一下；二狗的飯盆洗一下，我今天早上走得急，吃不乾淨的罐頭等過幾天春天來了天氣轉暖很容易發霉；弄完去看看米桶還有米嗎？沒有我下班時候帶回來……

晝川：……

晝川：妳看看現在幾點。

猴子請來的水軍：早上十點，怎麼了？都十點了。

晝川：我要睡回籠覺，我一個無業遊民為什麼天天要配合你們上班族的時差，那我無業遊民的意義在哪？

晝川：外面氣溫四度，北風狂吹，下午估計又要下雪了晒什麼衣服洗什麼飯盆不怕我生凍瘡啊一點兒都不知道心疼人。

猴子請來的水軍……

晝川：衣服在洗衣機裡好好的，它們說不想出來；飯盆二狗下午餓了自己就會去舔乾淨洗什麼洗；米桶也別看了，直接買米回來就是，放那又不會壞。

晝川：睡覺去了。

猴子請來的水軍：別去啊，跟單員還沒來，再陪我聊五毛錢。

晝川：我給妳一塊錢，讓我去睡覺。

猴子請來的水軍……

此時阿象抬起頭，一眼就看見身邊的人捧著手機咬牙切齒，一副苦大仇深的模樣，於是韓劇按了暫停，瞪著熬夜看劇熬紅的眼問：「初禮，妳在和誰聊天呢？」

初禮頭也不抬順口答：「公主殿下。」

阿象想了想，「還以為是男朋友呢，聊得那麼認真……最近看劇看得少女心蠢蠢欲動，真羨慕妳們這些有男朋友的人，我每個月定期繳稅，國家收了我的好處為什麼不分配個對象給我？」

初禮眼睛還是盯著手機，心不在焉外加懶洋洋地道：「因為國家要培養人民自己動手、豐衣足食的能力，想要男朋友，自己去垃圾桶裡翻翻；下班就回家躺著，男朋友也不會從天上掉下來。」

阿象：「……」

初禮：「要我替妳介紹幾個垃圾桶聚集地不？」

然後初禮報了晝川家附近的位址。

兩人正針對「男朋友哪裡找」這個問題進行深入討論，此時辦公室門被人推開，從外面進來了一個看著和初禮差不多大的男生，自我介紹說自己姓王，是這一次負責《小神仙》的跟單員。

這男生笑得一臉憨厚，以貌取人的方面來說看著不太機靈。

初禮跟他打了個照面愣了下，下意識地看了眼他身後：「李茂這次有別的工作？」

李茂是上次負責《洛河神書》的跟單員。其實跟單員和編輯接觸最多，需要一定程度上的磨合和適應工作節奏，對編輯來說，固定一個跟單員能節省不少時間，合作久了也有默契……至少對初禮而言，不換跟單員是最好的。

「李茂離職了。」小王說，「妳們不知道啊，去年業務不好做，前後就做了本《洛河神書》夠看的，年終福利沒跟上，年後印刷廠走了一大批老員工……」

「……不是國內前三的大印刷廠嗎？」

「行業整體下滑，龍頭也是沒精打采的啊。」小王說，「以前我是負責生產線的，現在被調過來當跟單員。」

初禮和阿象面面相覷。確實，如果不是有一本《洛河神書》，《星軌》那邊也出了兩本電視劇小說，其實去年元月社的日子不好過。

……算了，換人就換人吧，大不了從頭開始磨合。

初禮拿出資料，三人坐下開始商討第一版工單。對於這些，初禮天天看早就看得爛熟於心，於是看了眼小王拿出工單開始填，就自顧自地說：「《小神仙》是古風文，我覺得可以分成兩個方向考慮，可以用八十磅蒙肯紙內頁，蒙肯紙與木漿原色接近，無漂白、環保、顏色發黃、有復古感……而且比較鬆厚，正好《小神仙》字數不多，用著也合適，像《洛河神書》要是用這個就太厚一本了。」

小王奮筆疾書。

這時候初禮手機震動，她拿出來看了眼，發現是晝川傳訊。

晝川：「圖片」

圖片內容：一件內衣。

晝川：妳讓我晒衣服就是為了讓我看這個？

晝川：妳怎麼這麼有心機啊？

晝川：說起來好像第一次來我家也留下了一件來著？

初禮：「……」

這個弱智。

初禮：「要嘛，這次《小神仙》就走精裝路線，用華麗包裝法賣包裝設計，紙張用特級象牙道林，不反光、不刺眼、偏白，和蒙肯紙比較粗糙的模樣不同，不透明度高且平滑，用來做閱讀性精品書我覺得也不錯……但是因為這本書首印不高，所以我還需要看一下印刷廠報價，晚上你查好了告訴我一聲，我和社裡商量下再做決定——」

猴子請來的水軍：洗衣機是用來洗衣服的，這難道不是衣服？

猴子請來的水軍：「一見短袖子，立刻想到白臂膊，立刻想到全裸體……」魯迅先生罵的就是你這種人。

猴子請來的水軍：去逛商場路過女性內衣店你都是捂著眼睛走過去的？

晝川：那不一樣。

晝川：老子正是青春期，情竇初開，妳給老子看這種東西就是強行讓我聯想脖子底下不可描述，然後還要倒打一耙罵我是流氓，妳這強盜邏輯。

猴子請來的水軍：還能不一樣，成我的錯了，你告訴我哪不一樣了？

晝川：比如我一年前第一次見妳這兩點破布的時候就內心很平靜，光想著怎麼跟妳要地址然後寄順豐貨到付款了。

晝川：並沒有現在這麼多骯髒的想法。

晝川：妳上次那件我還幫妳洗好了晾乾收著，這會兒正好好地躺在衣櫃裡……說起來，上次妳躲衣櫃裡時遇見它了嗎？

猴子請來的水軍：…………你怎麼像個變態大叔似的。

晝川：變態大叔不是正好和妳這樣的小姑娘是絕配？

猴子請來的水軍：……

「不好意思，剛才突然有個弱智找我——」

初禮摁下手機，拒絕再呼吸這隔著螢幕撲鼻而來的不要臉直男癌氣息。

「你們覺得是蒙肯好還是道林好，這幾天我也糾結了一會兒這個問題，按照成本來說，其實還是蒙肯比較划算的……」

初禮一邊說一邊轉過頭，看到阿象正一臉絕望地看著自己，她轉了轉眼珠子，發現小王居然還在低著頭奮筆疾書，剛剛寫到蒙肯紙特點這裡。

初禮：「……」

初禮伸手在工單上點了點：「寫『八十磅蒙肯，或八十磅特級象牙道林』就可以了。」

小王一愣，抬起頭看了眼初禮，「喔」了一聲之後這才把她說的迅速寫在旁邊。看著他認認真真、一筆一劃的樣子，初禮在心中飄過的一行彈幕是：臥槽，這小哥到底行不行啊？

恍惚之間，她手機又在震動。

晝川：不過這件內衣滿可愛的，什麼牌子？

猴子請來的水軍：……要不是長得好看，你這樣的變態在警察局的案底單獨用一個櫃子怕都不夠裝。什麼牌子問那麼清楚你也想穿？放下它，然後離開洗衣機，睡你的回籠覺去。

晝川：我替妳晒衣服啊。

猴子請來的水軍：放過我的衣服，也放過我。

晝川：我不。

這天下班臨走之前，初禮因為不放心小王，還特地把工單拿過來看了一遍。

先確認內頁用紙，是按照她早上要求的那樣記錄。

然後是最初版的封面用紙、工藝已經定了下來，而網路預售特殊版的計畫還要回到元月社和長官商量可行性，所以暫時壓下不提。

最後是贈品，贈品種類、顏色以及裝訂順序，大致沒有問題，只是贈品書籤原本是四個記成了三個，初禮順手改了過來。

「先做這一版封面，後面我們可能會加做一個版本，等我這邊有消息了立刻通知你更新第二版工單。」初禮把工單還給小王，想了想道，「你也不用緊張，咱們慢工出細活，你是生產線上調過來的，不熟悉跟單員業務很正常，犯點兒錯我們及時糾正就可以，誰不是新手過來的……」

初禮這是在安慰小王，一天下來，從內頁用紙開始，他都很緊張地拿著本子寸步不離地跟在初禮屁股後面；確認色卡、挑選外封用紙時，初禮幾乎能看到他眼睛裡的蚊香菸圈……

就別指望他能像之前那個老跟單員一樣提出封面用紙建議了，能分得清楚特殊紙和普通紙再壓紋的區別已經叫人阿彌陀佛……

初禮一直忙到下午四點多，直到晝川發訊息問她晚上吃什麼她才反應過來一天的工作已經結束。從一大堆特殊紙種類卡冊裡抬起頭，初禮收拾了下東西，帶著阿象閃人。

「初禮。」

「什麼？」

「總覺得今天妳一邊低頭玩手機，一邊指揮小王寫工單，同時還能糾正、監督他不出錯的樣子特別高大，雷厲風行，彷彿看見了老大當年的影子。」阿象說，「一年的時間說長不長、說短不短，《小神仙》才是妳的第二本書，總感覺妳已經是個能夠獨當一面的大編輯了。」

初禮原本正踩著高跟鞋往前走，聞言腳下一頓，回過頭看了阿象一眼，笑了笑：「這話妳可千萬別讓別人，特別是老苗聽見……」

「真的，妳在讀者那邊都有知名度了。」阿象抱著電腦一路小跑跟上她，「大家都知道晝川的責編很厲害，是個為讀者著想的編輯。」

「……大家？」

阿象舉起手機。

初禮這才發現原來是她關掉新訊息提示的工作群有了討論，《小神仙》基本出版資訊在網路上一公布，在索恆的粉絲中濺起的水花居然比想像的大得多。

喵喵：都說元月社出動了金牌編輯，這次索恆有救了……

啾啾肥啾：還有說，聽說《洛河神書》的編輯挺為讀者考慮福利，《洛河神書》各種滿意……考慮一下如果《小神仙》包裝好的話也會買回來放書架的。

蔥花味浪味仙：我們初禮已經名聲在外了！

于姚：好像確實挺多老粉表示，如果是個好編輯認真在做書，也願意替索恆打好這個翻身仗——考慮一下炒熱這個氣氛，《小神仙》說不定能真的走一波……

啾啾肥啾：哈哈，老大，「挺多粉絲」裡怕還有個妳吧？

于姚：哪有哪有，別瞎說！

初禮看了一會兒，拿出自己手機上微博，發現晝川的《洛河神書》不僅讓她在編輯界嶄露頭角，連買書的讀者都嗅到了她的存在……

初禮收起手機，說不準這是好事還是壞事。

「看妳一臉面癱，」阿象傻笑著用手肘推了推她，「不高興一下啊？」

「高興什麼啊。」初禮淡淡道，「編輯本來就是幕後工作，如果跳出來被人們知道確實有這麼一個人的存在，不出事還好，出了事就等著被罵死吧……」

阿象：「啊？」

初禮抽了抽脣角：「妳想想，現在那些明星是不是做了什麼不好的事，事後就會劈頭蓋臉地被罵，有時候這些事可能是經紀人搞出來的……但是人家才不管你直接就罵明星，不然他們也不知道該去罵誰；但是有些明星的經紀人自己也開個微博，還搞個認證刷存在感，那就不一樣了，出了什麼事，粉絲首當其衝先帶風向到你這個經紀人的身上：不是我們歐巴的錯，大家快來罵這弱智經紀人！」

阿象：「……我突然有點明白妳為什麼沒有微博了。」

「做為現代人，微博什麼的，我當然是有的，」初禮一臉感慨地拍拍阿象的肩膀，「然而並不會跳出來說我是誰，不然上一次電影票事件，我已經被江與誠的粉絲殺掉了——畢竟只能懟官方微博的話，她們大概會覺得差一點兒什麼。」

阿象用看新奇動物的眼神看著初禮：「我覺得我還是適合回去看看韓劇，跟不上你們成年人的智商。」

初禮：「這是小動物的下意識自我保護行為，妳看晝川老師就不一樣，完全放飛自我，就像是哥吉拉上岸一腳踩下來才不管踩到的是不是一輛瑪莎拉蒂……」

阿象：「妳誇他幹麼？」

初禮：「我沒有。」

晝川：回家了嗎？

猴子請來的水軍：準備上地鐵。

晝川：明天我去接妳吧，買了輛超低調新車，保證外人一眼看不出車裡頭坐著的是頂尖作家晝川老師。

猴子請來的水軍：……

晝川：好不好？

猴子請來的水軍：你別新鮮兩天又不來了。

晝川：至少新鮮十天，再低調也要十來萬，扔水裡還聽個響呢，哪能這麼快膩了。

猴子請來的水軍：……

跟晝川閒聊了一路，初禮回到家，做飯。

她吃完飯後抱著電腦鑽進書房裡開始搗鼓ＰＰＴ，簡單客觀地分析了下《小神仙》的現狀，以及可面向讀者群，又以及面向此類讀者群、可在《洛河神書》成功銷售案例上更改的客製方案……

待她做完之後會發給于姚過目，于姚點頭，才往大工作群裡發布。

修改的方案基本就是晝川昨天提到的那樣，雙封面，實體書商進貨一律走A版，網路預售版本統一使用特殊封面B版，這樣網路預售展開的同時也完全不會影響實體書商進貨意願，甚至可以說是《洛河神書》的銷售方案升級版。畢竟《洛河神書》當初還是有一部分實體書商抱怨，說網路預售分走了一部分讀者的購買力。

這種方式其實在梁衝浪提出雙封面時，初禮也想到了。

這會兒她坐在書房裡抱著電腦在做PPT，晝川就抱著手臂門神似地站在她身後：「看妳這麼拚了老命地替一個過氣作者宣傳，最後可能最多也就賣個幾千一萬的，到底圖什麼啊？」

初禮敲字的動作一頓，稍稍往後靠，抬起頭與身後的男人對視：「忘記當初在電影院說過的話了嗎？老苗其實說得對，與其坐在巨人的肩膀上自得，不如自己造山——只會錦上添花算什麼，雪中送炭才是真功夫。」

晝川沒說話，抬起手揉揉她的頭髮。

「感動嗎？」初禮回過頭繼續盯著電腦螢幕，「野孩子是不是突然想要一個責編？」

晝川看了眼她被自己揉亂的頭髮，覺得有點礙眼，又伸手用指甲替她梳理了下，說話聲音有些含糊：「這些年野孩子自己寫寫也過得挺好的……」

初禮回頭看著他，他閉上嘴。

他想了想又說：「看什麼看，去年剛認識的時候，是誰正經八百地告訴我，工作就是工作，不能把私人感情和私心帶進工作裡……」

初禮：「你說誰搬起石頭砸自己的腳？」

晝川盯著她那張氣鼓鼓的臉一會兒，忍不住伸手掐了一把：「ＰＰＴ寫完沒？」

初禮看了他幾秒，也沒有繼續逼問下去——其實得到這樣的答案她一點兒也不失望，甚至可以說是預料之中的。晝川還是那個晝川，他喜歡初禮這件事並沒有絲毫影響到他在事業上本來有的態度，兩件事就像是完全平行的線，各自拎得很清。

……這點倒是真的和初禮很像。

就連她自己都沒辦法反駁。

「你說你哪點表現得像是喜歡我了。」

「妳看看外面晒的那些衣服，換了別人使喚我冰天雪地裡晒衣服，我會問他墓誌銘上要不要我替他簽個名……」

初禮：「……」

「外面的衣服被北風吹起來的弧度都是我喜歡妳的形狀。」

初禮嗤笑，翻著眼睛將ＰＴＴ發給于姚，左手離開鍵盤的那一瞬間立刻被晝川抓過去。晝川捏了捏她的手，初禮抬起頭——

兩人對視片刻。

書房裡安靜得可怕，昏暗的電腦螢幕照著初禮的側臉，窗外夾著雪的北風拍打窗戶發出「劈哩啪啦」細碎的聲音，初禮垂下眼的一瞬間，晝川也放開她的手，扔下一句「我去看水燒好了沒有」後，幾乎算是落荒而逃。

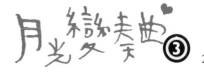

初禮傻坐在椅子上看著他的背影。

突然特別想問問他一個女人都會問、男人聽著可能覺得特別蠢的問題：你到底喜不喜歡我？你喜歡我什麼啊？

她以前覺得這問題傻。

現在想來，大概也就是一種不肯定的詢問吧？

雖然拉著自己的手寬厚而溫暖，但是卻也時時刻刻地感覺到不安。她並不知道所謂的「喜歡」到底是一個什麼樣詳細的模樣，但是……

至少也不該是「每到臨門一腳，立刻落荒而逃」。

猴子請來的水軍：阿象，妳說有沒有談戀愛光牽手、沒有其他任何進一步行為的人類啊？

會飛的象：小學生？

猴子請來的水軍：成年人。

會飛的象：「一個遺憾的表情包」那就是性功能障礙了，現代科學發達，盡早就醫。

第九章

第二天，初禮跟阿象早早到編輯部，把網路特殊版封面搗鼓出來，下午送到印刷廠給小王。

工單更新至第二版雙封面版本，重點是突出雙封面版本的添加，裝配順序等直接告訴小王沿用第一版的就行。

第三天，初禮到印刷廠，發現小王把A版封面的豎書腰搞錯，原本書腰和書的圖案是連在一起的蓮花池，結果原本應該放左邊的書腰放到了右邊，整個圖被切成一半，亭臺樓閣很突兀地連接著半邊盛開的蓮花……

初禮發現後，直接在記有更詳細的裝配順序的第一版工單上稍作修改，詳細備註好，書腰到底放哪，然後就把工單往小王面前一拍：「接下來裝訂時記得看工單，用這個。」

小王：「好的。」

第四天。

第五天。

第六天開始網路預售，預售情況比想像中要好得多，原本首印八千的書，光預售加實體書商提貨就有了一萬六，首印直接打上二萬。索恆激動得說不出話，就只會重複：謝謝啊，謝謝。

第七天，小王通知開版印刷。

第十天，初禮追問進度，告知一切井然有序地進行中。

第十五天，《小神仙》還有三天發貨，初禮全面進入《消失的遊樂園》審稿階段，忙得兩腳不沾地，只能抽空打電話提醒小王，記得寄幾套《小神仙》的樣書給編輯部，兩版都要。

小王當時遲疑了下，下意識地問了聲：「兩版？」

然後電話那邊似乎正好被人叫住，他又說知道了，就掛了電話。

之後初禮又是兩天放空。

等初禮反應過來時，已經是第二天早上《小神仙》全面發貨的情況，而此時編輯部的人都他媽還沒拿到樣書，不知道書到底長什麼模樣……

初禮打電話把小王狂釘一頓，小王委屈地說這兩天安排倉庫發貨給書商，忙得腳不沾地，實在是忘記寄樣書了，要不妳明天自己來看？

初禮掛了電話後，當時沒來由地就有點心慌，被晝川嘲笑「被害妄想症」，並頂著「被害妄想症」的名號跟于姚打了個招呼，說自己第二天早上到元月社交接一下《消失的遊樂園》稿子給夏老師終審後，要去印刷廠看一眼《小神仙》的樣書，她已經頂不住印刷廠這些丟三落四的真神仙的折磨……

于姚答應了。

於是隔天中午，初禮午餐都來不及吃就跳上晝川的新車殺向印刷廠。坐在車上，她屁股下面像是長了刺似的，晝川連連看了她好幾眼，然後不動聲色地把車門鎖了防止她突然發瘋跳車。

初禮拿出手機，正好登錄的是《月光》官方微博，這時候一刷新私訊就刷到一個讀者十分鐘前發來的私訊——

小熊啊你別跑：QWQ官博君，這邊G市座標，早上大清早就跑去舊華書店買了《小神仙》實體書，然後這會兒剛到家，不好意思請問一下，《小神仙》網路版封面不是B版藍色的嗎？怎麼今兒興高采烈收了快遞打開一看居然又A版……啊啊啊我都買好了A版了啊，這是寄錯貨了嗎？戳某寶賣家說沒寄錯啊，到底怎麼回事？

配圖：兩本《小神仙》，A版封面，雙胞胎似的擺在一起。

當時，初禮握著手機就感覺到一陣窒息，不誇張的說真的是眼前一黑瞬間覺得天旋地轉的，想指揮晝川直接把車開到橋下的河裡去一了百了，反正她可能也要活不成了。

初禮到了印刷廠幾乎是跳下車，連車門都來不及關就往裡面一路狂奔。晝川看著她腳踩高跟鞋還能健步如飛，看著她像是兔子一樣跳上樓梯，看著她遠去，只能弱弱地叫了聲「妳慢點別摔了」……

他話語剛落就看見她腳扭了一下，果斷脫了高跟鞋，拎著高跟鞋就跑，不帶一絲猶豫。

晝川搖搖頭，果斷地坐回車裡，關好門然後把自己的車停到停車場，再走上樓。他正想發簡訊問初禮在哪，結果走到走廊上還沒來得及走近印務辦公室，就聽見走廊盡頭傳來初禮難以置信的咆哮。

「什麼？你跟我說你把書腰改完之後，直接把第一版工單當第三版使了？」

晝川腳下一頓，在辦公室門口停下來，探了個腦袋進去，正好看見初禮一腳穿著高跟鞋，另外一隻腳丹頂鶴似的勾著還沒來得及套上、只穿一半的鞋子。她雙手撐在辦公桌上，眼睛瞪得比銅鈴還大，這會兒正瞪著個二十來歲的小孩……

看樣子大概是想把還沒穿好的高跟鞋重新脫下來敲擊他的腦袋。

「我給了你兩版封面，你有沒有想過第二版是用來幹麼的？上過某寶嗎？網路預售專供六個字你有沒有想過是什麼意思——我宣傳圖在網路預售專供的書封上打了個問號沒公布模樣，網路書商不知道把普通版當特別版發了就算了，你也不知道網路管道和實體書商管道是一樣的這種事肯定是書有問題？」

初禮氣得喘不上氣。

見小王一臉懵逼，她抬起手——

「好，我就算你真的搞錯了工單，那樣書呢？因為沒有提前打樣，合同上規定了提前三天寄樣書到編輯部，你為什麼沒有寄？合同上也清清楚楚寫了兩版封面必須都給樣書，我也打電話提醒你了，打電話的時候你難道還沒反應過來……」

「妳是打電話了，但是妳沒來印刷廠看啊。」小王面色蒼白，像是知道自己一串連環失誤闖了大禍。

「我天天來印刷廠盯著？別的書不做了？那合同是用來幹麼的！合同上寫了如

果我沒有天天來印刷廠看印一切後果自負嗎？」初禮雙手「啪」地一下拍在辦公桌上，那動靜彷彿是要把桌子都砸爛，「沒有說！然而合同上可是說了讓你們寄樣書的——《洛河神書》工藝比這還複雜我也沒天天天天來看印！怎麼《洛河神書》就沒問題！」

「我是生產線上下來的，業務不熟悉……」

「所以我讓你慢慢來，有不懂的問我，你問了嗎？第二版封面這麼大的一個檔放在那，你問都不問直接給我判報廢了……」

初禮氣得氣血都衝到了腦門上。

她拿出手機看了眼。

距離第一個讀者發出消息提出質疑剛剛過去三十分鐘，在過去的三十分鐘內，陸續又有幾十個人發現網路版和實體書店版完全一致。

別看目前只有幾十個人，其實這是一個非常可怕的數字。

如果不立刻處理，不到下午下班時間，這些同市當日領到書的人就能聚集起來直接把整個《月光》官博占領爆破……而接下來，他們就會去作者微博底下鬧，作者也一定會要求元月社給一個說法。

初禮意識到自己現在這會兒已經沒有時間再跟這個小王囉嗦，反正合同擺在那裡，沒有做到的是印刷廠，而現在她也不該繼續在這跟他糾結到底是誰對誰錯的問題……

既然出事了，那當務之急就是及時止損，爭個誰對誰錯沒有一點兒意義。

至少此時初禮還是這麼想的。

三分鐘後。

小王最後覺得，自己是被門外一個突然殺進來、身材高大且一身黑的男人救下來的——只見男人走進來，順手將撐在桌子上擺出能把他生吞活剝的初禮一把抱起來放桌上，然後在她沒反應過來時彎下腰替她將腳上的高跟鞋穿好。

這時候在小王的眼裡，這個高大英俊的冷面男人地位堪比晚禮服假面。

而此時，初禮出神地看著握著她腳踝的大手。

「有什麼問題，先回元月社再說，趕緊通知行銷部讓網路書商沒發貨的停止發貨，開始著手準備補償措施吧。」

初禮握著晝川的手從桌子上跳下來時，他能感覺到她手心冰涼，全是冷汗且在微微顫抖……

晝川停頓了下，什麼都沒說，只是扶著她往外走時才發現她走起路一瘸一拐的，看了眼她的腳，這才注意到之前先穿好鞋的那隻腳腫得老高，大約是剛才真的扭到了。

嘆了口氣，他三兩步走到她的跟前蹲下來。這一次初禮什麼也沒說，老老實實地趴到他的背上，脣瓣碰到他柔軟的髮，她蹭了蹭，彷彿這才回過神來似地說：「……我之前才和阿象說過，讀者知道編輯的存在並不是什麼好事，不出事還好，出事編輯就要遭殃了——」

「你說，」初禮趴在他的肩膀上小聲道，「你說我是不是烏鴉嘴啊？」

「嗯。」晝川無奈道，「那是挺烏鴉嘴的。」

「晝川。」

「嗯。」

抱在他脖子上的手微微收緊，趴在他背上的人在他脖子邊呵著溫暖溼熱的氣。

「腳疼啊。」

晝川步伐平穩，邁著步子往印刷廠外面走，直到兩人走出印刷廠大門，才淡淡道：「別怕。」

具體是「別怕」什麼，初禮倒是不得而知，她只是一改在小王面前那副吃人怪獸的模樣，整個人溫順得像是一隻被馴服的小狗崽子。趴在晝川的背上，她將臉深深地埋入晝川的頸窩裡，明明一想到微博裡那些已經出現和即將出現的質問就害怕得想要發抖，然而這次……

她卻破天荒地沒有哭。

回到元月社，初禮下了車，晝川看著她一瘸一拐地離開了，幾乎是不受控制一般跟著走下車。只是走了兩步，初禮便好像突然感覺到什麼似的回過頭，一看晝川遠遠一副要跟來的模樣，先是一愣，隨後抬起手衝著他揮了揮，然後勉強地笑笑。

晝川想說，這笑得比哭還難看。

但是他還是乖乖回到車裡，收到簡訊，初禮叫他先回去，他卻沒有動彈，只是回覆——

晝川：回到車裡已經是最大讓步，別得寸進尺。

晝川：去吧。

晝川：在這等妳。

初禮站在原地，盯著手機看了好一會兒，這才收起手機繼續殘疾人似地往編輯部裡走。等她好不容易挪到門口，這才發現，整個編輯部已經炸開了鍋……

每個人臉上的表情都是難看得各有千秋，尤其是于姚，拿著手機頭一次用這麼強硬的語氣說「這事印刷廠違約你們必須找印刷廠協助解決」……

至於此時此刻，官方微博下面的評論怎麼樣了，初禮根本不敢看。

行銷部、編輯部帶著各分部老大直接去會議室開大會，根據一波初步統計，發現網路預售大部分已經發貨，還沒來得及發貨的、還沒來得及運出去的全部緊急召回，但是就算這樣，還是約有八千本書已經在飛往購書者的路上了。

八千份。

「重新印書衣，然後補發給讀者。」初禮坐在桌子邊，「印刷廠自己違約在先，重新印個八千份書衣能要多少錢？眼下當務之急難道不是先找出方案安撫讀者情緒？」

「印書衣是不貴，運費呢？」梁衝浪看了眼初禮，「運費八到十塊錢，算八塊，八千份運費都六萬多塊，再加上重印書衣的錢，少說就是十萬出去了，這錢妳讓印刷廠承擔？」

「不承擔怎麼辦？」初禮挑起眉，「讀者怎麼辦？」

梁衝浪不說話，初禮眉毛抬得更高了些。

「這是國內前三大印刷廠唯一一個在G市裡的印刷廠，和我們元月社合作了很多年一直沒出過紕漏。」老苗適時接過話題，「接下來我們還有COS寫真集，各種全彩畫集要和他們合作——這些東西對印刷技術要求都很高，考慮到印刷技術和工藝成熟度還有合作程度，這些都是必須要在這間印刷廠做的，這個節骨眼要是出事了，難免他們不會繼續接我們的單，願意合作啊……」

初禮：「可是出錯的是它們，違約的也是它們。」

「承受不起賠償的也是它們。」梁衝浪淡淡打斷初禮的話，「誰都知道今年實體書比去年更加慘澹，年初印刷廠剛走了一大批老員工，青黃不接的，現在又要賠償的話，這印刷廠怕是要遭到重創。」

「重創怎麼了？擔心重創做業務認真些啊……不是，你們幫著印刷廠說話？」初禮簡直不敢相信自己的耳朵，「不讓賠？那讀者怎麼辦？」

「印刷廠賠償之後我們很難再合作了，搞那麼難看，人家還接個屁我們的單。」一個行銷部的人跳出來插嘴，「到時候書去哪印？到隔壁市重新找印刷廠合作，手上多少項目要停工，書印好了運費又怎麼算——妳知道這損失多大嗎？」

梁衝浪笑著看了眼他的手下道：「小馬說得對，我們要用長遠目光看。」

「哎呀。」老苗出來用息事寧人的語氣道，「出了這種事誰都不願意看到的啦，初禮妳當初小心一點兒，多去印刷廠走兩趟就不會出這種事了。」

話題突然就扯到初禮身上。

初禮站在桌子邊，視線從老苗、梁衝浪身上一一掃過，然後不意外地看見他們倆臉上的表情非常如出一轍……

這兩人穿一條褲子的。

初禮變得越發面無表情。

「這種事，能大事化小、小事化無最好了。」老苗說，「這年頭讀者也不像是那麼難纏的樣子，他們這會兒那麼氣，也不過是想要元月社給一個說法嘛。」

「對對對，給一個說法就行了，一分錢都不用花的，好好道歉就可以了。」梁衝浪說，「大家都不用花錢，又可以繼續合作，何樂不為呢？」

于姚、夏老師和初禮同時皺起眉。

于姚：「你們什麼意思，出這種事，印刷廠不背鍋，準備讓人去道歉解決？誰去？作者？」

夏老師：「就因為銷量不算太大，所以一分錢不賠償，乾脆裝死得過且過？你們這樣做書……」

「……你們就這麼敷衍讀者的？」初禮問得更直接一些，「讀者作了什麼孽跑來買書？」

「話別說這麼滿，」老苗直視初禮，「這事妳不能說一點兒責任沒有吧，責編責編，責任編輯，妳要是能稍稍往印刷廠跑勤快點兒，至於工單搞錯順序都不知道？」

初禮噎了下。

她想了想道：「好，這事算我有一部分責任——」

于姚在下面狠狠踢了她一腳。

她一愣，還來不及把「但是」說出口，下一秒就看見老苗和梁衝浪對視一眼，然後梁衝浪點點頭，笑容不變道：「對嘛，責編就是要負起責任來的，我看妳就去道個歉，這件事就過去了，讀者忘性大，氣兩天也就忘記了……妳就犧牲犧牲，其實也沒什麼，老闆剛打電話跟我說了，也是希望這事能夠和平解決。」

初禮聞言，一句「我放你個屁」到了嘴邊，看了眼夏老師一臉欲言又止的模樣，話又吞回肚子裡。

她突然弄明白一件事。

老苗和梁衝浪不管從前到底是不是穿一條褲子的，至少現在，他們倆是聯手起來了，這次出事對他們來說就是天賜良機，他們藉著「維持與印刷廠友好合作」、「印刷廠和元月社都不能遭受損失必須將損失降到最低」的說法，大肆發揮……

無論如何，都想弄死她啊。

就看她這麼不順眼？

「這鍋我不可能背的。」初禮一隻手撐著桌子讓自己站穩，腰桿挺得筆直，強忍著腳踝的疼痛盡量讓自己看上去沒那麼虛弱，「你們自己想想合理不合理，真正出錯的人縮在後面不出聲，把編輯推出來擋槍，我不同意！」

初禮一番話說出，整個會議室安靜了下來。阿象憋紅了眼睛；小鳥用資料夾遮住半邊臉，一雙眼瞪得溜圓；于姚也跟著皺眉看向夏老師。

夏老師說：「初禮說得沒錯，這事情我們還得再商量，別急著下定論。」

梁衝浪：「不急？你問問讀者急不急？」

于姚：「梁衡浪，你過分了吧！怎麼跟夏老師說話的？」

梁衡浪看了于姚一眼，不說話了。老苗笑呵呵道：「哎呀，老梁也是說實話，我看讀者真的再多一個小時都等不了了……你們再繼續糾結下去，事情鬧大了對元月社名譽有損耗的，老闆那邊也不好交代。」

散會後，初禮都不知道自己到底是怎麼回到晝川車上的，打開門坐上車，晝川什麼也沒說俯身替她繫好安全帶，初禮還像個木雕似的坐在車上。

打開手機，無視了官方微博下面鋪天蓋地要求討個說法的回覆，初禮麻木地刷了下微博，然後刷到的一連幾條，都是索恆發的——

【索恆：關於網路版預售版本出現發貨錯誤的事情這邊已經知道了，已經通知元月社那邊。】

【索恆：請大家稍安勿躁，相信元月社會給一個好的解決辦法的。】

【索恆：我也在等待結果中，請大家別著急啊。】

【索恆：……對不起。】

【索恆：要不大家退貨吧？】

初禮懸空在手機螢幕上的手指停頓。

她點開索恆的微博看了眼。

過去的日常微博裡，回覆大概都是二、三十條最多，有時候零轉發，個位數評論也十分常見；而今天索恆連續五條微博，倒是各個轉發評論統統上百，點開來看，全部都是——

「太失望了。」

「真心希望妳能復出，雙收版本支持，結果出了這種事。」

「心好累。」

「希望大大能給粉絲們一個交代吧。」

「五年老粉，收了三份網路版，早上大清早也去排隊買了三份實體書店版，現在面對六本一模一樣的書，無語到不知道說什麼好。」

「妳也是真的倒楣。」

初禮放下手機，將眼前的碎髮撥弄到腦後。

她平靜地看著窗外飛快掠過的風景，深呼吸一口氣，結果發現胸膛之中盡是壓抑，壓得她喘不過氣來。

索恆幾年微博沒熱鬧過一次，好不容易來了幾百個人一擁而入，卻全部都是這種……這種，不知道怎麼形容的評論和轉發。

但是讀者做錯了什麼？

作者又做錯了什麼？

怪誰呢？

二十分鐘後。

當晝川看著後視鏡、慢吞吞將車倒入車庫，坐在副駕駛座沉默了一路的人突然動了。晝川收回了後視鏡上的目光，將視線落在旁邊的人身上。

他看見她目光炯炯有神。

「這次的鍋，我背了。」初禮放在膝蓋上的兩隻手，從無力攤開狀慢慢握緊，「但是今兒我話放在這了，老苗和梁衝浪，必須死一個。」

晝川把車停好，下車，打開初禮那邊的車門，在她起身想要坐起來時，大手一伸將她摁回座位上，彎下腰將她的鞋脫下來，順手往後座一扔，拎起她的腳，嘖嘖有聲：「腫成豬蹄了。」

初禮前一秒還氣得發抖且覺得自己的霸氣宣言背後應該有懸崖、夕陽以及捲起的海浪背景，下一秒便被晝川舉著確實很像豬蹄的豬蹄品頭論足……

他怎麼這麼能拆臺？

初禮扶著他的肩膀：「我正在有氣勢地宣判老苗或者梁衝浪的死亡，你能不能也嚴肅點兒——」

晝川直起身，看著她，彷彿無聲在問：妳想在這裡繼續坐著然後凍死，還是走回屋裡？

初禮低下頭看看自己露在外頭瞬間被寒風吹得快掉一層皮的腳丫子。

……走走走。

有事回屋再說。

初禮伸出手抱住晝川的脖子，然後晝川一個使勁，便穩穩將她打橫從車裡抱出來，抬腳把車門關上，大步往家門走去。

「我記得剛認識你的時候你還是手無縛雞之力的晝川老師。」

「現在我可以抱起妳了。」晝川淡淡道，「要不怎麼說愛比千斤重，我支撐起了妳沉甸甸的愛，自然也能支撐起幾百斤的妳。」

「……老師，『愛比千金』好像是黃金的金。」

「我不管。」

「你這文痞。」

兩人走到屋子前，晝川將初禮放在二狗平常在院子裡溜達完、進屋前在門口擦爪子的柔軟墊子上。初禮歪著腦袋看他低頭開門的側顏，琢磨他扯開話題是不是不願意聽自己抱怨工作上的事，但是她受了那麼大的委屈呢。初禮正因此而有一些小小的鬱悶……

就在這時候，她突然聽見站在門前的男人頭也不抬緩緩道：「妳這人就是行動派，天天風風火火地說什麼就是什麼，八百匹馬都拉不住，倒是也不是什麼壞事，但是有時候就是覺得世界上怎麼有這麼傻的人——

「妳以為熱血漫畫啊，那些反派角色還能被妳講大道理講到自己暴斃？老苗和梁衝浪在元月社多少年了，元月社也沒見倒閉，妳以為他們除了臉皮厚就沒別的能耐了？是妳說弄死就能弄死的？」

面對突如其來一大串回歸主題的話，初禮一愣。

此時她正一瘸一拐地扶著晝川蹦躂到沙發上，坐下，她抬頭眼巴巴地看晝川。

晝川站在她面前平靜地回望她：「妳那麼有能耐，今兒個還用得著落到背全部大鍋的境地？」

「……」

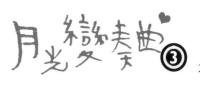

說得沒錯……初禮抿起唇。

晝川伸出手指點了點她的額頭：「動動腦子，想要動副主編位置上的人，相比起妳自己下手，還是找比副主編位置更高的人更加合適……」

那順其自然的親暱讓初禮微微一愣，有那麼一瞬間差點忘記自己是復仇者聯盟分隊小隊長的身分，她抬起手，若有所思地摸摸額頭——

他手指真粗糙。

初禮默不作聲之中，晝川已經挨著她坐下來，打開電視，電視裡傳來電視劇對話的聲音。晝川停頓了下，幾秒後才用漫不經心似的語氣道：「我聽說這次出事的作者是索恆，索恆和于姚關係好像一直挺不錯的……」

初禮瞬間坐直身體，瞪大了眼看著晝川。

「出這麼大的事，又是這種強行找個人背鍋吸引火力，其實並不打算解決問題也不打算挽救作者可能聲譽受損的事，放在我或者江與誠身上，梁衝浪他們怕是真的不敢——索恆就不一樣了，剛在妳手上有些死灰復燃意思的老作者……」

晝川蹺起二郎腿，揚起下巴，薄唇唇角一勾，「不過妳還是想像一下，如果我在妳眼皮底下，被小鳥那種平常妳都沒怎麼放在眼裡的人用同一種方式怠慢了——」

在她的眼皮底下，欺負她的人？

讓一堆讀者一擁而上圍攻晝川，一口一個「脫粉」、「失望」、「不會再支持」、「大大求換出版社」。

初禮腦補了下那畫面，然後發現……

果然光想想都氣得喘不上氣來。

「我能一把火燒光她的鳥毛。」

「嗯。」晝川轉過頭，笑咪咪地看著她，「所以現在于姚也是這麼想的。」

此時此刻，男人滿臉笑容的模樣，不知道為何和當年那個腦袋一轉、滿臉嘲諷說著「繭娘娘替老子洗腳都不配」的跩樣完美重疊……

人精老婊子還是那個人精老婊子。

「當自己的力量不足以抗衡時，學會藉助別人的力量。」晝川抬起手，摸摸身邊小姑娘毛茸茸的狗頭，「我還以為在我和我老爸的抗衡裡，元月社的存在和他因為元月社所以不得不做出的讓步、容忍已經讓妳意識到一些不同……」

戲子也還是那個出本書、簽個出版合同、不僅以後的路計算好還不忘記連自己的老爸都捎帶著算計一波的戲子。

初禮把放在自己腦袋上的大手拿下來，心想：「近墨者黑，你那麼邪惡，離遠點兒千萬別傳染我。」

……雖然她並不敢說出口。

「就算于姚生氣，她也不會幫著我，站在我這邊的。」初禮皺起眉說，「以前我和老苗吵架的時候，她都是各打五十大板……如果我現在去挑撥離間想搞點兒事，她肯定能察覺的，說不定還因為別的目的在利用索恆遭攻擊的事，適得其反，反而惹她討厭。」

「于姚是比老苗聰明得多，正面挑撥離間當然不行。」

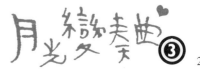

「你說怎麼辦？」

「妳這智商在宮鬥劇裡活不過三集。」

「而你至少是個娘娘，行了吧？」初禮摁住晝川的大手，「你有智商你先說。」

「用妳最擅長的啊。」

晝川轉過身，大手一把捏住她的下巴，微微抬起；同時另外一隻手也蹭上來，指尖若有似無地撩開她面頰的碎髮，帶來絲絲瘙癢……

被大手控制住，初禮的臉不自覺微微發紅，呼吸也變得稍微急促了一些。她抬起手，用相比之下簡直毫無力道似的雙手抓住男人扣住她下巴的手。

她感覺到晝川那略微粗糙的拇指腹掃過她的眼角。

緩慢下移，停留在她眼底的一小塊地方……

晝川那雙茶色的瞳眸沉了沉，看面前的人一臉完全狀況外、雙眼發光真心求指教的樣子，想要狠狠嘲笑她放完狠話智商就斷線；同時還想誇一誇，她瞪大了眼看著他虛心求教時的模樣，怎麼看怎麼都覺得真的可愛……

「怎麼就突然變笨了。」

「啊？」

「哭啊。」

「啊？」

「妳不就是這麼對付我的嗎？」晝川放開她的臉，懶洋洋地靠坐回沙發上，重新目不轉睛地盯著電視，「這招對我這種鐵石心腸的王八蛋都好用，對其他人肯定也好用……所以放心哭去，讓妳的眼淚給老苗在失業的黃泉路上開道。」

初禮蹺著那腫得老高的腳，坐在沙發上愣愣地看著晝川。

此時，晝川手裡握著電視遙控器，慢吞吞、一臉懶散地轉著自己想看的臺，當他說出「妳不就是這麼對付我的嗎」、「這招對我好用」時，語氣是那麼的自然且天經地義。

就好像他並不覺得這件事有哪裡不對一樣。

對於碰到她的眼淚，他就會覺得腿軟這件事，他意外的……表現得非常看得開。

……甚至還滿引以為傲的樣子？

伴隨著收到錯版網路書的讀者越來越多，網上的抱怨也越來越大，初禮沒有立刻發出道歉公告，是因為于姚和夏老師還在跟元月社爭取最後一線希望——這件事從保護作者、元月社聲譽的角度來看，他們無論如何都不希望是以「一個責編出來道歉然後結束」這種沒有任何實質行動的處理方式做為落幕。

因為編輯最懂作者。出了這種事，很快就會在作者圈裡傳開，以後再想和作者談合作，這將會是那些作者心中有所顧慮的一點。

但是元月社老闆不同意。

他完全被梁衝浪和老苗說服，介於他們現在在做的 COSER 寫真集和畫集一直以來在雜誌上的人氣都非常不錯，而這兩項項目已經啟動，不能失去與這家印刷廠的合作關係。

完完全全非常為難人的局面。其實元月社老闆也未必不懂以夏老師為首的編輯們堅持的原因，但是他最後還是選擇站在行銷部為首的梁衝浪這邊。

「為什麼啊？」初禮問。

「夏老師要退休了，」電話那邊，于姚停頓了下，「這一次是真的要退休了，因為上一次體檢結果表示各種情況下他都不適合再繼續工作下去……所以梁衝浪半邊屁股已經坐到副總的位置上。」

初禮抓著手機下意識地皺起眉。夏老師退休、梁衝浪上位，這意味著以夏老師為首的編輯一派從此以後可能會被徹底打壓下去……

掛了電話，初禮糾結得一晚上沒睡踏實，夢裡都是被梁衝浪和老苗扛著四十米大刀追殺的場景。

早上起來，初禮靈魂彷彿被掏空，黑眼圈厚重且惹眼，如同被鬼附身一般。她做了早飯端到餐桌上，在晝川身邊坐下。晝川正捧著手機打遊戲，這會兒正進行他的每日充值。

這遊戲是晝川最近接的一個小案子，對方花了十萬塊讓他替遊戲寫寫小段子……

然後他光打這破遊戲就花了十五萬。

初禮真心實意地認為世界上這麼智障的作者真的不多了。

「昨晚睡得好不？」低著頭玩手機的男人頭也不抬地問。

正想催促他快喝了柳橙汁別他媽打遊戲的初禮動作一頓，看著晝川低下頭認真打遊戲的模樣，心想他打字的時候怎麼沒那麼認真？然後又想到他新連載的大綱都沒交，再聯想到這人怎麼一點兒不配合她的工作啊，再再聯想到別提了她的工作都快沒了畢竟夏老師都要走了，再再再聯想到昨晚她在夢裡失去夏老師的庇護後被梁衝浪和老苗拿著四十米大刀追砍、她哭著喊晝川晝川也沒來救她……

火從心底起。

哼，還說喜歡她！

「砰」的一聲將柳橙汁往桌子上一放，初禮響亮地說了聲「愛喝不喝」，抓起包、腳下踩著憤怒的火焰摔門走了。

晝川被猛地響起的關門聲嚇了一跳，手機差點扔出去，抬起頭從窗子看了眼一瘸一拐往外走的人那堅決的背影，他一臉問號。

……他怎麼了？

……不就問她昨晚睡得好不好嗎？

晝川怎麼也沒想到自己是因為昨晚沒在初禮的夢裡英雄救美，導致本體早上被遷怒躺槍；而這邊初禮抵達了元月社《月光》雜誌編輯部，整個編輯部除了老苗以外，氣氛就像是火葬場一樣沉重。

初禮突然想起她第一天來元月社，那時候還覺得當時編輯部的氣氛就像是日劇一樣，每個人都有大大小小的毛病與工作態度，彷彿等待著主人公去一個個攻破——

然而現實就是……

日劇個毛線啊！

一年過去了，鹹魚還是這些鹹魚！

初禮走到自己的位置坐下來，坐下來時看了眼于姚；後者明顯也是昨晚失眠導致精神狀態極差，與初禮對視一眼，她搖了搖頭，然後又瞥了眼老苗——老苗正在哼歌替 COSER 即將要出的寫真集挑照片。

初禮調整了下自己的狀態，沒說話也沒有開QQ，而是打開官方微博，各種私訊、評論狂轟亂炸，她一一看了遍，心中那些個一晚過後稍稍平息的焦慮重新被燃燒起來，很快的就進入狀態……

然後她點開了索恆的微博，這才發現昨天那五條微博之後，索恆又接連發了兩條道歉微博，每一條都比上一條的語氣更加沉重。

下面的評論卻是毫不留情。

是的，大部分的讀者發現在拿出版社沒有什麼辦法的情況下，只能轉戰去找作者解決……可能是會鬧著要作者給個說法，也可能是一怒之下對作者表達失望之情，彷彿自己的滿心真誠都被作者辜負。

這其實很正常。

因為在讀者眼裡，作者在出版社的地位是不一樣的，作者會擁有很多話語權，所以發錯貨啦、書出現瑕疵啦，甚至是下了單沒收到跑去問作者為什麼別的讀者都收到了唯獨他的還沒有發貨的這種都有……

其實作者在這方面能做的不多，無非就是直接截圖或者複製貼上這些訊息給編輯問怎麼辦，而這些事情甚至連編輯都管不過來，行銷部那邊也不可能為了哪個單子去追問某家網路經銷商，最後也就不了了之。

作者賣完書、拿了錢後就翻臉不負責的屎盆子就扣了下來。

事件經過一晚上的發酵，索恆微博下的評論根本就是教人看不下去，初禮看了幾眼，突然就想到那一天她到編輯部時，坐在自己位置上的那個妹子：長髮、蒼白、整個人都透著精神緊繃和脆弱的氣息。她低著頭，她說她再也不想寫了，她受夠了。

這一刻，很奇妙的，坐在電腦前的初禮突然理解了那時候索恆的心情……做為文字工作者，也許確實和其他的工作者不一樣，他們來到這一行，初心大多數都是為了「喜歡」吧？

從高中時寫個八百字作文都哭爹喊娘，到靜下心來每天三千、六千、九千地寫作，一行行字敲下來，認認真真描繪自己想要向讀者展現的世界。

從有第一個讀者出現，笑著說「大大我喜歡你」時彷彿擁有了全世界的喜悅。

拿到第一筆稿費的歡欣鼓舞。

收穫越來越多的讀者，養成了多少年如一日更新，或者交稿之後不厭其煩地坐在電腦前面，等待著編輯的回饋、等待著讀者的評論，認認真真地看著他們對自己的作品發出不同的意見和討論，跟著讀者的情緒喜悅或者變得低落……

直到有一天。

當這樣最初的喜悅帶來的動力越來越遠，開始在意起自己的人氣。

開始在意起作品能不能賣得動。

看著同期別的作者大賣的笑臉，祝福的同時心中誕生的壓力。

編輯們可能會因為成績而造成的差別對待。

作品的販賣出問題時，讀者連帶著譴責商家，也不會放過作者的鋪天蓋地的討伐……

日積月累，終於爆發。

當索恆坐在這裡，哭著說出「我不想寫了」、「我受夠了」的時候，回頭看一眼當初剛剛入行成為一名寫手時快樂的自己原來已經那麼遠時，內心該是怎麼樣的絕望？

只是一個二十來歲的年輕姑娘而已，當別的同齡人因為辦公室鬥爭，幾個人在背後說閒話而被壓抑得整晚睡不著覺、情緒低落時，她必須面對幾百上千人的討伐——

索恆的微博上，那每隔幾個小時便發出的「對不起」，每一個字都像是刀割似的捅在初禮心上，刺傷她的眼睛。

昨天下午坐在晝川車裡的那種古怪而彆扭的情緒終於到達顛峰，她甚至都不用偷偷掏出準備好的眼藥水，大量的液體自然而然湧出眼眶，大滴眼淚「啪答」掉在面前的鍵盤上。

坐在位置上的于姚彷彿聽見了動靜，抬起頭看了她一眼，然後微微一愣。

老苗停止敲鍵盤和點擊滑鼠，轉過臉來，看了她一眼。

初禮抬起手抹了抹眼睛，站了起來。

「到此為止吧，我去微博發道歉。」初禮說，「就說是因為我的工作失職，導致印刷廠搞錯了工單順序；因為我的疏忽，編輯部才在印刷廠出貨之前沒有拿到樣書，這樣可以了嗎？」

眾人沉默。

初禮垂下眼，看著老苗，她的目光極其冷漠，哪怕此時此刻她的睫毛上還掛著淚珠。整個辦公室裡安靜得可怕，唯獨她一個人的聲音響起——

「但是，老苗，麻煩你轉告梁衝浪，我這麼做不是因為我妥協了、我怕了，或者是我認為你們做得對，我這麼做只是為了我的作者，如果那些受到了損失的讀者一定要找個人來給她們一個交代，那個人是誰也不應該是索恆。」

初禮語落。

短時間內沒人說話。

老苗沉默了幾秒後無所謂地笑了笑，說：「隨便妳，罵誰不是罵，妳能想開把事情解決就行。」

初禮也對著他冷笑一聲，重新坐回椅子上。

她眼角餘光看到于姚坐在自己的位置上看著老苗，以一種以前從來不會暴露在表面上的敵視目光。

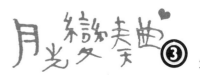

初禮打開微博，開始起草微博道歉文案，她麻木地敲擊著道歉的字眼，把一切攬到自己身上，內心終於漸漸的趨於平靜。

因為她知道，至此，其實已經沒她什麼事了。

接下來該是于姚登場的戰場。

初禮的道歉微博發出去，果不其然幾乎把所有的火力吸過來，什麼「天才編輯不過如此」、「晝川的那本怕也是僥倖」、「要不妳還是別做書了」之類的言論層出不窮，憤怒的情緒讓讀者們不自覺地口出惡言、否認了初禮做過的一切。

好在初禮對此早有心理準備。

她沒有個人微博，所以那些讀者罵也只能在官方微博罵，這讓人稍微有一種並不是被人指著鼻子罵的僥倖心理安慰。初禮知道，眼下在微博罵人，已經是這些吃了虧的讀者唯一能做的事情。

讀者對這樣的處理方式並不滿意。

索恆對這樣的處理方式並不滿意。

初禮覺得因此于姚對這樣的處理方式應該也不會太滿意。

滿意的大概也只有僥倖逃過一劫的印刷廠和節省一筆不必要賠償金的元月社而已。初禮不知道事到如今索恆會不會跟于姚說什麼，只是後來慢吞吞地打開QQ後，她收到了索恆的留言，就簡簡單單幾個字。

「憑什麼是妳道歉。」

初禮回她一個刪節號，跟著一個「沒事，妳寫妳的稿，記得趕緊交」，然後又分別點開了江與誠、晝川和阿鬼的QQ對話視窗，向他們追問稿子。

江與誠的《消失的遊樂園》已經給了全稿，初禮希望能請他再追加一個短篇……

江與誠：怎麼突然這麼急著要稿啊？

猴子請來的水軍：老師您打開《月光》官方微博看一眼，出這麼大事，我再不多拿點兒稿子回來證明一波自己，屍體都要涼透了呀！

江與誠：……

猴子請來的水軍：……搞不？

江與誠：妳都開口了。

猴子請來的水軍：老師，你偶爾真的有韓劇男主角氣質的，下本試試寫言情吧，男主角按照自己的人設來，一定紅。

江與誠：哈哈哈，為了稿子妳真的什麼鬼話都說得出，妳別喜歡晝川喜歡我的話，我日更兩萬替妳寫一輩子。

猴子請來的水軍：……

接著是廢物阿鬼。

在你身後的鬼：怎麼突然那麼急著跟我要稿！不是說下週交也來得及嗎！上吊還要喘口氣呢！

猴子請來的水軍：上吊？我已經上過了，現在屍體正在《月光》官方微博首頁迎風飄蕩，參觀請排隊。

在你身後的鬼：……我看見《月光》官方微博了，被爆破，真的慘，四千評論裡有三千五百在問候妳祖宗十八代。

猴子請來的水軍：知道更慘的是什麼嗎？

在你身後的鬼：什麼？

猴子請來的水軍：妳不交稿，我失業。

在你身後的鬼：……

最後是文痞晝川。

晝川：沒稿可交啊。

猴子請來的水軍：之前答應過我的長篇連載大綱呢!?

晝川：不知道寫什麼好，這不在想著嗎？晚上吃什麼啊。

猴子請來的水軍：食吾大屌！

晝川：……

猴子請來的水軍：可以，吃俺老孫一棒。

晝川：妳可不可以斯文點兒？

晝川：。

猴子請來的水軍：。

初禮背負著萬千罵名，在微博被輪來輪去輪了三天三夜，卻從頭到尾默不作聲，她在做的事情只有一樣，那就是活蹦亂跳地跟手下的四名作者催稿。

第十章

四天後。

當所有人都以為「這件事就這麼算了，初禮背鍋，謝謝她」的時候。

初禮帶著三篇連載外加兩個短篇故事、前後加起來快十四萬字的稿子來到于姚的辦公桌前，這是整個《月光》雜誌四月刊即將用到的稿子。她將稿子交給于姚，于姚粗略估算了下大概的篇幅也震驚了。

「這麼多字啊！」于姚說，「往常十四萬字都有可能是全部稿件的當月刊登量了，這回光妳帶的作者就占了那麼多，小鳥那邊還有兩個作者的短篇呢……那四月刊的小說所占篇幅比例得加大啊！」

「作者突然都爆字數啦。」初禮笑嘻嘻道，一臉無辜，彷彿把菜刀架在作者們的脖子上要求他們多憋幾千字的人並不是她，「索恆一向很乖的日常爆字數，真正難得的是另外三個富樫義博也有這麼勤勞的時候。」

「咦，是嗎。」

「最近亂七八糟的事情那麼多，他們沒有棄坑逃跑已經算很給面子了。」

「那行吧。」于姚點點頭，也跟著笑道，「難得作者們這麼充滿幹勁，那我們當然也接著，字數多點兒沒關係，這次就縮減別的欄目篇幅頁數就可以了——」

于姚話語一落，老苗那邊有了反應。

他原本安安靜靜坐在自己的位置上，彷彿耳聾一般對初禮和于姚的對話充耳不聞，這會兒一聽「縮減別的欄目篇幅頁數」幾個字後，他立刻詐屍了，椅子往後一推，探了個頭出來：「等等等等……什麼東西啊，每個欄目篇幅固定的，哪能說縮減就縮減？這都什麼時候了才說要修改篇幅？COSER專欄這次做了個櫻花祭專題，光照片都弄回來三十幾張，我正愁版面不夠呢，妳們還要縮減？」

初禮回過頭看著老苗，臉上原本面無表情，在直視了老苗那張懵逼又憤怒的臉時，她脣角突然往上勾了勾。

責任編輯所負責的作者、欄目占的篇幅越多、上稿率越大，在編輯部的地位就越高、越穩固，這都是老苗當初「言傳身教」親自教給她的。

現在她出師了，終於可以腳踏實地落實一波自己的聰明好學……

怎麼樣？

驚喜不驚喜？

意外不意外？

看著初禮臉上的表情，老苗先是微微一愣，隨後聽見坐在初禮身後的于姚不疾不徐道：「《月光》是小說類雜誌，沒有為了多放圖片而刪減小說內容的道理……再說了，不說江與誠和晝川，就算是鬼娃也算是個小有名氣的作者，至於《遮天》這幾期的人氣有多旺，如果你沒瞎應該也看見了。你要刪減他們的稿子內容，準備刪誰的？江與誠啊？還是晝川？」

老苗：「可是我這邊照片的後製都好了，我排版都規劃一半了！」

于姚聳聳肩，語氣輕描淡寫：「刪一半囉。」

老苗皺眉：「這麼麻煩的事，總不該我來做吧，誰讓刪就誰——」

于姚挑眉：「哇哦，不該你來做誰來做？我嗎？」

初禮並不能控制自己的唇角上揚的弧度。其實她也不用控制，畢竟她等待這一天已經等待很久了。

此時此刻，整個編輯部只要不是雙耳失聰的都已經嗅到了空氣中濃重的火藥味，大家紛紛一臉懵逼地抬頭看著于姚和老苗之間的硝煙戰場。

「這點兒事情都不能自己解決，是不願意解決？還是懶得解決？」于姚笑了笑，彷彿開玩笑一般道，「大家都很忙的，初禮和小鳥手上都有一大堆稿子趕著校對，我這還要進行《消失的遊樂園》三校，你還能指望誰來弄啊？我給你鞠三個躬請你出山好不好？」

老苗噎了下，這會兒終於意識到于姚話裡的不客氣和找碴，頓時臉色變得有些難看：「妳這樣說話就沒意思了……」

「不然怎麼說話？喔對了，反正你什麼事都可以跳過我做好決定的，突然收到我的命令是不是不習慣？」

于姚臉上的笑容消失了。

「不然我叫你老闆好啦？」

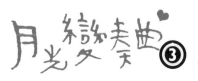

于姚站起來，雙手撐在桌子上：「我不如把話挑明了吧——我希望在座的每一位都能清清楚楚聽明白我今天所說的話——我之前睜一隻眼、閉一隻眼，只是希望大家能夠和睦相處，把咱們這本《月光》雜誌做好，有一天能夠比肩《星軌》……但是也許是因為我太好說話，或者過於沉默，總會讓人產生一種錯覺，我這個主編的存在可有可無。

「我以前在《星軌》帶的作者沒有二十也有十一、二，現在都是叫得上名字的大神，最差的手上也有二十萬銷量的暢銷書——這麼說吧，你們手上的作者資源，沒有我出馬談不下來的，因為我是主編，《月光》雜誌我說了算，跟我談比跟你們任何一個人談都簡單有效且直接。

「既然如此，人家為什麼還要和你談？

「所以希望有些人不要老惦記那些小算盤，覺得能夠越過我，透過和別的部門的人聯手，站到自己不可能站到的高度……這都是不切實際的幻想。

「編輯部，除了我，沒有二把手。」

于姚一句一頓，說完，穩穩坐回了自己的位置上。

老苗閉上了嘴，像是看剛上岸的哥吉拉似地看著于姚。

編輯部眾人紛紛目瞪口呆，連平日裡最狀況外、幾乎隱身的老李都放下了手上在做的排版，伸手推了下身邊的阿象，用眼神詢問她發生了什麼事。

小鳥目光閃爍，不知道在想什麼。

此時，氣氛緊張到像是一根繃緊的弦，大家的呼吸都是小心翼翼的，地上掉下一根針都能聽見的這種比喻，實際情況大概也不外乎如此。

如此氣氛中，站在距離于姚最近位置的初禮卻笑了。

「哎呀，多大點兒事，老苗你就把照片刪一刪、搞一搞就行了，也就是刪二十來張，不是還剩七、八張可以用嗎？大家好好說，和氣生財嘛。」

初禮踩著高跟鞋，回到自己座位拉出椅子坐下，並替老苗補上了是時候的最後一刀——她能感覺到當她用飽含嘲弄的語氣說「和氣生財」時，老苗大概已經要被氣得暈厥過去。

而此時此刻，編輯部裡依然安靜得可怕。

人們終於意識到，《小神仙》的事並不是就這麼過去了，前幾天的風平浪靜只是一個前奏，現在，正是暴風雨欲來時。

這天下班，初禮沒有加班。

她到家的時候天還有些亮，晝川躺在沙發上打他接案子的那個手機遊戲，聽說迄今為止他已經花了十七、八萬，遊戲專屬客服都有兩、三個了，天天追在他屁股後面叫「小哥哥」，就差問他需不需要特殊服務。

這導致初禮每次看到他打遊戲時都會湊上來嫌棄一、兩句。

當晝川聽見玄關開門聲，反射性地從抖著腿、四仰八叉躺在沙發上的姿勢坐起來，順手關了遊戲的背景音效，捧著手機一臉嚴肅：「今天回來那麼早，別是被開除了吧？」

「你才被開除了。」初禮彎腰換上拖鞋，「在打遊戲吧，音樂開那麼大聲，站在門外都能聽見，我開門才關掉有什麼用啊？」

晝川不小心想起自己小時候被老媽摁著腦袋練鋼琴，每天他媽去買菜，前腳剛走，他後腳就從鋼琴上爬下來去看電視，然後在聽見樓梯有動靜的那一秒飛奔關掉電視並重新爬回鋼琴前……

直到某天他老媽靈機一動摸了一下電視機後面，發現電視機是熱的，把他拎出來胖揍一頓。

猝不及防回憶起童年陰影讓晝川挑釁似的把遊戲音效開到最大。

結果他抬起頭瞥了眼初禮，卻發現她一改前幾日烏雲密布、走到哪彷彿腦袋上都頂著一朵在下雨的雲的模樣……這會兒她樂呵呵的，絲毫沒有要教育他的模樣。

晝川退出遊戲，吵鬧的遊戲音樂聲停止後，客廳一下子安靜下來，他眼珠子跟著在客廳來來回回走動的小姑娘一起來來回回，半晌，終於忍不住好奇問：「元月社爆炸啦？那麼開心？」

「元月社沒有爆炸，老苗爆炸了。」初禮打開米桶，伸腦袋看了看裡面的米，「今天老苗被我們老大懟了一波——我們編輯部，沒有二把手——哈哈哈哈哈哈老大刻薄起來像轟炸機似的，比你刻薄多了。」

「最後那句可以不用加上的。」

「上次你說的確實有用，我就知道我週一那一場辦公室痛哭流涕的眼淚沒有白流……」初禮淘米淘一半，從廚房裡探出半個身子，溼漉漉的手朝客廳沙發上的男人比了個大拇指，「多謝提醒。」
晝川看著站在廚房裡的人。
三、四天了，她第一次像個活人一樣。
之前回到家都是啞巴似的沉默，抱著手機、咬著下脣、一言不發地埋頭刷微博；此時的初禮說話的時候眼裡有光，脣角上揚成一個不懷好意的弧度，那模樣看起來欠揍又可愛。
她的頭髮被外面的風吹得有些凌亂，鼻尖被凍得通紅，這會兒像個無尾熊似的扒在廚房門框上，探著半個身子看著他……
穿著他買的室內靴。
站在他的家裡。
他的人。
坐在沙發上的男人心中一動，稍稍坐直，脣角也忍不住跟著微微翹起，他對視上她的眼，嗓音低沉：「錦囊妙計向來不是免費的，該給我一點兒什麼獎勵？」
扒在門框上的人稍稍愣住，還沒來得及問晝川想要什麼獎勵，這時候看見他大老爺似的坐在沙發上，抬起手，無聲地點了點自己的脣。
「……」
初禮用了三秒，搞懂了他的意思。
臉「噌」地通紅，像是煮熟的蝦，她「哎」了聲，整個人縮回廚房裡，額頭抵著門邊冰涼的牆壁，眼睛瞪得老大，面頰通紅，心跳飆升到用醫療儀器一測就能響起高度警告！

與此同時。

坐在沙發上的晝川眼看著她消失在廚房門後，只是門框邊露出的裙襬一角顯示她並沒有走遠而是縮在牆後。茶色瞳眸含著淡淡笑意看著那一角裙襬，直到看著它小幅度地搖擺——

下一秒，腳上穿著室內靴的小姑娘一陣風似的從廚房颳出來，來到他的面前，捧起他的臉，飛快地在他的脣瓣上輕啄一下！

那柔軟而微冰涼的觸感在他的脣瓣上胡亂蹭過。

在她深呼吸一口氣想要逃離時，晝川稍稍挺直上半身，然後大手扣住她想要挪開的腦袋，輕而易舉地加深了這個吻……

舌尖探入齒關，她嘗到了他嘴裡的淡淡菸草味，大腦一片空白只來得及想到「啊這個人又偷偷抽菸難道是卡文了嗎」——只是愣神片刻，便讓他抓住機會，舌尖交纏的一瞬間……

不是第一次了。

初禮還是有點腿軟。

「……嗚……」

對方過於直接的索取讓她發出招架不住的嗚咽聲，她笨拙地拚命想要呼吸，憋氣憋到滿臉通紅，他卻惡劣地不肯放過她，將她親吻至脣角泛紅，那雙好不容易在今天變得明亮的眼微瞇起，泛起水光。

彷彿過了一個世紀那麼長的時間，當初禮感覺自己的骨頭在一毫米、一毫米地坍塌變軟時，男人終於放開了她。

她貪婪地呼吸一口空氣，連連後退幾步，左腳笨拙地踩到了自己右腳後跟，然後「啊」地小小尖叫一聲，四腳朝天地翻倒在沙發上。

與此同時，她聽見男人帶著笑意的聲音在頭頂響起。

「我說讓妳今晚做點兒好吃的犒勞我，妳想到哪去了？」

「……」

在男人惡劣的調侃中，初禮抓起腰下的沙發抱枕，想要砸死他；但是想了想，好像還是捂死自己更快一點兒，於是又將它死死地捂在自己紅得大概能滴血的臉上。

晝川站起來，面帶慈愛笑容地將那個抱枕從初禮的臉上拿起來：「如果有一天妳即將要被抱枕捂死，那也應該是被妳催稿逼瘋的我親自動手，妳別搶我這項珍藏一年保留至今的娛樂活動。」

「……」

在晝川即將把抱枕拿開時，一只小爪子猛地伸出來拽住抱枕另外一邊，往回拽了拽，並從抱枕後面探出來半張小心翼翼的臉——那張臉還因為缺氧而變成了好看的緋紅。

她眼角溼潤，髮絲微微凌亂：「老師……」

晝川臉上的笑容一頓。

他是擁有正常生理需求的健康成年男性，他也會有慾望。

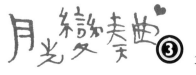

這也就意味著，當一個小姑娘像是小鹿似地瞪著溼潤的眼，小聲而軟糯地叫他「老師」的時候，他渾身的血液會因此而沸騰、奔騰，然後無法抑制地湧向……下半身的某個地方。

喉嚨微微發緊，他的眼色沉了沉，再開口時，嗓音有些緊繃：「有話就說，又想提出要看我處女作寫了什麼或者是大綱就免了，無論如何我都不可能──」

「咱們這算是戀愛了嗎？」

「……」

初禮的語出驚人讓晝川的聲音瞬間消失，彷彿被切割到另外一個次元。在晝川陷入短暫沉默與愣怔的寂靜之中，初禮抓著抱枕的手微微收緊……就好像此時此刻握在她和晝川手心的是一個拜堂用的紅繡球，而不是簡簡單單的一個抱枕。

「我我我我，其實我也就是隨便問問，畢竟都這樣接吻兩次了……啊，這是接吻肯定沒錯吧，不然還能叫什麼──」初禮說著低下頭，聲音小了下去，「可是我又不確定到底是不是……」

「為什麼不確定？」

「……」

因為哪怕真的已經有了兩次接吻，但是不幸的是，都是我在主動。

而我喜歡你──

主動親吻你這件事，看上去好像也可以是因為「喜歡你」而做出來的舉動。

但是「談戀愛」卻是雙向的啊？

初禮瞪著抱枕後的圖案看了一會兒，隨即感覺到手中的抱枕被男人一把抽走，男人扔開了抱枕彎下腰正想說些什麼……她卻一下子從沙發上跳起來，扔下一句「算了當我沒問我繼續去做飯」似的話語——

然後落荒而逃。

晝川直起腰看著她慌慌張張的背影，那茶色的瞳眸變成了暗沉的深褐色。從他的角度正好可以看見初禮夢遊似的將幾勺鹽認認真真地倒進淘好的米中，然後小心翼翼蓋上蓋子，調整好煮飯時間。

晝川：「初禮。」

他語落的一瞬間，挑眉看著原本背對著他、正抓著一包鹽的背影瞬間緊繃，抓在她手中的鹽袋發出「嘎吱」一聲，她沒有回頭。

有些人年近三十，沒談過戀愛，其實放在現代社會來說這並不稀奇，至少頻率高到這個屋子裡一共就兩個大活人，結果倆大活人都是這種類型。

但是做為其中一個大活人的晝川，沒吃過豬肉好歹也看過豬走路。

不像某人，實在就像是這輩子沒有見過「豬」這種生物似的，這會兒懵懵懂懂一腳踏入豬圈，豬「哼唧」一聲都能把她嚇得哭爹喊娘，在豬圈裡蹦躂著，拚命邁著小短腿，想要光速逃亡……

晝川無奈地嘆了口氣。

算了算了。

「我只是想告訴妳，煮白米飯不用放鹽。」

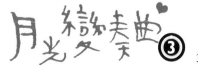

晝川斜靠在廚房門邊懶洋洋提醒，聲音輕柔溫和。他說完後，眼睜睜看著站在流理臺邊的小姑娘猛地一愣之後像是才從夢中清醒過來般尖叫一聲，手忙腳亂打開電鍋，又扣上，拔掉電源，再重新打開，端起電鍋內鍋放到水龍頭下，重新淘米。

她垂著眼、咬著下脣，一臉懊惱的模樣。

晝川抱臂在她身後不遠處看著，總覺得自己再看個十幾、二十年怕是都不會覺得膩。

但是他不能告訴她，免得下一次她把整包糖都倒進白米飯裡。

晝川看了一會兒，感覺自己再繼續站在門口到明天天亮怕都吃不上飯了，於是大發慈悲地轉身離開。他離開的時候故意加重了腳步，並假裝沒感覺到身後立刻投到自己背上的目光。

晝川前腳剛走，初禮重新扣上電鍋，抓起手機——

猴子請來的水軍：啊！

消失的L君：……毛？

猴子請來的水軍：你覺得戀愛的定義是什麼啊？

消失的L君：什麼是什麼？

猴子請來的水軍：我問你呢！你問我！我想知道我和晝川現在到底算什麼……好像總覺得如果互相喜歡的話，在一起是理所當然的吧，也會擁抱、吃飯、散步，算是約會的一種吧，說起來接吻也有過兩次了。

消失的L君：妳只是想藉著「我戀愛了」這個藉口通知我一聲我頭上的草三尺

高了？知道了，謝謝通知。

初禮並沒有理會L君的調侃，她一邊切菜，一邊彎下腰微微眯起眼，用溼漉漉的手戳著手機。

猴子請來的水軍：可是好像都是我在主動的啊！連表白都……

消失的L君：是先主動就會覺得虧了還是怎麼著，這種東西有什麼誰先誰主動的啊！

消失的L君：妳到底想問什麼!?

猴子請來的水軍：我就想知道這種情況下算不算戀愛……

消失的L君：妳和路人吃飯、擁抱、接吻嗎？

猴子請來的水軍：……那倒是沒有。

消失的L君：那妳還問!?

猴子請來的水軍：…………嚷嚷什麼，我不是不確定晝川先生是不是也這麼想嗎？

消失的L君：妳親他時他不情不願了還是躲開了？

L君的問題讓初禮下意識抓緊菜刀，看著廚房的天花板想了想，她的臉又有要變紅的趨勢，連忙低下頭「噠噠」打字。

猴子請來的水軍：他，呃，沒躲開啊。

消失的L君：那妳還要我分析什麼？還想要我分析什麼？

猴子請來的水軍：他不夠主動T_T

消失的L君……

廚房外。

盯著那兩條可憐巴巴的麵條眼淚顏文字，坐在沙發上的晝川簡直無語問蒼天。

主動？妳他媽倒給老子個機會，還沒湊近妳就嚇得跑得比猴子還快，老子怎麼主動，老子倒是想把妳——

咦。

哎。

算了算了。

第二天。

初禮眼底下依然有著濃重的黑眼圈，她在餐桌邊落坐的時候，正靠在椅子上用手機看今日新聞的男人掀起眼皮掃了她一眼。

「昨天不是欺負了老苗一波後心情不錯？怎麼黑眼圈還是和去作賊了一樣？」

初禮：「……」

能說是想你想的嗎？

一場戀愛，初禮覺得自己談得鬼鬼祟祟，談出了作賊的風采……她也很討厭自己這種患得患失的心情，這種時候更加不敢像以往那樣去看晝川微博和書評，因為看見那些少女粉絲們的誇獎和吹捧，她就越發覺得她的晝川先生真的十分優秀。

她……

到底何德何能啊，大概也就是沾了「近水樓臺先得月」的光，或者壓根就是晝川覺得她做飯好吃，如果哪天她做飯變得不好吃了，他就會——

初禮坐在桌邊，目光小心翼翼地在不遠處男人臉上掃來掃去。這會兒他坐在桌邊，還戴了個金邊眼鏡，面無表情地低頭看著手機的時候，額前有一綹髮絲垂下遮住他的眼睛。

……他很少戴眼鏡的。

……沒想到一戴上眼鏡，整個人氣質都變了，像斯文敗類，彷彿下一秒就能去友情演出《鬼畜眼鏡》。

……雖然是很好看沒錯。

……主要是他本來就好看。

……她的晝川。

等初禮反應過來時，她已經把自己的爪子伸過去，小心翼翼地將那綹髮絲撥弄了下。

晝川感覺到額間被柔軟的手指觸碰，抬起眼安靜地看著她，她反而是被嚇了一跳的那個，猛地縮回手：「我我我，看、看你頭髮遮住了……」

晝川抬起手撥弄了下頭髮：「好像是好久沒去理髮了啊。」

旁邊的人臉紅成番茄醬。

晝川若無其事地放下手機：「妳這幾天忙完找一天早點下班，我去接妳，我們去外面吃飯，然後陪我去理髮吧。」

男人平淡地提議後，初禮沉默又鄭重其事地點點頭，就像是領到了什麼重要的任務：「好，等四月刊送印，我就不加班。」

她說著又抬起頭，看了眼晝川，想問他這算不算是要去約會了、不帶二狗那種的二人世界，但是話到了嘴邊又吞嚥回去。她重新低下頭，胡亂吃了兩口早餐，抓起帆布包就急急忙忙出門了。

晝川在桌邊沉默半晌，也不知道和誰吐槽好，只能抓起手機隨便找了個人——

晝川：初禮怎麼能這麼害羞，平時上班和同事交流真的不會有障礙嗎？

于姚：害羞？你說誰？

于姚：你再說一遍。

晝川：……

初禮到了元月社，距離上班時間還有半個小時，她坐到位置上就看見了昨晚送過來的校對紙本稿，紙本稿最上方夾著一張小紙條，上面是夏老師對於阿鬼那篇即將在《月光》雜誌長篇連載的《利維坦》前三回連載稿子的審批意見。

字體龍飛鳳舞。

故事生動有趣，情節豐富，引人入勝。

文章中有過度美化同性戀、雞姦情節傾向，詞句描寫需要進行修改，正規出版物盡量杜絕粗痞話、過於露骨、或者暗示性的性行為描寫。

需要加強文章積極向上的立意定義。

初禮一個人坐在桌子前面對著「同性戀、雞奸情節」這復古的七個字笑了十分鐘，抹了把笑出來的眼淚，打開紙本稿的一瞬間又笑不出來了。

除了之前已經找到的錯別字，整篇文被夏老師勾勾寫寫到祖國山河一片紅。

初禮認認真真看了一遍，發現五十五歲回聘高齡直男夏老師，嗅覺如獵犬般地把她這個看慣了耽美文已經變得麻木、習慣性覺得沒問題的東西全部找出來——

比如，男二大副對男主二世主船長說：信不信老子操得你下不了床？

比如，男主二世主船長對男二大副說：脫了褲子比一比，怕你自動張開雙腿。

比如，在兩個人都有手有腳的情況下，男二幫男主洗澡，洗完了還掐了男主一把屁股。

比如，男二和男主一夜同室而眠，其他船員在甲板上一臉興奮地討論他們一夜幹了幾次。

比如，男二抱著男主，猶如抱著失而復得的寶藏——此處引用原文。

初禮默默放下了紙本稿，這次連QQ都懶得開了，直接抓起手機撥通一個號碼。

那邊響了幾聲才被人接起來，一個女聲迷迷糊糊地「喂」了一聲：「猴兒？咋了啊，大清早的？」

「妳還問我咋了，我讓妳寫《月光》連載長篇時候，告沒告訴過妳最近嚴打啊，內容一定要把持住，告沒告訴過妳我們總編大大是五十五歲高齡直男？」初禮抓著手機，劈頭蓋臉地訓了阿鬼一頓，「妳一言不合開什麼車！」

「我沒開車啊！」

「沒開車！妳說妳沒開車！妳男二都掐男主屁股了！」

「……啊？噗哈哈哈哈哈哈哈哈哈哈哈哈哈哈哈哈哈哈！」

「我去你媽的！」

「馬的大清早的被妳笑精神了哈哈哈哈哈哈哈哈男二掐下男主屁股都不行啊，已經很克制了耶！」

「妳去跟文化部說，去跟員警說，妳已經很克制了，看他們理不理妳。」

「哎呀妳這句刪了不就行了。」

「刪了前後接不上了，還有一大堆要改的東西，還好四月刊第一回要改的地方基本沒有，否則過兩天要排版、落版、送印都來不及——夏老師說的，妳那些同性戀、雞姦情節的玩意……」

「哈哈哈哈哈哈哈哈哈哈哈妳說什麼，同性戀什麼？什麼鬼哈哈哈哈哈哈哈哈哈哈哈哈哈哈哈哈哈！」

「我他媽怎麼就想不開邀請妳這種玩意來替我寫連載稿啊！」

「後悔啊，遲了。」手機那邊笑得上氣不接下氣，「妳稿子傳來，看看哪裡有問題塗紅了，我睡醒了修改一下就是，哎呀，掐個屁股而已，夏老師怎麼那麼敏感的。」

「不是夏老師敏感，現在在嚴打，四月刊上的時候尤其是嚴打風最嚴重，所以還是小心為妙——你們網站不也把『耽美』分類統一改『純愛』了嗎……網文都這樣了，出版物更嚴。雖然是自欺欺人，總覺得這樣的行為很可笑，但是人在江湖走，還是乖一點兒，畢竟大家都不想坐牢的，我們老闆尤其不想。」
「知道了、知道了。」
阿鬼那邊應著，掛了電話。初禮這邊也掛了電話，又認認真真把第一回審了一遍，再站在夏老師的角度把第一回又審核一遍，修改個別露骨詞彙，折騰了大半個小時，等阿象上班時才把第一回修改稿發給她，讓她排版。
每個月的這幾天大家都會很忙碌。
儘管如此，老苗還是踩著上班的點來到編輯部，放下包，屁股還沒來得及落椅子上，就被于姚指揮著把某些合同親自送到法務部那邊去。
「這種東西隨便找個人送就行了，為什麼偏偏是我啊？」
「過幾天四月刊就要落版交印刷廠了，大家都忙著。」于姚頭也不抬地擺擺手，
「你跑一趟怎麼了，委屈你高貴的腳了啊？」
「那我還有封底文案要寫呢，這期輪到我寫這些破玩意了——」
「寫那東西要得了幾分鐘，你到底去不去？」
老苗一臉無奈，看著挺想爆發的，但是介於對方是于姚，所以忍啊忍又忍了下來，碎碎唸地抱著資料夾去了。
他回來之後，坐下來寫封面、封底文案時，把鍵盤砸得啪啪作響，就好像生怕人家不知道他有所不滿似的。
「最近和諧風吹過，老苗你寫封面和封底的時候記得——」
「要妳說，我是副主編還是妳是？」

「……」

隨便你囉。

初禮聳聳肩，脣邊掛起一抹冷笑。

于姚和老苗的戰爭自索恆的事情以初禮道歉做為終結後，就再也沒有停下。

這幾日老苗的日子過得苦不堪言，最慘的一次大概是中午午休大家準備吃飯，于姚不知道從哪兒得到了靈感，突然叫老苗沒事幹的話，把門口擺著的魚缸洗一洗。

……那魚缸大到把小鳥扔進去她能被淹死在裡頭。

初禮看了眼魚缸，再看了眼臉發綠的老苗，心裡笑到打跌，在旁邊「呀」了聲，幸災樂禍且狗仗人勢道：「這魚缸可有點兒大啊，小鳥妳要不要幫幫老苗？」

小鳥狠狠瞪了她一眼。

初禮樂呵呵的。

老苗被逼急了，扔下一句「有病吧」，直接拎著包走人，這一走下午就再也沒回來過，也不知道跑哪兒去了。

正好這一天是四月刊落版日，中午把東西送給印刷廠後，下午沒事幹，初禮他們就捲著袖子一起熱熱鬧鬧地把魚缸洗了。

一年前，初禮剛剛上班時，那一魚缸號稱「穩定生態環境」的鸚鵡魚自相殘殺得只剩下一條，現在早就換上了七、八條錦鯉，此時此刻五顏六色地在魚缸裡游來游去，賞心悅目；之前被咬得不要不要的清道夫魚也回到了魚缸裡，扒在魚缸壁上，悠悠哉哉。

一夥人洗完魚缸後，收拾收拾就準備下班。下班前，初禮習慣性地回到桌子前，最後檢查了一下落版的版本，此時編輯部的人已經走得差不多了，只剩下初禮和還在替索恆看稿的于姚。

初禮認認真真地把整本四月刊翻了一遍，特別是老苗負責的幾個版塊。即將翻閱結束，整體來說基本沒有問題，初禮挑挑眉正難以掩飾心中的遺憾，告訴自己準備等下一期再找機會時，這時候她滑鼠「喀嚓」一下點到封底，然後就看見了偌大幾個字——

「黑白配，船長大副配。

黑白配，男生男生配。」

初禮唇角上揚。

下一秒恢復直線。

她臉上做出一個驚訝的表情。

「哎呀，老大，妳看這個封底啊，老苗怎麼這麼寫的！」

此時，已經是晚上六點半，印刷廠那邊已將四月刊製版，晝川的車也在元月社大門八百米開外的地方作賊似的等著了，一切彷彿塵埃落定。

于姚看見那個「男生男生配」後，整個人都露出了窒息般的表情，隨之而來的是排山倒海的殺氣，她二話不說拿起手機打給老苗。

此時老苗正在一個距離元月社一千米不到的地方和人聚餐，接起電話來，聲音聽上去醉醺醺的，並且拒絕回來加班改版。

「可以，你要嘛現在回來，要嘛永遠不要回來了。」

于姚撂下了這麼霸氣的一句話，掛了電話抬頭一看，初禮那邊已經在打電話給印刷廠，連連道歉並麻煩印刷廠的人幫忙重新製版，因為這個封底肯定是用不了的。

在和諧之風吹拂之下，元月社老闆還特意強調注意響應國家號召，這會兒確實沒人敢拿這個開玩笑。老闆不知道還好，知道了的話，到時候就是一場連美編都難以逃脫的大型連坐……《小神仙》剛捅出樓子沒多久，這會兒再出事，明年還有沒有《月光》雜誌這件事怕是都難說。

好在印刷廠那邊因為一直與元月社的各雜誌合作，出這種事雖然大家都不願意看到卻也還是答應等待新的檔案傳過去重新製版。初禮掛了電話和于姚面面相覷幾秒，只好坐下來，認命加班。

猴子請來的水軍：再等半個小時啊啊啊啊！

晝川：不是下午都鬧著去洗魚缸了，這會兒又加班？

猴子請來的水軍：突然發現老苗負責的版塊出了問題，他又不肯回來加班，沒辦法啊只能先頂著……我對製圖軟體又不熟悉，所以得浪費點兒時間。

晝川：……

晝川：現在才六點十分，妳七點前搞完，大大我二十八年來第一次和人約會，妳敢以「加班」為藉口毀了它我就敢擰斷妳的脖子。

猴子請來的水軍：……………………

猴子請來的水軍：約會？不是去吃飯然後陪你剪頭髮？

畫川：不是，是吃飯和剪頭髮。

猴子請來的水軍：這是約會嗎？

畫川：我上哪找的妳這種弱智？

說時遲那時快，什麼老苗啊河蟹啊初禮都顧不上了，當即抓過手邊的一面鏡子拿起來照了照臉，又打開包看看有沒有帶補妝的東西，最後看了眼自己今天這一身搭配。啊，早知道不該穿這件黑色羽絨外套，土死了……

猴子請來的水軍：為什麼約會不提前告訴我一聲T.T我原本可以表現得更好的，比如打扮打扮什麼的，至少可以不用穿羽絨外套。

畫川：沒考慮到妳的智商，對不起啊。

畫川：這麼冷的天不穿羽絨外套妳想穿什麼啊，聽過倒春寒嗎？病了還得送妳去醫院。

猴子請來的水軍：…………以前明明有一起去看過電影的。

畫川：江與誠也在那次？那也算？

畫川：妳意思是我們三人共用了我的第一次約會？

畫川：妳想噁心誰？

初禮見畫川下一秒就準備要登門拜訪和她打一架的模樣，也不敢多說，敷衍地發了個「嘿嘿」之後，放下手機撲向電腦。

她手腳俐落地將老苗的「男生男生配」刪得乾乾淨淨，想文案用了十分鐘，最終像個土包子似的硬著頭皮準備用「出發！向著夢想之中的利維坦號！」這樣的標語。

接下來她又用了二十幾分鐘，一邊打電話問阿象，一邊盲人摸象似的一點點摸索著。

她邊接受阿象語音指揮，邊吭哧吭哧地研究排版軟體怎麼玩，等她剛摸到一點兒門路做好修改版時……

老苗姍姍歸來。

初禮看了眼電腦右下角，此時距離于姚打電話給老苗已經過去了快四十分鐘，根據他剛才吃飯的地方，走路到元月社最多也就十來分鐘。

老苗渾身酒氣，看了眼加班中的初禮和于姚，甚至沒有跟她們打招呼，直接把兩人當作空氣。當初禮將做好的檔案發給于姚看時，老苗一屁股在她身邊坐下——

一陣包含濃重酒精氣息的涼風拂面而來，初禮轉過頭看了一眼老苗，看著他打開電腦，她說：「你現在才來，新的封底都快做好了。」

老苗還是沒理她。

他自顧自打開 WORD，然後在初禮和于姚的雙雙注視下，把字體調到最大，加黑加粗，居中，飛快地敲下三個字——

辭職信。

初禮：「……」

于姚：「……」

七點差一刻。

坐在車裡的晝川已經第七次抬起手看手腕上的錶——在習慣性用手機看時間的現代背景下，此動作單純代表了這個人的不耐煩以及暴躁。他拿出手機在手上掂量了一下，猶豫再三，卻還是沒有把催促的電話撥打出去。

晝川皺著眉坐在車裡，直到下一秒，遠遠地看見一團裹成球狀的人拎著包一路小跑地埋頭靠近。

她穿著黑色的短靴、黑色的裙子，羽絨外套也是黑色的，隱約露出底下奶白色的高領毛衣，整個人被凍得縮頭縮腦的，眼睛被北風吹成了兩條線。

她站在晝川車子的不遠處停了下來，像是隻狐獴似的，努力伸長了脖子，東張西望了下，像是在尋找什麼。

這麼一個畫面，卻輕易將晝川之前的煩躁壓了下去，內心的負面情緒一下子消失，他解開車門鎖、打亮車燈、鳴了下喇叭。

隨即便看見初禮一下子將腦袋轉過來，幾乎是跳起來似地衝到車子旁邊拉開副駕駛座的門，帶著沁涼的冰雪氣息鑽進車裡。

她長嘆一口氣，抽抽被凍得通紅的鼻尖：「解凍了，解凍了，感覺自己就像是一條被凍得硬邦邦的速凍帶魚……」

「我看是鹹魚……」

晝川話語未落，從旁邊伸出兩隻冰涼的小爪子捉過他的手，他盯著自己被捧著的大手瞬間收聲，卻看見她只是將自己戴著手錶的那隻手拉過去，伸腦袋看了眼他的手錶，隨即喜笑顏開：「六點四十八，距離七點還差十幾分鐘呢，我一點兒也沒耽誤，真的是天才！」

臉上那笑得十分開心的傻樂觀模樣，硬生生讓晝川將那句「怕妳提前下班我五點半就來了」吞回肚子裡。

他只是順勢拍拍她的頭，問：「餓了嗎？」

「還好。」初禮將自己的雙手搓了搓，放近暖氣空調出口，「我把封底重新做了一下，用了二十幾分鐘，主要是不會用軟體，重新開始學……其實換老苗自己回來或者哪個美編在，估計弄幾分鐘就好了，他又不肯回來，我快弄好了他才帶著一身酒氣回來，往那一坐，開始用生怕人家看不見的加粗字體寫辭職信……」

初禮想了想說：「可能是最近于姚的態度讓他覺得很憋屈吧，所以才喝那麼多酒。」

「辭職信？妳怎麼看？」晝川順口問道。

「沒怎麼看，這種憋屈的日子我過了一年呢。唯二次氣急了想辭職，一次是你的《洛河神書》在書展首發上市那天，看著那些 COSER 的迷妹占著道，你的讀者想買書進都進不來時。」初禮從空調邊放下手，「還有一次就是前幾天，索恆的《小神仙》出事，讀者投訴無門，拿我們沒辦法也拿印刷廠沒辦法只能悶聲退貨或者吃虧的樣子……」

「妳滿腦子都是讀者。」

「元月社始終都是賣書的，以前看著《星軌》雜誌長大，一切都中規中矩地沒發現什麼不同……但是當元月社加入了《月光》，面對的銷售管道、對著書種類的增多而變複雜時，我總覺得──」

「什麼？」

「總覺得好像元月社其實和我的理念並不太符合。」

「所以當初我就叫妳不要去了，妳偏不聽。」

這會兒正靠在窗戶上看著窗外飛快向後掠過風景的初禮微微一愣，她抬起頭看著晝川，茫然道：「你什麼時候讓我不要來元月社，我來元月社時候還沒你呢。」

昏暗的車內，晝川瞥了她一眼，什麼也沒有說。

過了一會兒，車開到市區，周圍終於熱鬧起來。雖然是倒春寒，冷到刺骨的天氣，然而街道上的霓虹燈、人群與車輛則依舊顯示了一個大城市該有的繁華熱鬧……車流之中，晝川專程買的代步新車毫不起眼，隨便找了個路邊可以停車的車位停進去，停好車的時候，轉頭一看，坐在副駕駛座上安靜了一路的人原來是睡著了。

她的腦袋靠在窗上，閉著眼，發出安寧平緩的鼻息聲，長長的睫毛垂下在眼底投下一片陰影，臉上是卸下掩飾後的疲憊。

她握著的手機上，微信還在一條條地往外跳著新訊息，不知道內容是什麼，因為主人設置了不再顯示詳細訊息內容。

晝川突然想到一年前他們剛認識的時候，她還是個懵懵懂懂、什麼都不知道的新人，那個時候她的手機訊息無論是QQ還是微信都是大方地將來信內容展示給別人，他還為此嘲笑過她，說她防人之心全無，不懂人情世故，早晚吃虧。

這才一年剛過去——

晝川抬起手，用指尖將她垂落在臉上的髮絲撥弄開來，看著她睫毛輕輕顫抖後慢吞吞醒過來。她睜開眼，看著靠近的他，反射性地笑了笑。

她開口時，嗓音裡還帶著睡意：「到了啊……我居然睡著了。」

晝川：「嗯。」

這一秒，晝川非常想開口讓初禮也辭職算了，想要耗費自己的青春熱血，也要看耗費的地方值不值得——他心裡有股無名火蹭地燒了起來，有種自家養的小孩活得好好的，結果被外面骯髒世界玷汙、被迫強行長大的不滿。

以前他總覺得這編輯怎麼能這麼傻，能不能辦好事啊。

現在反而希望她就傻點兒好，畢竟成長越慢，代表受到的挫折越少。

「初禮，妳……」

「你幹麼老盯著我看啊？下車啊，我餓了。」

初禮不知道晝川在想什麼，低頭解開安全帶，打開車門跳下車；晝川也跟著下了車，看著初禮繞過車頭向自己這邊蹭過來，然後在一個即將肩碰肩的距離又停了下來。

兩人肩並肩地走到街邊，正好紅燈亮了，只好站著等，一邊討論一會兒吃什麼。初禮答得有點心不在焉的，目光亂飄，其實滿腦子都是晝川垂在自己身體一側的手。

……想牽住。

……不知道這麼做會不會不太好？

……畢竟好像也沒有確定關係，雖然他說這是約會吧，但是約會就能牽手嗎？

如果被甩開怎麼辦？

……可是都接吻了，憑啥還不讓她牽手。

……雖然這是在大馬路上。

……啊啊啊啊啊啊啊大馬路上怎麼了，你他媽看隔壁的小姑娘都快掛到她男朋友身上了啊，羨慕。

初禮的眼睛亮了又黯，糾結了老半天，最終等綠燈亮起來了她也沒能糾結完畢，只能眼睜睜地看晝川邁開長腿往馬路那邊走去。她愣了下還傻傻地「啊」了一聲，然後急忙跟上晝川的步伐。

出師未捷身先死。

這讓初禮覺得非常鬱悶。原本已經打定主意今晚一定要有一個突破性進展的。

過馬路時的小小插曲讓初禮有些消沉，再加上晝川不知道在想什麼，好像也是一副欲言又止、心不在焉的模樣，初禮甚至覺得他似乎還在為什麼事情不高興，沒看她的時候，那眼角都是冷冰冰的，能掉下冰渣子。

氣氛令人難受。

兩人找了家烤魚的餐廳坐下吃飯，食物端上來之後，才稍微打開話題。起因是晝川突然問接下來她的工作忙不忙，初禮有些莫名其妙，也只好告訴他，忙是肯定忙的，因為接下來《月光》將面臨年前就著手準備的改版——

「正在為這件事愁白了頭，改版怎麼樣才能一鳴驚人，第一期的銷量一定要搞點兒噱頭賣好才有個交代啊。」

初禮用筷子戳著碗裡的米飯。

「五一全國都有書展。」晝川提醒，「上次書展效果不是不錯？」

「……又請 COSER 佬來，然後我和行銷部大打一架？」

「妳可以請作者去簽售。」晝川夾起一塊魚肉，感覺到旁邊灼熱的目光，他停頓了下，淡定地將那塊魚肉放進她的碗裡，「我沒書可以簽，妳能不能別像盯肥肉似的盯著我？」

「《洛河神書》還有一萬不到庫存，咱們趕緊簽一波賣了加印豈不是美滋滋……」

「……五月不是《消失的遊樂園》正好要上嗎？」

晝川選擇賣隊友。

初禮放下碗，伸手摸了下放在桌子上的手機。

晝川用筷子敲了敲她的碗，警告道：「回家再打電話，和我吃著飯就想打電話給江與誠，妳想氣死誰？」

初禮一臉不甘心地把手從手機上拿開，捧起碗，發現裡面已經塞滿各種挑完刺的魚肉和蔬菜，低下頭一一把它們塞進肚子裡。吃完之後，等她撐得想找個地方扶著牆冷靜一下，晝川這才心滿意足地站起來，走去結帳。

同一大樓裡還有很多高級的美髮造型設計店，初禮抱著自己的羽絨外套像個小土包子似的跟在晝川身後，進了一家相對低調的店，看著那些吉米、傑克、安迪、文森特一臉看晝川像是在看親哥哥的模樣，她猜測晝川是這裡的熟客。

晝川提出「剪短點兒，遮眼睛了」這麼直男氣息的簡單要求後，兩個造型師圍繞著他打轉，左一句「你頭髮分岔了耶」、右一句「是不是沒有按照我上次說的那樣好好保養」，最後再來一句「造型全無，你就這麼糟蹋自己這張帥臉～～」，初禮打了個冷顫，看了眼鏡子裡的晝川，難為他還能堅持住面若冰霜的冷酷模樣。

抱著手機在旁邊找了個地方坐下來，初禮看了看微信，發現老苗辭職的事已經捅到了微信群裡。

一群人好像還當真了。

只是除了梁衝浪，也沒什麼人挽留他。雖然他手上的 COSER 專欄挺紅的，但是大家都知道這資源就是梁衝浪找來的，換了誰也一樣可以做。

初禮靜靜圍觀了一波老苗演戲不成反被演，心裡居然燃起了一股「老苗說不定真的能滾蛋」的星星之火。

等晝川等了四十分鐘，初禮再從手機上抬起頭時，那邊已經收拾得差不多了，這一看才發現男人的半邊頭髮被梳起來用髮膠固定，另外幾縷碎髮垂在眼前，光潔的額頭露出，高挺的鼻梁和劍眉奇妙地因為髮型而變得比平日更加立體深刻……

這個「衣冠禽獸」式髮型也讓他看上去更加成熟、穩重，以及，驚天動地的英俊。

初禮震驚地放下手機，突然開始認同起剛剛吉米哀號「造型全無」這件事就是在闡述事實。

相比之下，晝川平時的造型根本就是沒認真收拾過自己啊啊啊啊啊啊啊！天天頂著個雞窩頭面對我根本就是沒想過尊重我吧啊啊啊啊啊啊啊！虧老子天天化了妝才下樓替你做早飯！

王八養的！

初禮站起來，一溜小跑蹭到晝川身邊，抬起頭看了他一眼，心想這張臉去辦簽售會能賣十萬本，赫爾曼老師怕都得望塵莫及。

晝川用低沉的聲音報上會員卡編號準備結帳時，吉米蹭到收銀臺邊，看著晝川笑吟吟道：「小妹妹，真羨慕妳有個這麼帥的哥哥。」

初禮看了他一眼，如果眼神能殺人的話，她已經追著他砍了八條街。

然而現實就是她只能默默地在心裡吐了口血，咬碎一嘴銀牙，像個大反派似的在心裡嘀咕：「等著，下次來的時候我他媽非要站在你店門口給你上演一波德國骨科（註3）法式熱吻震碎你的三觀……」

她還沒嘀咕完，垂在身邊的手突然被一隻大手握住，晝川輕易將她的手握在自

註3　傳聞一對兄妹發生關係，哥哥被家人打斷腿，之後去德國養傷，該梗就流行起來。除了形容兄妹戀之外，也常常用來調侃一些兄控、妹控的屬性。

己的手掌心，輕飄飄扔下一句：「妹什麼妹，長得哪點像了。」

然後他牽著愣怔之中的初禮，大搖大擺走出店門。

初禮跟在他身後，眼睛黏在被他牽著的手上——

這可是大馬路上。

大馬路上。

大馬路上啊啊啊啊啊啊啊啊啊啊！

他們牽手了。

像全世界千千萬萬的情侶一樣。

牽手了。

……他，主動的。

月光變奏曲

Moonlight

月光變奏曲 3

作　　者／青泠
書名設計／朱胤嘉
榮譽發行人／黃鎮隆
總　經　理／陳君平
協　　　理／洪琇菁
總　編　輯／呂尚燁
執行編輯／許晶翎
美術監製／沙雲佩
美術編輯／李政儀
國際版權／黃令歡、梁名儀
企劃宣傳／楊玉如、洪國瑋
內文排版／謝青秀

國家圖書館出版品預行編目資料

月光變奏曲 3 / 青泠作. -- 1 版. -- [臺北市]:
尖端出版，2022. 1-

冊；　公分

ISBN 978-626-316-355-3（第 3 冊：平裝）

857.7　　110019003

出版／城邦文化事業股份有限公司　尖端出版
台北市 104 中山區民生東路二段 141 號 10 樓
電話：（02）2500-7600　傳真：（02）2500-2683
讀者服務信箱：7novels@mail2.spp.com.tw
發行／英屬蓋曼群島商家庭傳媒股份有限公司城邦分公司　尖端出版
台北市 104 中山區民生東路二段 141 號 10 樓
電話：（02）2500-7600　傳真：（02）2500-1979
劃撥專線：（03）312-4212
戶名：英屬蓋曼群島商家庭傳媒（股）公司城邦分公司
劃撥帳號：50003021
※ 劃撥金額未滿 500 元，請加付掛號郵資 50 元
法律顧問／王子文律師　元禾法律事務所　台北市羅斯福路三段三十七號十五樓

台灣地區總經銷／中彰投以北（含宜花東）　楨彥有限公司
電話：（02）8919-3369　　傳真：（02）8914-5524
雲嘉以南　威信圖書有限公司
（嘉義公司）電話：0800-028-028　　傳真：（05）233-3863
（高雄公司）電話：0800-028-028　　傳真：（07）373-0087
馬新地區總經銷／城邦（馬新）出版集團 Cite（M）Sdn Bhd
電話：603-9057-8822　　傳真：603-9057-6622
E-mail：cite@cite.com.my
香港地區總經銷／城邦（香港）出版集團 Cite（H.K.）Publishing Group Limited
電話：852-2508-6231　　傳真：852-2578-9337
E-mail：hkcite@biznetvigator.com

版　次／2022 年 1 月 1 版 1 刷　Printed in Taiwan